》叢書・歴史学研究《

王朝日記論

松薗 斉著

法政大学出版局

目次

プロローグ　燃える日記……………………………………1
第一章　王朝日記の〝発生〟……………………………………5
はじめに――研究史の整理と問題点　5
一　光孝・宇多朝における儀式の復興・整備　9
二　国史の断絶　13
三　上卿制の発展と貴族社会　17
皇親勢力による王権の荘厳化　18
藤原氏北家嫡流による指導体制と私撰儀式書　20
おわりに　22
第二章　王朝日記の展開――王朝日記の第二段階……………………………………25
はじめに　25
一　王朝日記の変質　26

絶世の記と世間流布の記　26
「日記の家」と公事情報　30
二　王朝都市京都と王朝日記　31
京都の文庫　31
大内裏の空洞化　37
三　王権と情報　39
「治天の君」による日記収集　40
『後三条院御記』　43
家記の保全　47
おわりに　51

第三章　文車考……53
はじめに　53
一　文車の利用と構造　55
二　文車と貴族社会　63
摂関家の場合――忠実を事例として　63
一般貴族の場合　66
三　文車の衰退　71
おわりに　75

第四章　小野宮家記事件をめぐって——院政期の小野宮流……77
はじめに　77
一　事件の発生と経過　79
事件の前提——小野宮家記購入　79
事件の発生・経過(一)　80
事件の発生・経過(二)　81
二　事件の背景　83
小野宮流藤原氏と日記　84
院政期の小野宮流　87
おわりに　91
第五章　藤原定家と王朝日記……93
はじめに　93
一　公事への執心　94
王朝官人としての定家　94
除　目　100
二　定家と王朝日記　104
非「日記の家」藤原定家　104
九条家との関係　111

おわりに　115
第六章　説話作家と王朝日記……119
はじめに　119
一　説話集にみえる王朝日記　120
二　「日記の家」と説話集作家　125
おわりに　129
第七章　出家と日記の終わり……131
はじめに　131
一　王朝日記の終わり　133
二　日記の擱筆の史料　138
日記を焼く　139
出家しても日記は止められない　141
三　王朝貴族と出家　145
おわりに　148

終章　王朝日記の黄昏……151
はじめに　151
一　公事情報の形骸化・劣化（有職故実化）　152
二　「日記の家」の衰退　162
三　家記炎上　165
おわりに　168

注
初出一覧
あとがき
書名・日記索引
人名索引

プロローグ　燃える日記

亥の刻であるから、午後十時ごろであろうか。

都といっても、九条という内裏や上級貴族の邸宅が集中する一条大路や二条大路辺りからはかなり離れた場末（？）に住んでいた右大臣藤原兼実は、上の方樋口富小路辺りで火事があったことを耳にしたが、都の火事はいつものこと、あまり気にもせずそのまま眠ってしまったらしい。ところが明け方、人づてに昨夜の火事がまだ延焼中で、都の人家がかなり焼けているばかりでなく、その火が内裏にも迫っていると聞き、寝所から飛び起きた。しらじらと明けつつあった空を北に見やると、確かに火勢盛んで、もうもうと立ち上る煙は北西の方へ長くたなびいている。

元来あまり丈夫でなく、特にこのところ体調が悪かった兼実はまず人をやって様子を確かめに行かせた。やがてもどった者の報告によると、幸いにも内裏は無事。ただし火の勢いが強いので、高倉帝は中宮とともに正親町東洞院の藤原邦綱の邸に避難されたという。やれやれということで、兼実はいつものように情報収集にかかり、焼失した大内裏の建物や罹災した公卿の邸宅などの被害状況を調査、その結果の一端を四月二八日の日記に書きつけていった。

この頃の大内裏内は、平安京建都の頃と比べると、朽ち果てて空き地となったところも多かったが、かろうじて残っていた大極殿以下、建物のあらかたは焼け落ちてしまった。公卿の邸宅も「東は富小路、南は六条、西は朱雀以西、北は大内」に含まれる地域にあったものは、ほとんど焼失した。兄である関白基房の錦小路大宮邸をはじめ、内大臣平重盛邸以下、公卿一四人の邸宅が失われたという。

筆まめな彼のおかげで、われわれはこの後に安元の大火とよばれた大火災の被害状況をかなり詳細に知ることができるのであるが、この大火はこの時代の都びとにとってよほどショックだったらしく、兼実以外にも何人かが記録を残しており、また鴨長明の『方丈記』[(1)]や『平家物語』などの文学作品にも取り上げられていることもよく知られている。

さて、兼実はその翌日から火事に遭った人々を見舞う記事を載せていく。

まず四月二九日に記したのは、兼実と親しい貴族の一人源雅頼の所有する「文車六両」[(2)]のうち、無事だったのは三両だけで、残りは引き出す際に車輪が壊れて焼失してしまったこと、藤原隆季の「文書」は一紙残らず焼失してしまい、小槻隆職の「文書」も多く焼失したということ、そしてこの雅頼をはじめ藤原実定・同隆季・同資長・同忠親・同俊経など多くの「文書に富む家」が罹災したことであった。兼実は、その被害のあまりの大きさに「我が朝の衰滅、その期已に至るか」とひどく嘆いているが、ふと気になるのは、彼の被害に対する目は、豪華な邸宅や珍しい宝物ではなく、「文書」にそそがれていたらしいことである。

続いて三〇日には、官務家として太政官の「文書」を預かる小槻隆職のもとに被害状況を尋ね、五月一〇日には隆職が兼実を訪れ、「官中の文書の中、簿案目録は形の如く取り出しおはんぬ。雑文書においては、一紙一巻取り出さず」と報告した。右大臣である兼実が太政官の文書を気遣うのは当然といえば当然であるが、一五日には、罹災した源雅頼がやってきて被害を語り、「文書」のうち、漢籍はすべて焼け、「日記之類」は「皮子」に納めた二合は焼けたが、他はおおむね取り出したとのこと。しばらくたった七月一八日にも、今度は平基親という事務官僚に「文書」の被害を聞き、先祖の時範・定家・親範三代の記録はおおむね取り出したが、三分の一は焼けてしまい、「史書之類」は少々助け出したが、「自余七百余合」はすべて焼失し、これでは「家之尽」であるとのことだった。

兼実の日記『玉葉』を読み進めていくと、彼にとってこの「文書」(日記や書籍類)の焼失こそが、この火災がもたらした災禍の中で、もっとも気になったものであったことがわかる。同じ火災の被害を叙述した『方丈記』と読み比べてみると、さらにその印象は強まる。確かに貴重な書物が焼けてしまうのは悲しい出来事であるが、それにしても「我が朝の衰滅」とか「家の尽きる也」とまで言わなければならないものなのであろうか。どうも現代人のこれらにもつ感覚と兼実のそれには差異があるように感じられるのである。

そういえば、この「文書」が燃えるということで思い浮かぶ事件が他にもある。

鎌倉時代も半ば頃、一人の若い貴族が出家した。その原因は嫌っていた（多分）異腹の弟に官僚としての昇進で追い越されたからであるが、その際、相伝の「文書」をすべて焼き払ってしまったのである。[3] 紅蓮の炎に先祖の日記や書籍が焼き尽くされるのを血走った目で見つめていた（と思われる）この貴族（藤原経藤というが）の姿を想像すると、背筋がぞっとするが、実は彼のように追い詰められて「文書」を焼いた、もしくは焼こうとしたという話はさらに他にもあるのである。例えば、平清盛による治承三年のクーデターに失脚した藤原基房は、追及を恐れてか、「自筆記」を「雑々反古」とともに焼いた[4]というし、藤原実基という貴族は、病気のため身体が不自由になり、前途を悲観して「家文書」を焼こうとした[5]という。また詳しい事情は不明であるが、藤原忠方は子孫がなかったので「文書」を焼いてしまった[6]というし、少し遡った院政期初頭にも、学者として有名な大江匡房が、死に際して出家とともに「老後之間」の日記を焼いた話[7]も伝わっている。

これらは、焼けたのではなく、焼かれた「文書」なのであるが、屋敷や財宝を焼いたというのではなく、やはり「文書」が焼かれることに関心があったから、人々は記事として残し、焼いた人々も「文書」に関心を持っていたからこそ、どうも焼いてしまったといえるようである。

もう一つ、「文書」が焼けるということで思い浮かぶのは、イタリアの記号学者で作家のウンベルト・エーコが書いた『薔薇の名前』という小説のラストである。この小説は映画化され、ショーン・コネリー主演の同名の映画で有名となり、その映画のラストシーンによって、最後の場面は、私にとって一層鮮明に記憶されている。

確か中世イタリアの修道院を舞台にしたミステリーで、主人公が強い関心を持っていたギリシアやローマ時代の文学や哲学の書、さらにオリエントやイスラムなどの科学書など、当時のカソリック教会から見れば異端の書として人々の目から遠ざけられていた書物が、それらを大量に秘蔵していた迷宮のような書庫とともに炎上し、すべてが灰燼に帰してしまうというシーンであった。その時も、たんに大事な書物が焼けてしまう、「ああもったいない」という単純な思いではなく、燃え盛る炎の中に、象徴される何かが失われていく、そんな印象を感じたシーンである。同じ中世、ユーラシア大陸の端と端で、「文書」を焼かれた、もしくは焼いたシーンを見た者たちが、その炎の中に同じ何かを見ていたとしたら、興味深いことではないだろうか（あちらの方はフィクションだが、ありうるような気がする）。

本書のテーマは、この時代の「文書」のもつ不思議な意味を探ることにある。そのために、当時の貴族たちにとって「文書」の重要な要素である彼らの日記の問題について考えていこうと思う。前著[(8)]で述べたように、この時代の貴族の日記などに現われる彼らの「文書」の主体は、彼らが日々記した日記や儀式書・次第などであるからである。

彼らの日記は、現代のわれわれが付ける日記と形態のみならず、機能的に、さらに社会的に異なったものを持っていたようである。本書では、一般的な記録としての日記と区別し、時代的な意味を込めて「王朝日記」という概念を用い、その〝発生〟から変質・衰退の過程を追うことで、古代・中世の日記の歴史のみならず、平安期から中世にかけての社会や文化の構造をあぶり出すことができればと思っている。

第一章　王朝日記の〝発生〟

はじめに――研究史の整理と問題点

まず最初に、この王朝日記がいつ、どのように〝発生〟するのかという点について考えてみよう。

天皇・貴族の日記が九世紀末〜十世紀に入って突然出現する現象については、表1に整理したように、早く明治末の黒板勝美氏に指摘されて以来、多くの研究者によって言及されてきたが、その原因についてはいまだ一定の結論に至っているわけではない。

その理由の第一は、この〝発生〟を物語る直接史料といったものが存在せず、状況証拠からのみの推測でしか検討できないこと、さらにこの問題について、表1のように古記録・日記の概説的説明の中で言及されることが多く、議論を積み重ねて真相に迫るというような研究過程を踏んでこなかったことなどがあげられよう。

ここではまず、これまでの研究史を整理してその問題点を明らかにし、それを前提に私見を述べることにする。

これまでの諸氏の見解は、おおむね五つの説に分類することができると思われる。

A　黒板・山中裕氏の国史材料説

これは、平安前期の日記は存在したが、国史の材料とされるなかで消滅し、国史が廃絶した中期以後は残存することが多くなり、社会的に現われるように見えるとするもの。

B　和田英松氏以下、斎木一馬氏に至る国史廃絶説

これはAの黒板氏の説を批判して和田氏が提示されたもので、国史が廃絶したため、先例の典拠を失い、自身でそれを用意するようになったものが日記だったとする説で、表1に見えるごとく支持する者多く、長く通説的位置をたもっている。

C　儀式発展説

この和田氏の説に対しては、小島小五郎氏によって、『日本三代実録』成立以後も、撰国史所が置かれていた、つまり第七番目の国史を編纂しようという意図が、朝廷の中枢部にしばらく継続されていたこと、また国史が平安中期以後の貴族たちにそれほど引用されていないことなどから、和田氏の理解はなりたたないという批判が出された。そして、日記（別記も含む）の「儀式書」的機能に着目し、平安前期の官撰の「儀式」から儀式書への発展の中に、日記の発生をみたのである。

後で述べるように、国史の先例としての利用の問題についての小島氏の理解には若干問題があるものの、当該期に整備される儀式、それに伴って編纂される一連の儀式書類との関連を指摘された点で画期的な論文であると思う。後に述べる儀式を運営するためのツールとして位置づける説の嚆矢となったものであり、以下の所説も氏の理解の延長上にあるものである。

D　宇多天皇起源説

現存する王朝日記で最古のものの一つが宇多天皇のものであることから考えられたものである。天皇個人に、日記という一種の社会習慣が発生・流行する原因を求めたもので、戦前の皇室賛美の印象も感じ、一見素朴すぎるように思われるが、意外に本質をついたものであるように思われる（この点については本論で述べる）。

表1　日記“発生”についての研究史

1 黒板勝美	「我が国日記の沿革を述べて馬琴翁の日記鈔に及ぶ」(『馬琴日記鈔』1911，後『虚心文集』第六巻所収)	国史の材料と散逸→儀式の複雑化
2 和田英松	「日記に就いて」(『史学雑誌』24-10，1913)	国史材料説を批判→国史の断絶により先例の典拠がなくなったため
3 三浦周行	「日本史学史概説」(『日本史の研究』第二巻，岩波書店，1928)	実録→官府の日記と私撰の歴史が分派，前者より官吏の日記が発生
4 田山信郎	「記録――特に平安朝の日記に就いて」(『岩波講座日本歴史』，1934，のち史学会編『本邦史学史論叢』上に増補再録，1939)	和田説
5 馬杉太郎	「史料としての日記――特に公家の日記について」(『歴史公論』7-11，1938)	和田説
6 玉井幸助	『日記文学概説』(目黒書店，1945)	和田説＋宇多「(自ら) 御精勤」と蔵人の日記の督励
7 小島小五郎	「儀式と公家日記との関係――平安朝日記流行に関する一考察」(『史学研究』55，1954)	和田説を批判→「儀式」が特殊化
8 岩橋小彌太	「記録概説」(『上代史籍の研究』第二集，吉川弘文館，1958)	宇多・醍醐朝に成立した公事の師範として日記を書き，それを記録と呼んだ。
9 池田源太	「「本文」を権威とする学問形態と有職故実」(『延喜天暦時代の研究』，吉川弘文館，1969)	宇多…政務に不馴れな若い天皇に参考になるべきことを書き残す（遺誡的意味）
10 土田直鎮	「古代史料論　二　記録」(『岩波講座日本歴史』別巻二，岩波書店，1976)	朝儀典礼に対する関心の増大→儀式の日記
11 斎木一馬	「日記とその遺品」(『文化財講座日本の美術16　古文書』，第一法規，1979)	和田説
12 吉岡真之	「平安貴族はなぜ日記をつけたか」(『争点日本の歴史』三，新人物往来社，1991)	故実の形成と不可分
13 山中　裕	「日記の起源と種類」(山中裕編『古記録と日記』下巻，思文閣出版，1993)	国史材料説
14 松薗　斉	「日記論」(『歴史評論』525，1994)	儀式書作成の前提（材料）

E　国史変質説

三浦周行氏が、史書の歴史を通史的に述べられるなかで提示されたもので、現在の研究レベルから見るといくぶん大雑把であるが、その着想はなかなか魅力的で捨て難いものがある。

結論的にいえば、どれも一面をついていると考えられ、現時点でどれかにしぼるとか、全面的に否定して新説を打ち出す必要はなく、近年進展した当該期の政治構造についての研究などを消化した上で再構成すべきではないかという理解に至っている。

ただし、概説にパターン化されている奈良時代以来の日記の通史とは一線を画し、たんなる習慣的な日記の問題として括ってしまうのではなく、公事（政務・儀式）の道具として必要な種々の機能をあわせもった日記（本書でいう王朝日記）に対象を限定して考えていく必要があろう。さらに王朝日記として、その〝発生〟を考える場合においても、後代の発展・変質した段階におけるそれと混同せず、段階的に検討しなければなるまい。そのような理解のもとに、九世紀末から十世紀にかけての〝発生〟期の日記の基本的性格を一応整理してみると、次のようなものではないかと思う。

1　現存のものは、天皇・親王、もしくは最上級の貴族のそれに限られる。

2　記された当時の原態を残さないものがほとんどである（自筆原本はいうまでもなく、古写本すらほとんどなく、逸文・抄本などの形態がほとんど）。

3　当時の次世代への相伝方法はほとんど不明（社会的にそれほど問題にならなかった？）。

4　そこで引勘される先例の典拠は、国史・公日記（外記日記他）・各種の式・「儀式」の類が中心（私日記も引用されるが、きわめて限られる）。

これらは、同時代の私撰の儀式書とほぼ同様の性格をもっていることに注意したい。小島氏の理解と若干ニュアンスは異なるが、両者が同一の背景から生じてきたことを示唆するものであろう。

また、日記は、天皇・貴族たちが、政務・儀式を参加・運営するのに必要な情報（先例も含め公事情報とよぶ）を蓄える一つの装置（情報装置）として捉える視点をここでもとりたい。[1] ともすれば日記という言葉のもつ、文学的な、かつ現代の日記に投影される個人的、心理的な性格からの影響と一線を画すためにである。

周知のごとく、十世紀前後の天皇・貴族たちは、前代の律令時代とはかなり異なった社会的環境におかれようとしていた。遣唐使の廃止や受領への地方支配の委任など、国外・国内二重の意味で、「都」の外への関心が低下し、その分、政務の儀式化、儀式そのものの複雑化・洗練化に多大なエネルギーをそそぐようになったと考えられる。さらに日常生活における触穢思想の強化など、この段階では、律令貴族時代とは質的かつ量的に異なった情報に取りまかれるようになっており、それらに対応するためにもそれらを収集しストックする装置を必要としつつあったのである。

一　光孝・宇多朝における儀式の復興・整備

すでに和田英松氏（表1-2）によって指摘されているように、ここでいう王朝日記の最古のものは、きわめて断片的であるが、仁明天皇皇子本康親王の日記であり、元慶年間のものと推測される。[2]

この元慶期は、北家藤原氏の基経による陽成天皇廃位の後に立てられた光孝天皇が、「承和天子の旧風」[3]への復帰をスローガンに、「承和以後」、「停絶」していた「御體御卜」を読み奏することを「旧式」を尋ねて復活したり、[4]梅宮祭や「諸国銓擬郡司擬文」[5]の復活など儀式の復興に取り組んだ時期であり、それは子の宇多天皇にも継承されていったという。

木村茂光氏の研究(6)によると、これらの施策はたんなる朝議の活性化というレベルではなく、新しい王統の成立を世に示し、「文徳以後とくに清和・陽成朝に混乱した政務と儀式の復活と整備を目指したものであり、それによって王権の回復と確立とを意図したものであった」という。基経が仁和元年五月二日に献じたという清涼殿上の年中行事御障子もその一環であったと評価されようが(7)、これらの事業を軌道に乗せるために、朝廷の指導部は、常に儀式運営上の規範を示さなければならなかったであろう。そのためには確かな公事情報の確保が必要とされたと思われる。ところが、この段階では、律令諸官司が本来もっていた記録機能は低下傾向にあり、唯一頼りになるのは、外記日記のみであったと推測され(8)、この時期において進行していた国家の中枢機構の再編・整備のなかで、その機能強化が求められていたと考えられる。

この目的のために、宇多天皇は、おそらく次の二つの施策を実行した。

第一は、殿上日記の開始である。蔵人が交代で筆をとる殿上日記は、いつスタートしたかを直接物語る史料は存在しないが、この時期編纂されたという寛平の「蔵人式」(9)に「当番記の事」が見えており、かつ殿上日記の逸文も延喜九(九〇九)年以降のものしか残存していないことなどから、西本昌弘氏が指摘する宇多天皇による蔵人所機構改革の一環(10)として開始されたと考えてよさそうである。

さらに宇多天皇は、蔵人所ばかりでなく、他の儀式関係諸官司の記録機能の充実をはかった形跡がある(11)。例えば、「近衛府陣日記」であるが、西本昌弘氏は、寛平~天慶間の逸文が残存するこの日記を殿上日記とほぼ同時期に始まったと考えられ、その性格として近衛府の「殿上や陣中への官人の出入を勘検し、違例を正すために記されはじめたもの」とされ、さらに昇殿制整備の一側面として意義付けられている(12)。

他に、実体は不明であるが、この時期に逸文が集中する醍醐皇后藤原穏子(基経女)の宮廷日記という「大后御記(13)」や右衛門府(14)・内記所(15)などの日記なども、宇多およびその方針を継承した醍醐天皇などによって活性化されたものではないかと推測される。この点に関連して付け加えておくべきこととして、醍醐天皇の日記が抄出・部類され、殿上の日記御厨子に備えられ、殿上人の先例引勘の資とされたことがある。[16] いつ頃このような半公開状態になったのかは不明であるが、藤原師輔の日記（『九暦』）の承平六（九三六）年にはすでに醍醐天皇の日記が引用されており、日記の公開はそれ以前であった可能性が強い。

醍醐天皇は、延長八（九三〇）年に亡くなり、幼い八歳の朱雀天皇が後を継いだわけであるが、おそらく天皇自身の日記の公開は、この幼帝への配慮の一つとしてなされたものではないであろうか。儀式・政務に深い見識をもっていた醍醐天皇が自ら集積した公事情報は、幼い天皇にはすぐに理解できないが、殿上人に提供することでその補佐の質が高まることを期待したのではないだろうか。当時摂政であり、延喜九（九〇九）〜承平六（九三六）年の間、蔵人所別当を勤めた藤原忠平が、醍醐の遺詔を奉じて実行したとも推測され、橋本義彦氏が指摘する「忠平の主導のもとに上流貴族の協調連合体制を確立し、幼主を輔けて政局の安定を図ることを望んだもの[17]」の具体的な施策の一つだったと評価することも可能であろう。

第二に、『類聚国史』の編纂があげられよう。宇多天皇が菅原道真に命じて作らせたという『類聚国史』の編纂の意義については、まず「律令国家が公的に集積してきた知識を整理し、再編成することによって、既成の秩序を確認し、それを支える価値体系の流動化を停止させ、凍結させようとするものであった」という大隅和雄氏の指摘[18]を思い起こすべきであろう。前述の基経による年中行事御障子の献上と同質の意義と見なすべきであり、固定化された枠の中で先例重視の傾向も助長されていくことになるのである。さらにそれと裏表の関係で、もっと実用的な要請が『類聚国史』には課せられていたのではないか。それは、「史」の枠を取り外し、後に日記から部類記を作成するのと同様に、本来別の目的で集積された情報を、必要な形に変換する作業ではなかったかと考えられるのである。[19]

坂本太郎氏が指摘するように[20]、国史自体、「実録」化し、六国史最後の『日本三代実録』になると年中行事記事が格段に多くなり、より外記日記的な内容に引き寄せられていくのである。これは国史の「枠」内における実用化の流れと見なせようが、後述するように、所詮「歴史」の枠組みを取る限り、含まれた情報を効率的に取り出すには限界があるのであった。

すでに醍醐天皇の時代から、儀式の場において国史と外記日記以下の「日記」が先例引勘の対象であり、この傾向は十一世紀前半まで継続する。

① 高階朝臣申云、斎院供奉祭日進止如何〔軽服〕、仰二外記一令レ勘二先例一、外記春正申云、国史・日記等無二所見一、案二令・式文一、親王有レ服云々……（『醍醐天皇日記』延喜九・三・二二。〔 〕内は割注、以下同じ）

さらにそういった公卿や外記などによる先例引勘の作業を見ていくと、国史が史書としてではなく、公事情報（先例）に変換され利用されていく様子をうかがうことができる。例えば、『西宮記』の勘物[21]に所載されている仁和三年以前の出典を記さない先例記事の中には、国史および外記日記と推測

表2　初期儀式書における国史の利用

書名	編者	成立時期	国史の引勘	備考
本朝月令	惟宗公方	延喜10（910）年代	○	先例集的内容
清涼記（藤原師尹注）	村上天皇	天暦5（951）年以前（『法性寺殿記』天永2年3月1日条）	？	逸文のみ
九条年中行事	藤原師輔	天徳4（960）年以前	×	
新儀式	源高明（源経頼？）	応和3（963）年以降	○	第四・第五のみ
西宮記（勘物）	惟宗允亮	安和2（969）年以前（長元年間（1028-37））	○	
政事要略	藤原公任	長保4（1002）年以前	○	先例集的内容
北山抄	藤原実資	長和～寛仁年間（1012-21）	○	寛平以降の引勘が中心
小野宮年中行事		長元2(1029)～永承元（1046）年	○	先例集的内容

される記事が混在していることが明らかにされているが、[22]そのような眼でこの時期の儀式書や日記を見直してみると、外記などによって意外に国史の類が引勘されていることが知られるのである。[23]

また、『政事要略』における国史の引用が、六国史各書からと『類聚国史』の両方からであること、この傾向が、表2に列挙したような当該期の諸書においても同様であるという清水潔氏の指摘[24]も重要である。『類聚国史』が公事の現場でどのように利用されていたかを示唆するものであろう。

このように見てくると、道真による『類聚国史』編纂は、六国史に含まれた情報を公事に利用できるように整理し、宇多天皇の政務運営をバックアップするためのものであったと考えることも可能であろう。

二　国史の断絶

前節で述べたように、国史も編纂が開始された当初の段階とそれをめぐる状況に変化を生じ、史書以外の機能（先例のプール）への期待が高まりつつあったと考えられる。その期待が、この時期の国史編纂事業にさまざまに影響を与えていった可能性は否めない。

『今昔物語集』巻二八の四には、受領としての経験や国史の知識は豊富でも、親子代々殿上人になれず、「内辺《うちわたり》」のことを知らなかった旧受領《ふるずりょう》の話が掲載されている。彼は、五節の際にきまって歌われる「びんだたら」の歌のことを知らず、若い殿上人たちに自分をあざける歌と勘違いさせられ、手ひどくからかわれるというものであるが、この説話の最後に見える、旧受領が吐いた「天地日月明らかに照し給ふ神の御代より以来、此かる事無し、国史を見るに敢へて記さず、極じく成りぬる世の中かな」という言葉は、国史の知識が、当時の廟堂においてすでに通用しなくなっていることを示唆し、大変印象的である。

さらに次の『小右記』に見える記事も参考になる。

②……従二中納言一伝二関白御消息一云、廿五日斎院親王可レ被レ辞二遁之由、先日有云々、而被レ過二院御物詣一可レ宜之由、令レ達二案内一、無二左右報一、今夜俄可レ被レ出二於院一、驚奇無レ極、至レ今可レ任二彼御情一有レ（被）レ遂者、今日宜日也、明日・明々日有二重復并御衰日等忌一、内々以二大外記文義一可レ令レ勘下申前例並可二准拠一之例等宜上、但出二給自レ院之後、被レ問二案内一、一定之後、以二頭弁一可レ被レ仰二下官一、随則可レ仰二外記一者、又云、……斎院事、遣二召文義一、即参来、仰二案内一了、一日有二示仰一、仍尋二勘国史一、不レ見二子細一、引二合局記一可二勘申一者……（『小右記』長元四・九・二二）

選子内親王が斎院を退くにあたって、院御物詣（上東門院の石清水・住吉・四天王寺参詣）の後にすべきかどうかの先例をめぐって、国史を検じたところ「子細」見えずであったので、大外記小野文義に「局記」（外記日記）を引勘させたという記事である。

③午時、幸二職御曹司一、母后御二件曹司一、今日出家給、仍有二行幸一、其儀如レ例、……、公卿還二着陣座一、蔵人頭扶義於レ陣仰二左大臣一云、依二御出家一可レ止二職号及大炊寮御稲・畿内御贄一、抑可レ有二院号一歟、若可レ有二判官代・主典代一、若又先例如何、随レ宜可二定申一者、公卿僉議之、淳和后・嵯峨太后・染殿后国史更不レ細二記其旨一、院号者以二御領処一為二其号一……（『小右記』正暦二・九・一六）

外記日記が国史、特に『日本三代実録』の主要な材料であったことは、すでに諸氏によって指摘されているが、その編纂にあたって「「外記日記」の文をそのまま国史の文とはせず、国史という立場で加筆あるいは修辞を行っていることが確認できよう」という小山田和夫氏の指摘(25)は重要であり、この点は木本好信氏によっても確認されている(26)。それでは、小山田氏の言う「国史という立場」が儀式の場において、先例の典拠としてなんらかの権威を持ちうるかというと、そうでもなさそうである。

④ 関白殿仰云、召二大外記頼隆真人一、可レ問二御心喪之間御斎会内論議有無之例一者、則召二頼隆一伝二仰旨一、申云、三代実録云、貞観十四年正月十四日大極殿斎講了、僧綱引二名僧一参二内裏一、論議如レ常、施被(而)罷者、同日外記日記云、八省最勝会了、宣命如レ常、但音楽不レ調、大納言已下参如レ例、於二大裏一不レ召二論議一〔去年九月祖母太后崩、仍今年正月諸節会停止〕、又十七日射礼停止云々、寛平三年正月十三日太政大臣薨〔昭宣公〕、十四日御斎会了、無二音楽一〔依二太政大臣薨一也〕、又停二止論議一者、日記・国史等所レ注不レ定也、但寛平例如レ此、以二此由一可レ申者、仰云、昭宣公是雖レ非二外祖父一、依二薨日近一所レ被レ止歟、於二当時一者、已為二外祖父之中一、又御心喪之間也、猶被レ停二止一宜歟、但又云、相定可二一定一也、……(『左経記』長元元・一・一二)

⑤ 御斎会内論議、依二御心喪之間一停止云々、仍布施堂事了僧俗退出云々、抑今日無二音楽一、但余事如レ例云々、……伝聞、依二貞観外記日記并寛平例一可レ停二止内論議一之由右府奉レ仰、召二仰右少弁家経一、令レ仰二下綱所一云々、又召二仰外記一云々(同前長元元・一・一四)

前年の一二月四日、後一条天皇の外祖父藤原道長が薨じ、「御心喪」の期間中の御斎会内論議を行なうべきか否かが問題になった際、大外記清原頼隆によって先例が引勘されたが、史料④のように、提示された貞観一四（八七二）年の例、つまり前年の清和天皇祖母藤原順子（冬嗣女）の薨去による服喪期間中の例について、国史（『三代実録』）の方は論議「例の如し」であり、外記日記では「召さず」となっているように両者が相反する記事となっていた。そのため、『左経記』の記主源経頼は、天皇と祖父母の関係にはないものの、それに準じたと考えられた宇多天皇代の昭宣公（基経）の寛平三年例を重視したようであるが、結局、史料⑤のように「貞観外記日記并寛平例」によって御斎会内論議は中止された。国史の方は無視されたわけである。事実はどうであったかは不明であるが、先例として都合のよい方を採用されたようで、そこに国史だからという権威性はまったく感じられないのである。

天皇以下儀式を主導する人々が公事運営のために必要な情報を収集しなければならないという意識を強めるなかで、国史は、史書という本来の性格における存在意義を相対的に低下させられていったのであろう。結果、ついに国史編纂事業は中断され、七番目の国史は草稿（?）段階で終わってしまうのであり、その稿本はやがて流出し、ときおり一部の官人に先例集の一つとして使用

表3　六国史断絶以後の史書の材料

書名	編者	対象期間	材料
類聚国史	菅原道真	神代～光孝天皇	六国史の部類
日本紀略	不明	神代～後一条天皇	六国史の抄出＋「新国史」＋外記日記＋α
扶桑略記	不明	神武～堀河天皇 （寛治8（1094）年3月2日）	六国史＋外記日記＋私日記＋α
本朝世紀	信西	宇多～近衛天皇	外記日記＋α
本朝帝紀	藤原敦光	承和14（847）年以前～ 大治5（1130）年以後	日本紀略＋α
百練（鍊）抄	不明	冷泉～亀山天皇 （正元元（1259）年12月）	貴族の日記＋α
帝王編年記	不明	神代～後伏見天皇	六国史＋扶桑略記＋吾妻鏡＋α

されるばかりであった。[27] しかし、国史を断絶に追い込んだといえる外記日記も、公事情報収集という絶対的な価値観の前に万能ではなく、すでに橋本義彦氏によって早くから指摘されているように、殿上での儀式や公卿らの作法に対する記録作成という点では当初から限界をもっており、[28] それを補うべき公事情報のプールが必要とされたのである。

ただし史書の必要性がまったく失われてしまったわけでない。従来の国史の形式が時代遅れとなったということであろう。外記日記は、貴族たちのもとにまとまってあることは希で、[29] 外記を通じて官庫からもたらされてくる。国史編纂に必要なデータは従来と同じ場所に保管されているのであり、大外記は従来から国史編纂官の一人であった。

表3のように、六国史断絶以後の史書は、外記日記を材料の柱として編纂され続けるわけで、その編纂者の多くは不明であるが、彼らの系譜を引く者たちであろう。これらは、ある意味で国史の正統的な継承者なのである。

一方、国史の一つの要素であった薨卒者（天皇も含む）の「伝」は、王朝日記、特に公卿のそれに受け継がれていった形跡がある。この点について摂関期の日記より院政期の日記の方が詳細な伝を載せるようになるという杉本理氏の指摘[30]は興味深い。国史の一機能が、平安中期の「私」日記を経ずに、「家」の日記へ継承されていくわけであるが、おそらく平安中期の段階に、公事情報や伝・人事データなどさまざまな要素に分解されていった国史の機能が「家」の日記に流れ込んでいったものではないだろうか。この点、史書の流れのなかに日記の発生を見据える三浦周行氏の理解が思い出されるのである。

三　上卿制の発展と貴族社会

「はじめに」で提示した〝発生〟期における日記の基本的性格の一つとして、宇多・醍醐・村上天皇をはじめ、本康・重明ら親王や一世・二世の源氏、忠平・実頼・師輔ら藤原北家嫡流の人々など廟堂における最上層の人々の日記が中心であるということがあった。

この点については、後代、摂関家を中心とする彼らの子孫たちが貴族社会上層部を独占し、自分たちの権威の源として先祖の日記を大事にしたから、彼らの日記しか残らなかったという理解が可能であろう。また筆者も以前、十一世紀前半頃までの日記が社会に孤立的に存在しており、そこに蓄積された情報が社会の中で横断的に流通していなかった点を指摘したが[31]、そのような社会では、人目につかないまま失われてしまった日記も多かったであろうことも確かに推測される。しかし、今日では散逸してしまったが、この時期に記されていたことが確認できる幾人かの記主もやはり同様の者たちで、他姓の氏族や中・下層の人々のそれはほとんど見られないのである。これはたんなる偶然ではないのではないか。ここでいう王朝日記の〝発生〟の段階では、彼らこそ日記を記さなければならない事情が存在していたと考え、積極的に評価してみる必要があろう。以下、その点について若干述べる。

皇親勢力による王権の荘厳化

確認される最古の王朝日記は、仁明天皇皇子本康親王のものであったが、この時期、式部卿に就いた貞保（清和皇子）・本康（仁明皇子）・重明親王（醍醐皇子）、それに源高明など、皇親勢力と見なせる人々が儀礼の場で活躍している[32]。

重明親王の日記『吏部王記』が、高明撰の儀式書『西宮記』の成立に強い影響を与え[33]、「親王儀式」が醍醐源氏の延光によって撰されたこと、それにそれまでの国史撰修の主宰が北家嫡流であったのを、宇多天皇がその打破を試みて『三代実録』の主宰を源能有（文徳皇子）に命じたこと[34]などもこれに関わっていよう。

次ページの系図1は、醍醐天皇の皇子およびその源氏の中で日記の記主として確認される者を示したものであるが、特に代明親王（醍醐皇子）の子孫は、公卿の「家」としては定着できず途絶えてしまうが、この〝発生〟期から一二世紀前半にかけては、集中して日記が作成され[35]、公事情報が蓄積されていた可能性を示している。この一流はこれまであまり注目されてこなかったが、小野宮流などと同様、かなり早い時期に公事情報を蓄積していた一族として注目すべきであろう。

さらにこの一流について検討するならば、保光の婿は一条摂政伊尹（師輔長男）の子義孝であり、延光の婿は済時（小一条左大臣師尹子）、重光の婿は伊周（道隆子）であることが知られる（『尊卑分脈』）。特に重光の場合、『小右記』正暦四年正月二五日条によれば、その家が火災に遭った際、「権大納言」伊周（中関白道隆子）が「同宿」しており、伊周は実資に対し、所持の文書をすべて焼失したので「故帥年中行事及臨時二巻」（源高明撰『西宮記』のこと）を送ってくれるように頼んでいる事実がある。当時所持している文書・記録が婿や外孫に伝えられる例は多く、このとき伊周が失った文書というのも、妻の父重光から提供された可能性を否めない。

つまり醍醐源氏のこの一流に蓄積された公事情報は、御堂流に摂関の地位が定着する以前の藤原氏北家嫡流の諸家へ流れこんだ可能性があるのである。さらに重明親王の女子は、朝光（堀河関白兼通子）に嫁し朝経を産んでいるが、朝経の子基房には「世間流布」ではない貴重な「延木御日記廿巻」が伝えられていた[36]。これは和田英松氏が指摘されるように重明親王

系図1　醍醐源氏　＊ゴシック体の人名は日記の記主として確認できる者（下線はその可能性の強い者）

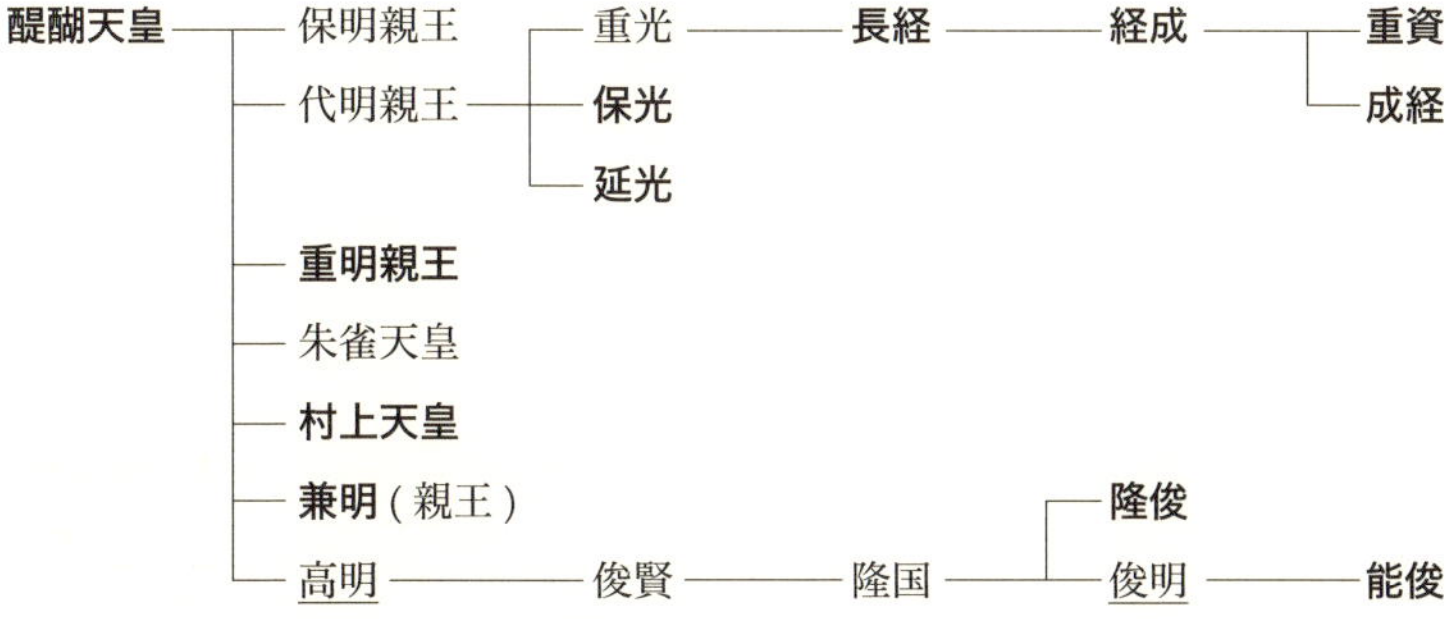

からの伝来と考えられるものであり、[37] やはり醍醐源氏の重光らと同様の傾向を考えることができよう。

これらの皇族や源氏の儀礼の場における活躍は、光孝・宇多両天皇による新しい王権の権威化と関係深いものと考えられるが、その痕跡が少ないのは、次世代の婚姻関係によって政治権力を掌握していった藤原氏北家嫡流の中に急速に吸収されていったためではないだろうか。そして彼らの多くが、さらに一門内の権力闘争に敗れ淘汰されていくなかで、伝来の日記・文書の類も散逸していったのであろう。

藤原氏北家嫡流による指導体制と私撰儀式書

藤原師輔の作とされる『九条殿遺誡』には、日記をつけることがすでに彼らの日常生活に組み込まれていたことを伝える有名な史料が載せられている。

⑥　次取レ鏡見レ面、見レ暦知二日吉凶一、次取二楊枝一向レ西洗レ手、次誦二仏名一及可レ念下尋常所二尊重一神社上、次記二昨日事一〔事多日々中可記之〕、……夙興照レ鏡、先窺二形躰変一、次見二暦書一、可レ知二日之吉凶一、年中公事、略注二付件暦一、毎レ日視之次、先知二其事一、兼以用意、又昨日公事、若私不レ得レ止事等、為レ備二忽忘一、又聊可レ注二付件暦一、但其中要枢公事、及君父所在事等、別以記レ之可レ備二後鑑一（『九条殿遺誡』）

ただし、この史料⑥を、これまでのように貴族層一般の日記の習慣を物語るものとして理解するには問題があるのではないだろうか。これはあくまで遺誡なのであり、彼の子弟であり廟堂の指導者の予備軍を対象としたもので、その対象範囲は限定的に捉えた方がよいと思う。さらに、この遺誡の別な部分に「貞信公語りて云はく」として「頗る書記を知り、便ち心を我が朝の書伝に留めよ」とあるように、父忠平の教命を受けたものと推測され、忠平段階における意識が表現されたものとして捉えることも可能である。

この忠平執政期にさまざまな廟堂改革が実行されたことはすでに定説化しているが、近年さらに緻密な研究が積み上げられている。

例えば、今正秀氏[38]が検討された太政官による諸官司統合・統属機能の問題であり、上卿―弁―史からなる行事所による特定行事関係政務の専任処理が定着したこと、政務・儀礼の内廷化に対応し、特定官司・寺院・禁中所の別当が担当機関関係の政務を処理する別当制が成立したことなどが明らかにされており、後述する「陣公事」の成立も含めて、上卿・別当に就く忠平の子孫たちは、朝儀を主導する義務を課され、相応の政務処理能力を要求されるようになったと推測される。この点、当該期、大臣（一上）のみならず、摂関でも内弁を勤めていたという末松剛氏の指摘[39]も重要であろう。

この政務処理能力の主要な一つが、先例その他の公事情報処理能力であり、そのために日頃から蓄積・研究することが必要とされ、その手段の一つとして日記を記すことが義務付けられたのであろう。

この公事情報であるが、平安前期には各官司ごとに集積され、一定段階に至ると「式」という形式で法制化され「儀式（次第）」と組み合わされて利用された。それらは官人一般に共通のもので、特定の指導層を対象としたものではない。それが中期になると、内弁・上卿など儀式・政務を領導する立場から年中・臨時の儀式の次第を整理し、さらに勘物・注・裏書という形で必要な情報を集積する私撰の儀式書が作成されるようになる。

『儀式』（貞観一二＝八七〇年頃成立）と『西宮記』（十世紀後半成立）を比較された佐々木宗雄氏[40]によると、『西宮記』では、陣座での上卿を中心とした執務のあり方に記述の重点が置かれるようになるが、これは上卿を中心に参議・外記または弁官・史などが陣座で執行し天皇に奏聞する政務である「陣公事」の成立を背景にしているためという。

また藤原公任によって編纂された『北山抄』の大将儀・羽林要抄などの編目が、近衛コースで昇進する上級貴族の子弟のためのものであることはいうまでもなく、さらに国司行政関係の史料として重視されてきた吏途指南の巻も、中込律子氏[41]によれば、受領のためのものではなく、功過定などに参加する公卿たちのためになされたものであったことが明らかにされている[42]。

この点については、さらに上級官人の貴族化、官司運営の実務からの離脱という官司運営上の一大変化がこの時期あったという今氏の指摘[43]も有益であろう。上卿を勤める官長レベルの情報と年預以下の下級官人層に必要な情報とが、質的に乖離し始めている可能性を示唆するものであり、上卿を勤める貴族層にとって前代のような各官司ごとに集積されていた情報では不十分であった状況が、「式」の形式ではなく、私撰の儀式書を生み出した背景となっていたと推測されよう。

このような理解の上に立つと、前述の王朝日記と私撰の儀式書に〝発生〟の背景や機能的な差異はほとんど存在しない[44]。日記に蓄積されたデータを使いやすく整理したのが儀式書なのであり、天皇・皇親および藤原氏北家嫡流による政務領導の体制化の中で必要に応じて生み出されてきたと推測されるのである。

おわりに

以上のように、十世紀段階に、儀式・政務を領導すべき立場に立たされた天皇・皇親および藤原氏北家嫡流が、公事情報を蓄積するための装置として採用したものが初期の王朝日記であったと考えられる。

具注暦に日々のことを記す習慣[45]はそれ以前からあったのであろうが、政務運営に利用される王朝日記レベルに発展するには、まず九世紀末、王権の安定化のために儀礼を整備しようとした光孝・宇多天皇の指導のもとに、皇親たち

（即位以前の宇多＝源定省も含められるかもしれない）が採用し、彼らの活動を支えることになったのであろう。それに続き、公事における上卿制の成立とともに、子弟が比較的若年でそのポジションに立たされることになった藤原氏北家嫡流にその必要性が生じ、流布していったものと推測される。

九世紀段階から機能していた外記日記は、政務の構造の変化や儀式化が進行するなかで、国史とペアで公事情報のプールとして利用されていたが、機能低下や限界が顕在化しつつあり、公事を領導する貴族上層部に必要な情報を供給することが困難となっていた。そこで自らも日記という装置に情報を蓄積し始めたのである。それらは当初から必要に応じて部類・抄本にアレンジされ、儀式書という形にまとめられたのであり、両者は公事情報をいかに効率よく収集・利用できるかという課題のもとに一体的な存在であった。このように見ていくと、この時期に〝発生〟した王朝日記や儀式書はすぐれて政治的な産物であったということもできよう。

第二章　王朝日記の展開——王朝日記の第二段階

はじめに

ここでいう王朝日記とは、すでに述べてきたように、平安中期、廟堂を領導すべき立場にあった天皇や上層貴族たちが、公事情報を蓄積するための装置として採用したもので、同時期に編纂が開始された私撰の儀式書や年中行事類と表裏一体の存在だったのであり、日々の出来事をただ記録するメモワール的なそれとは明らかに一線を画すものであった。

この初期の王朝日記は、平安中・後期を通じて貴族たちの間に浸透していったが、少なくとも当初は、日記を記すか記さないかは、貴族個人の意思に任せられていたようである。おそらく、公事に意欲ある少壮の貴族たちが当初の担い手であったと考えられるが、少々意欲は薄くとも公事に熟練した父親から勧められて、という者もいたであろうし、蔵人や弁官などへの任官を期に、将来の公卿への昇進を夢見て、という者も多かったであろう。昇進への絶望や不慮の死によって、短い期間で中断されてしまい、具注暦のまま、いずこかへ散逸してしまった日記も多かったのではないだろうか。

この王朝日記は、ある段階からその性格を変えることになる。むしろその段階以降のそれこそ、ここでいう情報装置としての王朝日記の特質を強く顕現した存在に変わっていくのである。つまり、結論的にいえば、この装置によって収集され利用される情報が、個人もしくはその周囲の近い人々だけでなく、当時の貴族社会に生きる人々に横断的に価値あるものとして認識されるようになるのである。さらにそれらは、タテ・ヨコ、つまり時間的・空間的に結合するようになり、やがて多数のそれらが集合し、総体として一個の大きなレベルでの情報装置を構成するようになると考える。ここでは、その変質過程と、形成された情報装置の集合体が、当該期の国家や社会にとっていかなる意味を持っていたかを考えてみたい(1)。

一　王朝日記の変質

絶世の記と世間流布の記

九世紀末から十世紀にかけての王朝日記の〝発生〟の過程については前章で述べた。しかし、この段階の王朝日記は、個人の情報装置というべきものであってもそれを越えるレベルではなかったと考える。なぜなら、この段階の日記（それに含まれる情報）は、記主およびその近親者などの狭い範囲で利用されるだけで、社会的に広範に流通するものではなかったからである。

このことは、例えば表4-aに見えるように、この時期、先例引勘の際、典拠として引用される個人の日記が、同じくbに示した十一世紀前半以前に確認される日記の数に比べてかなり少ないことからもうかがわれよう。しかし、次の史料を見ると、この時期の終わりごろには、その状況に変化が生じていることが知られる。

① 督殿命云、故左大弁存日相語云、延木御日記廿巻、自二故朝経卿息基房〔経頼婿也〕許一、借取書写了、件御記絶世之記也、世間流布御記之中、不レ被レ記之事等皆在二此御記中一、外人所レ不レ知二其由一也、又関白同不二知給一事也、一本書猶有レ畏、密々可二書写一者、而忩々間思而渉レ年之間、彼大弁薨逝了、而後家依二少将縁一、近来密々借送之、仍十一箇巻書写了、而只今源円為二彼北方使一来云、隆国卿只今来向、称二関白命一、欲レ運二取文書等一、其中有二此御日記事一、仍早可二返給一者、即付二源円一返進了、件事隆国謀略也、此御日記事、是執柄不二知給一之由、頭弁所レ語也、至レ于レ今無レ答、仍早返了者、只今少将云、件御記去夜隆国不レ取レ運、此間早々可下令二書写一給上者、即遣取了（『春記』長暦三・一〇・二八）

これは、長暦三（一〇三九）年、表4-aでも三人の貴族が共通して所持していた、当時の限られた情報源の一つであったと推測される「延木御日記廿巻」

表4　10世紀末～11世紀前半の公事情報源

a　引勘される日記

小右記（実資）	宇多・醍醐・村上・重明・太后御記・実頼・忠平・師輔・保忠・親信
権記（行成）	醍醐・村上・重明・保光・師輔
左経記（源経頼）	醍醐・村上・重明・忠平・師輔

b　11世紀半ば以前で存在が確認される記主

天皇	宇多・醍醐・村上・一条・後朱雀・後冷泉・本康親王（仁明皇子）・重明親王
源氏	国盛・為善（光孝），致方・道方・経頼（宇多），保光・延光・長経・道成（醍醐），師房（村上）
北家嫡流	藤原忠平・師尹・済時・保忠
小野宮流	藤原実頼・実資・資平・経任・資房・資仲
九条流	藤原師輔・為光・相尹・行成・道長・教通・頼宗・長家
その他	藤原為輔・宣孝（勧修寺流），藤原有国（日野流），平親信・範国・行親，中原師任，清原頼隆，大江維時・斉光

注：一部の例外を除き，ほとんどすべての日記がまとまった形では現存していない。

（醍醐天皇の日記）についての記事である。この日記を所持していた「故左大弁」源経頼が亡くなった二カ月ほど後に、経頼の女婿である弟資仲の連絡を受けた資房（『春記』の記主）が、経頼の後家から借りて書写したところ、関白（頼通）の命と称して、同じく女婿の源隆国が経頼の所蔵文書を運び去ろうとしたという内容である。

この記事は、一見、ある貴族の死によって生じた遺産争いといった内容であるが、その遺産争いの対象に所蔵されていた日記、特に本人のものではなく、他人のそれが対象になっている点に注目すべきであろう。

ここでは、経頼が持っていた醍醐天皇の日記が、「世間流布」のそれには書かれていないことが「皆」載っている「絶世之記」であり、かつ「一本書」であったことが、その争奪戦の原因となっている。この醍醐天皇の日記といわれるものに、多くの写本の存在と、それらになんらかのレベルの違いが生じていることがうかがわれよう。まず当該期、醍醐天皇の日記になぜこのようにさまざまな写本が生じていたかについて説明しておこう。

前章でも述べたように、醍醐天皇の日記は、帝の死後、おそらくその幼帝の補佐の資とするために早く殿上の日記の御厨子に半公開状態にあった。そのため、早くから公事に熱心な貴族たちによって書写され、多くの抄本や逸文が彼らの日記の中に残されることになったようである。天皇の自筆本は、すでに村上天皇の晩年に紛失してしまった部分もあったらしく、[2]十世紀末段階では原本とは別に抄本が設備されたりしているが、[3]欠巻も多くなりその補写が問題になっている。[4]しかし結局、寛弘六（一〇〇九）年の内裏焼亡によって、[5]村上天皇の日記とともに焼失してしまい、その後貴族たちが書写していた日記から復元作業が行なわれたらしいが、どの程度復元されたかは定かではない。

出典
『春記』長暦 3.10.28
『江記』寛治 3.1.4
『中右記』康和 4.9.11
『江談』第 2-36 話
『中右記』永久 2.3.29・3.30
『法性寺殿御記』元永 2.3.1
『長秋記』大治 4.5.18
『三長記』建永元 .2.16

経頼が女婿基房から書写した醍醐天皇日記は、このような過程において貴族たちによって数多く作成された写本の一つだったが、それが「絶世之記」と見なされた原因は、所功氏[6]が指摘しているように、醍醐天皇の皇子で『吏部王記』の記主であった重明親王が早い段階で書写したものが、その女婿である朝光へ、さらに外孫の朝経からその子基房へ伝わったものではないかと推測されている説に従うべきであろう。

この史料①を見ると、当時日記に一種の価値観が生じていたことがわかる。この「絶世之記」や「一本書」という日記に対する表現は、おそらく他に同様の本がない稀覯本を示していると考えられ、同じ史料にみえる「世間流布」という表現と対になっていることが知られよう。表5に整理したように、このような表現は、この史料①以後、貴族社会に時折見ることができ、この時期から次第に一般化していったのではないかと考えられる。一方の当事者、源隆国が関白頼通の名を出して、日記を奪い取ろうとした点も注意すべきである。これは頼通個人の嗜好を持ち出したわけではなく、このような日記に対する関心が貴族社会の上層部に広まっていることを示すものであろう。

ただし、この日記に触手をのばした二人の貴族（資房・隆国）が、

表5　日記の価値

時期	表現	対象
長暦3（1039）年	世間流布・一本書	「延木御日記廿巻」（醍醐天皇の日記）
寛治3（1089）年	世間披露之本	「延喜御記」（醍醐天皇の日記）
康和4（1102）年	我朝一本書	「政事要略」（惟宗允亮作の故実書）
天永2（1111）年以前	「非普通御記」	「延喜御日記」（醍醐天皇の日記）
永久2（1114）年	世流布・世之常所用日記	「西宮記・四条大納言・九条殿記等」（『西宮記』は源高明作の儀式書，「四条大納言」は藤原公任作の儀式書『北山抄』のこと，「九条殿記」は藤原師輔の日記）
元永2（1119）年	披露於世間	「清涼記」（村上天皇作という儀式書）
大治4（1129）年	世間流布本	「占事略決」（安倍晴明作の占卜書）
建永元（1206）年	世間流布之本	「小野宮右府記」（藤原実資の日記）

女婿の縁を通じてであったこと、日記を遺した経頼自身がこの日記を入手した経路も、やはり女婿の藤原基房からであったことから考えると、その流通の範囲はまだ決して広いものとはいえない。前章で触れたように、姻戚関係が日記の伝来経路に占める比重が大きいことは、まだ前代からの状況が続いていることをうかがわせるのである。

「日記の家」と公事情報

ところが、十一世紀後半頃から、王朝日記は、官司請負制の展開や摂関家を頂点とした貴族社会の再編の中で形成されつつあった「家」と結びつき、「家」の日記（家記）として、「家」の社会的な性格・機能の一部を担うようになる。いわゆる「日記の家」の形成である。(7)これによって、貴族社会に、自分の「家」の父祖代々の日記を集積・保管するだけでなく、その「家記」の充実のために、他の日記にも強い関心をもち、従来の枠を越えて収集しようとする意思を生み出すことになる。そのため、日記（の動向）に対する情報も広く社会の中で行き交うようになり、それらも公事情報の一角を構成するようになる。

このような人々の情報収集活動に誘導されて、日記は、記主およびその子孫のもとだけに留まるのではなく、多くの人と人、「家」と「家」との間を活発に移動するようになるのである。それはこの時期以降、頻繁に行なわれた日記の書写や贈与（献上）ばかりでなく、売買や強奪まがいのことをも手段として行なわれ、日記の「流通」が始まったとも評価することができよう。

さらに、このような「日記の家」には、その下部に新たに別な「日記の家」が重層的に形成されており、公事情報の蓄積も重層的なものになっていった。この重層的な上下の「家」の間では、日記の提供が一種の奉公と見なされるようになり、(8)それをインパクトとして、その間での日記の移動も頻繁になっていったのである。このような日記を媒介としての縦横上下の活発な情報交換により、公事情報は、特定の「家」に集中して孤立的に蓄積・保管されるのではなく、一定部分が共有されて社会的に存在することになる。

例えば、一つの儀式に関する情報が、それに参加した貴族・官人たちによって、異なったレベルで複数の記録として作成され、個々の「家」において伝来していくが、一方で、それらは、儀式に参加できなかった人々にもさまざまな所縁を通じて提供され、共有されていった。特に勧修寺流藤原氏のように、職事・弁官など実務的な官職を「一門」で担う貴族たちは、長く分裂していく「家」の枠組みを超えた「一門」間で日記を流通させ、情報を交換するシステムを維持していた(9)。さらにそれらは主家である天皇家や摂関家へ提供され、姻戚関係や公事の師弟関係を通じて、他の貴族へも流れ込んでいく。公事情報は日記を媒介としたネットワークによって貴族社会の中を流通し、たんに個人の活動を支える装置のみならず、それら総体として国家機能を円滑に（貴族たちが考えるレベルでの）機能させるための装置として機能し始めるのである。このような段階に至った王朝日記（ネットワークで結合した「家」の日記の総体として機能する）は、国家レベルの情報装置として考えることも可能なのではないかと思う。この点についてもう少し検討してみよう。

二　王朝都市京都と王朝日記

京都の文庫

それでは、このような王朝日記が国家レベルの情報装置に変わるには、いかなる背景が必要であったのだろうか。王朝日記が、一面で家記のネットワークの形で機能するためには、ある特殊な場を想定しなければならないようであり、その実現には、当該期における国家中枢部全体の構造変化を考えてみなければならないようである。

平安時代を通じて、わが国の政治・経済・文化の中心は京都にあった。しかし、その京都は、すでに多くの研究によって明らかにされているように、従来の律令国家の首都平安京から、左京を中心とする王朝都市ともいうべき存在にその相貌を変えつつあった。特に院政の展開の中で、治天の君の御所や離宮・御願寺などが展開した白河や鳥羽など、東と南に拡大しつつあった。この平安京から王朝都市京都への変化は、たんに景観的なものにとどまらず、首都機能のあり方そのものにも変化を生じさせたようである。

古代以来の首都であり、荘園公領制の結節点として、王権とそれを囲繞する貴族集団の集住の場として、さらに習合化した宗教勢力の中枢として、王朝都市京都には、多くの情報が人やモノとともに流れ込み、それらの交換の場であったことはいうまでもない。ただし、従来、都市内外におけるさまざまな情報の伝播や交換については言及されても、国家機能の一環としての情報装置にいかに取り込まれ、保管され、変換されるかについて具体的に論じたものは少ないようである。ここでは国家の情報装置化した王朝日記の京都内部における存在形態が、天皇・貴族・官人の文庫という形を顕現することに着目し[10]、それらを検討することからこの問題について考えてみよう。

表6は、平安中期から室町時代にかけて史料上確認できる天皇・貴族の文庫（もしくはそれに類するもの）を収集・整理したものである。一応、史料上に文庫・書倉などと明確に表現されるものを中心にし、落ちもあると思うが、大体の傾向をつかむのには十分と考えられるので、まずこの表からわかることをいくつか指摘しておきたい。

第一に、確認できる文庫で、十一世紀前半以前に遡れるものはきわめて限られるということである（石上宅嗣の芸亭や菅原道真の紅梅殿を入れてもこの傾向はそれほど変わらない）。この点、小野則秋氏[11]が、平安中期以後「故実の尊重によって一般日記を記す風が旺んにな」ったことなどにより、文庫が次第に多くなると指摘され、すでに所蔵物としての日記の存在に着目されていることは注目されよう。ただ問題は、表6の典拠の項目に示した史料の年紀に明らかなように、日記が記され始めた十世紀頃から増加するのではなく、現象的にはかなり遅れるということである。おそらくこのことは、単純に十一世紀前半以前に文庫が少なく、以後増加したことを意味するのではない。直接の原因は、むしろ確認される文庫の所蔵内容の項のほとんどに、所蔵物として日記と文書があがっていることから推測すると、これらに対する人々の関心の増大が、文庫の存在への関心と結びついて、史料に多く残されるようになったものと考えられる。前述の日記への関心の高まりの一環と考えてよいと思う。

第二点として、表6の種類の項にゴシック体で示したように、文庫の一形態として文車《ふぐるま》の存在が意外と目につくことである。

この文車については、小野氏のような文庫史の研究や乗り物としての牛車の概説などで簡単に触れられることは多いが、それを主対象にして歴史的意義を検討した研究はほとんどないようである。最近、大村拓生氏[12]が、貴族の「家」文書の、火災からの避難の問題の中で言及されているくらいであろう。しかし、従来は、文庫の中の特殊な一形態として、軽く扱われてきた傾向のあるこの文車であるが、表の摂関家の忠実や兼実、村上源氏の雅頼の種類の項に見えるように、ただ「文庫（文蔵）」と表現される場合でも、車倉、つまり文車の可能性があり、実際の事例はもっとずっと多かったと推測される。史料的に中世前期に集中して現われる傾向も含め、当該期の保管構造の特色の一つとして評価し直してよいのではないかと思う。詳細については次章で改めて論じるが、ここでは二つの点だけ指摘しておきたい。

第一に、大村氏がすでに指摘しているように、「故内府日記」や「家記」など[13]、当時の貴族にとって重要なものを収納し、火災などいざという場合への備えとしていたこと、第二点として、これらの文車が、火災や戦災などのためだけに備えたものではなく、貴族たちは日常的にそれらを移動させ、公事その他の活動の道具としていたのではないかということである。これらの移動は、王朝日記という記録装置が、情報のみを移動させるのではなく、その装置そのものの移動をともなう動的な存在で、それがこの時期のシステムの柔軟性や一種の強固さを生み出していたのでは

表 6　王朝貴族（中世公家）の文庫・書倉――平安中期～室町期

家	所有者	種類（所在地）	所蔵内容	典拠
天皇家	白河院	六条御倉	延喜御記	『江記』寛治 3（1089）.1.4
	堀河天皇	御書御倉（堀河殿）	？	『永昌記』嘉承元（1106）.7.7・同 2.8.21「南御蔵」
	鳥羽院	勝光明院宝蔵	後二代御記	『玉葉』治承元（1177）.11.18 他
	後白河院	蓮華王院宝蔵	本朝書籍及諸家記	『吉記』承安 4（1174）.9.13 他
	後嵯峨院	文蔵（冷泉殿）	文書	文永 9（1272）.1.15 後嵯峨院処分状案他
	亀山院	文庫（万里小路殿）	和漢文書	『実躬卿記』正応 2（1289）.7.18 他
	花園院	文庫（安楽光院）	信西文書	『花園天皇日記』』元亨 4（1324）.3.25
	光厳院	**文車（96 両）**	文書	文和 3（1354）.6.5 付『仙洞御文書目録』
	後土御門天皇	**文車二両**	文書	『晴富宿禰記』文明 11.7.2 他
摂関家	道長	文殿	書	『小右記』長和 3（1014）.11.28
	頼通？	平等院小経蔵	自筆御記・秘蔵文書等	『兵範記』久安 5（1149）.10.26 他
	師実	東三条殿御倉	文書	『後二条師通記』応徳 2（1085）.4.25
	師実	法成寺文書蔵	文書	『後二条師通記』応徳 2.6.20
	師通	文蔵	権記他	『後二条師通記』寛治 7（1093）.4.3
	忠実	**文蔵（車倉）**	御堂御記他	『殿暦』天永 3（1112）.11.10・同 4.6.7
	忠実	鴨井殿	文書	『中右記』大治 5（1130）.1.29
	？	？（鴨院・鴨居殿）	累代日記	『玉葉』寿永 2（1183）.12.5 他
	忠通	書倉（？）	京極殿・後二条殿等御記	『台記』久安 7（1151）.1.3
	頼長	文倉（大炊高倉）	全経・史書・雑説・本朝	『台記』久安元（1145）.1.19・4.2 他
	基房	**文車七両**	文書（櫃百余合）	『山槐記』治承 3（1179）.12.5 他
	兼実	**文車八両**	日記	『九条家文書』元久元（1204）.8.23 藤原兼実譲状
	道家	東福寺経蔵	家秘書	『九条家文書』建長 2（1250）.2.11 藤原道家惣処分状
	兼経（近衛）	文庫（近衛殿）	文書	『岡屋関白記』寛元 4（1246）.5.2
	兼平（鷹司）	文庫（鷹司殿）	？	『鷹司家文書』正応 6（1293）.4. 藤原兼平譲状
	経嗣（一条）	文庫（一条第）	和漢文書他	『続史愚抄』応永 16（1409）.4.24 他
	政家（近衛）	文庫（陽明里亭）		『実隆公記』文亀 3（1503）.9.9

村上源氏	師時 雅頼 通行（久我）	書倉 **文車六両** 文庫（久我殿）	両府御日記・諸家日記他 漢家・日記之類 記録本籍他	『長秋記』大治 4（1129）.2.16 『玉葉』安元 3（1177）.4.2 『尊卑分脈』村上源氏久我通行注，康正 2（1456）.1.28 焼失
花山院流 藤原氏	師継	**文庫文車（堀川第）**	和漢文書・家記・故内府日記	『勘仲記』弘安 10（1287）.8.6
中御門流 藤原氏	宗忠	**文車**		『中右記』大治 4（1129）.5.30
白河流 藤原氏	宗通	九条倉	大宮殿御記・除目文書他	『中右記』保安元（1120）.11.13
三条流 藤原氏	公忠 実隆（三条西）	**文車** 文庫	儀式・新儀式・内裏儀式他 ？	『後愚昧記』永和 4（1378）年紙背文書 『実隆公記』享祿元（1528）.8.30 他
西園寺流 藤原氏	公衡 実兼 公賢（洞院） 公名	**文車** 北山文庫 文庫（大炊御門） ？	「大法間雑事文書，人〃消息等」 家記・次第・諸家記・雑文書 家記・除目叙位等文書 記録 400 合	『公衡公記』弘安 11（1288）.3.28 元亨 2（1322）.7.23 付西園寺実兼置文案 『愚管記』延文 5（1360）.4.8 他 『経覚私要抄』長祿 4（1460）. 閏 9.18 他
勧修寺流 藤原氏	経房 宗隆 定嗣 惟房（万里小路）	吉田倉（浄蓮華院） 文庫（梅小路堀川） **文車** 文庫	累代雑文書 和漢文書 文書 ？	『勧修寺家文書』正治 2（1200）.2.28 付藤原経房処分状 『百錬抄』嘉祿 2（1226）.8.18 『葉黄記』宝治元（1247）.9.4 『惟房卿記』天文 10（1541）.10.9
日野流 藤原氏	実政 頼資 兼仲	書蔵 白川文倉（東山別庄） 文庫（勘解使小路）・**文車**	？ 家記など 「予抄物已下，愚記・細々書籍・曾祖父姉小路殿・祖父大納言殿二代御記」	『水左記』応徳元（1084）.4.22 『民経記』嘉祿 2（1226）.8.20・安貞 1.7.1 他 『兼仲卿暦記』文永 11（1274）.6.4

家	所有者	種類（所在地）	所蔵内容	典拠
日野流藤原氏	綱光（広橋）	文庫	宣記	『兼宣公記抄』文正元（1466）.5.9 奥書
四条流藤原氏	教言（山科）	文庫	？	『教言卿記』応永 12（1405）.8.3 他
平氏	業光	**文車**	「もんそ（文書）」	『勧修寺家文書』嘉禎 3（1237）.2.8 平業光譲状写
小槻氏	祐俊 隆職 長興（大宮）	倉（堀川高辻） 文庫 文庫（土御門大宮第）	官文書 官中文書 文書・代々記録	『中右記』寛治 7（1093）.8.24（焼亡） 『玉葉』寿永 3（1184）.1.28 『長興宿禰記』文明 11（1481）.10.24
大江氏	（匡房）	文庫（樋口町尻、千草）・倉（二条高倉）		『兵範記』『台記』『本朝世紀』『百錬抄』仁平 3（1153）.4.15
菅原氏	益長（東坊城）	文庫	？	『師郷記』宝徳 4（1452）.3.23
中原氏	師右 康富	南北文庫（六角） 文庫	文書 「予高祖父以来御記正本・代々記録，其外本書文本旧反古等」	『師守記』康永 4（1345）.4.26 他 『康富記』宝徳 3（1451）.7.5 他
清原氏	業忠（舟橋）	清大外記文庫 **文車？「数十車」**	記録	『建内記』嘉吉元（1441）.2.3・7.1 『碧山日録』応仁 2（1468）.9.2
安倍氏	泰忠 淳房	**文車** **文車二両**	文書 陰陽書？・「所撰譲之家文書」	『明月記』寛喜 3（1231）.2.1 『土御門文書』正和 2（1313）.8.23 安倍淳房譲状
賀茂氏	在盛（勘解由小路）	蔵	？	『兼顕卿記』文明 9（1477）.7.29
三善氏	康信	文庫	「将軍家御文籍・雑務文書并散位倫兼日記已下累代文書」	『吾妻鏡』承元 2（1208）.1.16

ないかということである。

大内裏の空洞化

表6からわかる第三点として、所蔵物の中に、単純に「家」の日記・文書と言えないものが含まれていることがあげられる。例えば小槻氏の祐俊の所蔵内容の項にあがっている「官文書」がそれである。これは、小槻氏による官務の請負過程にともない[14]、本来、太政官の文殿に所蔵されていた文書の一部が、十一世紀末段階の小槻氏の私邸の文庫において蓄積・保管されていることを示すものであり、同じく隆職の項に見える「官中文書」もその系譜を引くものであろう。

この十二世紀末の段階の小槻氏について注意すべきは、安元の大火により隆職の私宅で「官中文書」が焼失したと言うのに対し、「広房文書」(隆職の甥にあたる広房の所蔵する文書)は焼けなかったと言っている点である[15]。つまり、この段階の官の文書は、従来の大内裏内の文殿と、十一世紀末以降その外に作られ、さらに二つに分裂(増殖?)した官務家の文庫の、都合三カ所で蓄積・保管されていたことが知られるのである。これを、情報の保管という観点から見ると、従来大内裏内の国家機関一カ所に保管されていた公事情報が、都市内部に分散して保管されるようになったことを意味し、保管機能が格段に強化されたことを意味しよう。実際、この安元の大火の際も、三つの内二つが残ったし、嘉禄二(一二二六)年、官の文殿が焼失しても、「家」の二つの文書は生き残り、全滅することなく機能が維持されたのである[16]。

この点は、外記局の局務を世襲する中原・清原氏の「家」の文庫と、大内裏内の外記局の文殿との関係も同じである[17]。そして両者とも、大内裏内の文殿は、機能の形骸化が進みながら、十三世紀頃を最後に消滅し、「家」の文庫だけになってしまうのである。

すでに触れたように、十一世紀前半以前、公事情報の主要な情報源であった醍醐・村上両天皇の日記は、平安内裏内の日記の御厨子に置かれていた。里内裏の利用により一時的には外に出ていたが、やはり基本的には弁官・外記局両文殿とともに大内裏内に保管されていたといってよかろう。このような大内裏内部に集中して保管されていた前代の体制が、十一世紀後半以降、貴族たちに書写され、彼らの「家」の文庫に納められ、広く都市内部に分散化して保管されるようになり、火災によって内裏もしくは大内裏のそれが消滅してしまっても、ある程度の復元は可能であった。

安元の大火のように希有の大火災は別として、日常的に起きる火災では、たとえいくつかの「家」の文庫が罹災することはあっても、すべてが一遍に失われてしまうことはないであろうし、たんなる情報とは別な価値を持つ家記の類、例えば後述する天皇家の「後二代御記」、摂関家の代々の「自筆御記」のような復原のきかないものは、あらかじめ鳥羽の勝光明院宝蔵[18]や宇治平等院の経蔵[19]のような郊外の倉に厳重に保管されるようになっていた。そして保管機能のみではなく、情報を記録化し提供する機能もこの「家」によって京内に分散して維持され、必要な時に内裏の天皇や儀式・政務の場ばかりでなく、その外に多様に存在するようになった院や権門にも供給されるようになったのである。

このことは、たんに情報の問題ばかりでなく、大内裏の集中していた国家機能が、その外、つまり都市の中に移動し一体化していく流れのなかで考えるべきなのであろう。例えば、院政期に入って平安内裏と里第が対等に併用し始められ、それが、儀式の場としてだけ前者（平安内裏）を利用する傾向を生み出し、やがて放置・廃絶に至らしめる原因となったという[20]。

さらに近年の建築史の研究によれば、里第には、擬似「大内裏」空間を伴っていたことが明らかにされており[21]、たんに天皇の居所や王朝政治の場が、平安内裏から里内裏に移ったというだけでなく、「大内裏」およびその政治的機能と結合した平安内裏が、全体として機能を都市京都内部へ移動しつつあったと考えるべきなのでろう。「大内裏」の政治的機能の一部を構成する情報の蓄積・保管機能も、天皇と同じく外へ移動し、ともに都市内部に広く展開・維持されなければならなかったのである。

また、すでに触れた文車の利用状況から考えると、都市内に保管される公事情報は、「家」の文庫という一見固定的な施設に保管されるように見えながら、それだけではなく、平面的にかなり移動しながら、動的に存在していると考えた方がよいのであろう。鎌倉期あたりまでは、貴族・官人たちも特定の家に永続的に住むことなく、代ごとに転居することも多かったのではないだろうか。固定的な文庫よりも移動可能な文車の方が利便性に優れていたと見るべきであろう。さらに前章で触れたような当該期における日記の書写や提供・相続、ときには売買や強奪による「流通」という動きも含め、都市内で活性化した状態で存在していると見るべきであり、これらが当該期の保管構造の特殊性を生み出しているのである。

三　王権と情報

次に、この保管装置を国家的なものと考えた場合、それを維持するためにどのような政治的な力が働いたかについても考えなければなるまい。

第二段階の王朝日記の場合、「家」を基本的な単位として貴族社会において機能していたわけであるが、形成期の「家」は、分裂や断絶を繰り返しており、その際、さまざまなトラブルを生じていた。「家」は、変動する社会を乗り越えていくために必要な組織としての利点をもつ一方、構造的な弱点をもっていたことも確かである。この矛盾をどのように止揚していくかは、これら「家」によって維持される国家機能を問題なく機能させていくために国家的に必要な課題である。そこに当該期の王権の問題が浮上することになる。

第一章で述べたように、公事情報の記録装置としての王朝日記は、「家」を基本的な単位としながら、縦横への情報の交換・流通が円滑にいってこそ、前代に比較して安定的かつ柔軟性を持って機能していくものと考えられる。しかし、この「家」という枠組みがあるレベルを超えて強化され、硬直化するに従い、情報の交換が滞ったり（日記の秘蔵）、また「家」内部もしくは「家」と「家」との間でトラブルが生じ、その国家装置としての機能が機能不全に陥ることも起こりうるのである。このような危機に際しては、個々の貴族レベルでは対処できず、より上部の存在により、情報の交換の活性化をはかり、その機能の安定化を維持しなければならない。

特に、王朝日記が供給する公事情報は、この時期形成されつつあった「中世天皇制」[22]を円滑に機能させるために必要なオイルのようなものであると考えられる。その機能不全は、当該期の王権を動揺させることにもなりかねない。自らも「家」を形成しつつあった、この時期の王権の主催者に、王朝日記への関与を迫った背景である。以下その具体的な状況を見ていこう。

「治天の君」による日記収集

以前、天皇・院と日記との関係について、平安中期より室町期に至るまで検討を加えたことがある[23]。その際、白河天皇より安徳天皇に至る間、天皇を記主とする日記がほとんど確認できない「空白期」にもかかわらず、院政の主たる院（治天）自体は、この時期の日記に対してきわめて活発な活動を繰り広げていたことを指摘し、天皇家の「日記の家」化という視点から理解を試みた。しかし、同時期の貴族の「家」に比べて、治天のそれは強烈な意志とスケールの大きさという点で、捉えきれない側面が残り、不十分さを拭えないものに終わった。ここでは、再びこの空白期および次の後鳥羽院政期、さらに中世を通じての治天の活動を、王朝日記と王権の問題の中で捉えなおしてみよう。

院政を開始した白河院は、この時代の貴族たちと同様、公事情報およびその一環である日記についての情報に強い関心を持っていた。彼は貴族社会に広く情報網を張り、貴族の日記入手の事実を嗅ぎつけ、彼らにその提出を求めていたようである（この点については第四章で詳述する）。彼は、自らのこのような活動を「日記逍遥」と表現しているが、[24]そのような院の要求に対して、「惜しみ申」す者、つまり日記の提出に消極的な者もいたらしい。[26]これは、狭義の家記[25]を院に献上してしまうと、たんに見るだけでなく、まるごと書写されてしまう恐れがあり、そうなるとそこからさらに他者の目に触れることもありうるわけで、家記としての価値が低下してしまう以上、当然のリアクションであったと考えられる。

一方、権力者の歓心を買うため、日記を自ら持ち込む者も多かったようである。例えば、第四章で触れる藤原顕仲の場合もそうであるし、白河院が近臣らに手分けして書写したという源経信の日記も「子族」つまり子孫が進上したものであった。また、第七章で触れる晩年の日記を焼いたという大江匡房の場合も、その日記の主たる部分は、同様の事情で院に献上され書写されたと推測される。[27]

このような大掛かりな日記の書写活動を伴う姿勢は、「好みて古記を見る」[28]といわれた鳥羽院や以降の治天にも受け継がれていったようである。例えば、鳥羽院の場合、藤原行成の日記五〇巻を「御所近辺」で院自ら監督のもと一括書写しているし、[29]後鳥羽院も「中山内府記」（藤原忠親の日記）を丸ごと書写している。[30]家司らに手分けしての書写活動は、摂関家・一般貴族でも事例がないことはないが、このように他家に所蔵されているその「家」の日記を丸ごと提出させて書写という例はあまり見かけない。

また、治天の場合、なんらかの事情で所蔵者の手を離れた日記・文書を一括入手する事例も多い。鳥羽院は、源師時の文書を入手したといい、[31]後白河院は、藤原惟方の養子頼憲の文書を、[32]後鳥羽院は平重衡に伝来した「邦綱卿文書[33]」を、いずれも政治事件がらみで入手していたようである。

これらは、前著では、天皇家の「家」の日記の一部となったと評価し、その「日記の家」化の一過程と考えたが、いま少し慎重に評価する必要があると考えている。

前述の「中山内府記」や、同様に入手された「堀河左大臣記[34]」（源俊房の日記）は、確かに一旦は天皇家の倉である勝光明院や蓮華王院の宝蔵に納められたが、そこに所蔵されていた日記群は、貴族たちに貸し出されたり、こっそり書き取られた場合もあったらしく[35]、その結果次々と書写されることによって、貴族社会に流布してしまうのである。前著では、十二世紀末には、誰もが共通に所持している共有財産的な日記のグループが形成されることを指摘したが[36]、その中の源師房・経信・師時、大江匡房・藤原頼長といった、かなりの割合の日記が、このような院の一括書写や入手を契機に、外へ流出し「家」の外の人々の目にさらされた可能性が強いのである[37]。

確かに「日記の家」の視点から見た場合、治天による「家」の日記・文書の半強制的な書写および接収行為は、「日記の家」の破壊につながるものであり、天皇家自身の「家記」の保管の不十分さとともに、マイナス行為のように見える。しかし、すでに見てきたような「家」の枠組みの強化にともなう情報の硬直化に対して、結果的には強制的な情報公開となり、情報の活性化をもたらしたともいえるのではないだろうか。

このように、所蔵された日記が、関係の廷臣たちに貸し出され書写されるというのは、最大の「日記の家」摂関家にも事例が見えるが、ここで注意すべきは、治天の場合、意図的にというよりも、管理の杜撰などにより収集された日記が外に漏れていくと理解した方が適切と思われることである。例えば、源師時の日記の場合のように、鳥羽院の段階で入手されていたはずのものが、後鳥羽院の段階で、貴族たちに再び提出を求めているような場合があり[38]、後白河院による蓮華王院宝蔵の所蔵目録作成と「撰定」作業も[39]、日常的な管理が行なわれていなかったことの反映と考えられる。

このような状況には、鳥羽院が後朱雀・後三条の「後二代御記」を「起請」によって勝光明院宝蔵に厳重管理の措置をとったこと以外は、同時代の貴族たちに一般的に見えるような、代々の日記を集積し、収集した日記をきちんと整理して自分および子孫の利用に備えるという「日記の家」としての基本的な性格は看取できない。その萌芽はすで(40)にあるとしても、天皇家の場合、本格的な「日記の家」化は、やはり狭義の家記の連続性が確認される第四期以降に(41)見るべきなのであろう。ならばこの空白期を、「日記の家」以外の評価を見るとするならば、いかに考えるべきなのであろうか。

『後三条院御記』

まず次の史料を見ていただきたい。

② 早旦参二入院一、頃而召二御前一、申二昨日仰旨一、一々承了者、……今日吉日也、後三条院御記可二持参一、年来早雖レ可二進覧一、依レ為二我身秘書一不レ放レ手、但後朱雀院御記故院早不レ給レ我、是定吉例也、依二彼例思出一、于レ今遅々之由可レ申者、但此記ハ類聚也、合廿巻、入二塗手筥一合一、付二御封一、廿巻外目録一巻（年中行事四巻、臨時九巻、神事二巻、仏事五巻、至本書者猶留院歟）、申時許従レ院帰二参内一、路間入車、入夜参二御前一、且奉二御記一、且申二御返事一（『中右記』康和四・一〇・二三）

この記事は、記主宗忠（当時右大弁）が堀河天皇の勅使として白河院に参上した際、院が天皇に持参するようにと、白河の父後三条の日記を預かったというものである。ただし、この日記は部類記で原本は院のもとに留められていたらしい。また院の仰せとして、本当はもっと早く進覧してもよかったのだが、自分にとって「秘書」であり、さらに父後三条が自分に対して、後三条の父後朱雀の日記をすぐには渡さなかったという先例にもかなっているからという。

この後三条天皇の日記については、橋本義彦氏[42]によって、後述の白河院作成の年中行事とともに、この時期、宮廷行事における天皇の主導権を取り戻すための努力の一つとして注目され、のち、この視点は、井原今朝男氏[43]によってさらに発展させられ、これらに記された「主上御作法」を独占しえた者こそ、この時期の最高権力者であったと位置づけられている。また、井原氏は、この「主上御作法」の成立は、古代天皇の個人的人格的な権力から、機関的非人格的な権力への移行を示し、それこそ中世天皇制の成立ではないかと評価されている。

筆者も、井原氏の研究と同時期、この後朱雀および後三条天皇の日記の相伝を、後朱雀から後三条へ、さらに後三条から白河、そして堀河へと直系で相伝されている点に注目し、「日記の家」としての天皇家の形成過程のあらわれとして位置づけた。しかし、この白河朝から安徳朝にかけて、院がさまざまな日記に関わる記事は多いのに、院・天皇自身の日記がほとんど確認されない空白期になっている事実については、消極的な説明しかできなかった。ここでは、井原氏の理解を取り入れながら、もう一度この時期の天皇および天皇家と日記の関係を捉えなおしてみよう。

さて、史料②を再び見てもらうなら、この康和四（一一〇二）年には、天皇は二三歳に達し、すでに立派な成人であり、政治的な意欲も高まっていたと考えられ、それに応えて、政務の資となるべく後三条の日記を提供したと考えられよう。しかし、事態はもう少し複雑なようである。

まず考慮すべきは、この時期天皇を補佐すべき摂関を欠いていたことである。成人した堀河天皇を補佐し、積極的な政治を展開していた関白師通が、承徳三（一〇九九）年に急死し、本来その跡を継ぐべき忠実（二二歳）がまだ若年でまかせられなかったので、ピンチヒッターに立っていた師通の父師実が、ちょうどこの前年の康和三年に亡くなっている。

この康和四年当時、忠実は右大臣ではあったが、まだ二五歳であり、ほぼ同年代の天皇を補佐するには明らかに未熟であった。摂関家では、教通流の信長などとの後継者争いに懲りていたので、師実の子家忠・経実が権大納言に達していたものの、すでに早くから後継者の地位は忠実に一本化されていたと考えられ[44]、そのためこの期に至って関白として天皇を補佐すべき人材にエアポケットを生じてしまったのである。場合によって、天皇の暴走や公事の停滞もありうると見た白河は、「天皇御作法」の規範たるべく後三条の日記を提供し、バックアップをはかっていったものと考えられよう。

ここで気になるのは、この段階で堀河に提供された日記が、原本そのものではなく、部類記であったことであろう。後三条が記録したものを、そのままではなく、より利用しやすいように公事情報化したものであったことがわかり、その指導は丁寧であったとも見なしうるが、白河にはもう少し別な意図があったと考えるべきであろう。それは、やはり後三条の自筆原本のもつ権威に着目し、それを天皇家の家長としての地位と結び付けようという意図が働いたと見るべきである。ちょうど、摂関家における道長の日記（御堂御記）の自筆原本のもつ意味と同じものを、後三条とその父の後朱雀の日記にもたせようと考えていたのではないだろうか[45]。

『中右記』によれば、白河自ら「主上御作法」を中心にした儀式書を作成していたことは知られており[46]、堀河にも進覧された。完成された院政の主催者として白河院を見るならば、彼の儀式書の方が権威があり、公事情報としても十分であったように感じられるが、白河院政の前半期にはそう単純に考えることができない微妙な空気が存在していたのであろう。この時期、白河異母弟輔仁を後継者にという後三条の遺詔といわれるものは生きていたと考えられるし、短期間ではあったもののその積極的な国政の余韻は、その廷臣たち、例えば村上源氏の俊房（左大臣）、大江匡房や藤原季仲など（ともに権中納言）が公卿に居残っているこの段階では、まだ根強いものがあったと考えられる。

このような状況下で、白河院は、後三条天皇という権威ある日記に含まれた「主上御作法」の情報を部類記で堀河に提供し、一方で、天皇家の曩祖の「家記」として位置付けられる自筆原本のそれを手元に確保したのであろう。白河も父に倣って日記を記していたと考えられるが、それがこの当時も、また後代においても表に出てこないのは、一つには、長い東宮生活の後、三五歳で即位した後三条によって記された日記が、短期間ながらその見識に支えられた充実した内容であったのに対し、若年になされた白河自身の日記は質的に父の日記を超えられないと判断されたかと推測され、この段階における貴族社会内に残っていた後三条への求心性にますますその思いを深くした結果であったのかもしれない。

これ以後、若年で天皇となり、公事に慣れてきた頃には、後継者にその地位を譲り、院として公事を離れた場から権力を行使するようになる当時の政治形態においては、天皇の日記は、たとえ存在していても、公事情報としての価値（王朝日記としてのレベル）が低くならざるをえなかったと考えられ、結果的に、残りにくかったり、廷臣たちの話題になりにくかったのではないだろうか。それが、結果的にこの時期に天皇の日記の空白期を生じさせる背景ではないかと考えている。

もう一点気になるのは、この後三条の日記の部類化の作業を誰が行なったかということである。どうも状況から見ると、白河本人ではなく、当時摂関見習いといった立場だった忠実であったらしい[47]。明確な時期は不明であるが、可能性としては父師通の死後、この康和四年に至る三年間ほどの間と見るのが無難であろう。この事実は意外に重要である。

堀河に提供する以前に、摂関家の忠実に後三条の自筆原本を与え部類するように命じたということは、当然のことながら、白河は彼を後継の摂関として見なしてお

出典
『殿暦』永久元（1113）.8.14・『中外抄』仁平元（1151）.7.6
『法性寺殿御記』天治 2（1125）.9.14
『玉葉』治承 3（1179）.7.22
『玉葉』文治 3（1187）.9.14 ～ 9.18
『良経公記』建久 6（1195）.2.18

り[48]、「主上御作法」を部類作業を通して学習させていたことになろう。堀河はすでに官奏の作法などを「前関白」師実から学んでいたが[49]、そのような天皇を、より白河の意にそったレベルで補佐できるように、忠実を育てようとしたものと考えられる。これは、摂関家が当時独自に蓄えたノウハウではなく、白河のコントロール下での「主上御作法」の補佐が期待されたのであろう。以後、この関係が、院政期における天皇と院・摂関間における伝統となったことは、表7に示したように、院政期の代々の摂関が、当時の治天（後三条の日記の管理者）の許可を得て、後三条の日記を閲覧し、「主上御作法」を確認していることからもうかがわれよう。これは、摂関家が「中世天皇制」を維持すべき存在に組み込まれたことの証左として考えてよいであろう[50]。

家記の保全

王朝日記が〝発生〟し、普及していく十一世紀前半頃までは、それらの日記の相続・伝領をめぐってトラブルが生じたかどうかは、今のところ確認できない。しかし、十一世紀後半に入ると、そのようなトラブルが次第に目につくようになる。すでに触れた源経頼所持の醍醐天皇の日記の場合や、次章で詳述する小野宮流の日記をめぐる騒動などがそれであり、その背景として、日記に含まれた公事情報を専有化して、他者との差別化をはかる傾向が生じてきたこと[51]、すでに触れた「絶世の記」「世間流布の記」といった公事情報以外の価値が日記に付加され始めたこと、日記が次

表7 『後三条院御記』と摂関

授与者の院（当時の天皇）	受給者（摂関）	内容
白河院（鳥羽）	忠実（摂政）	後三条院御記の「平野・北野行幸」の事
白河院（崇徳）	忠通（摂政）	後三条院「延久三年群行御記」
鳥羽院？	基房（関白）	後三条院御記を含む「鳥羽院御自抄」を所持
後白河院（後鳥羽）	兼実（摂政）	「後三条院御記」の「群行之間**主上御作法**」
後鳥羽天皇	兼実（関白）	「後二代御記」の「公卿勅使行幸事」

第に所領や世襲的官職・中心的な邸宅と結び付けられ、中世的な「家」の構成要素となりつつあったことなどが挙げられよう。特に「家」の問題は重要で、たんなる家財の一つではなく、日記を代々記し、一方で外からの入手にも努め、集積した日記を大事に保管し、保管のみならずそこに保有される公事情報を利用しやすいような形に整えるという、作成・保管・利用が有機的に結び付いた記録組織としての機能が「家」の重要な構成要素となっていくことである。前著では、このような記録組織の機能をもつ「家」を「日記の家」として概念化した。

「日記の家」においては、日記が他の家財と同様、その所有をめぐってトラブルを生じるようになるのは当然のことで、それをできるだけ回避する措置として、所領などと同様に、日記を対象に含んだ譲状（記録譲状）が作られ始めるのも、この十二世紀からである[52]。

この記録譲状は、天皇家・摂関家から地下官人に至る貴族社会だけの状況ではなく、神官層[53]にも見られ、寺院関係の譲状に聖教類が譲与対象にあがるようになるのも同様のものと見てよく、中世社会に広範に現われた現象である。

これらは、記録譲状の文面では、所領・所職とペアになっている場合が多いが、決して副次的なものとは考えられず、勧修寺流藤原氏のような実務官僚的な貴族では、日記のみを対象とした譲状も作成されている。注意すべきは、日記が同じく譲状の対象である所領などと異なり、本所―領家といった荘園制的な関係ではとらえられないものであることであろう[54]。しかし、譲状の文面に記される以上、これらになんらかのトラブルが生じた場合、当時の上部権力にその保全を期待したと考えざるをえない。おそらくそこには、これらが私的な所産ではなく、「公」のものとして、「公」を支える者たちの職務に欠くことのできないものとしての認識が存在していたはずである。例えば、『勧修寺家文書』正治二年二月二八日付藤原経房処分状案では、家記の一部が「朝家之重器」であることが明記されており、『壬生家文書』文永一〇年七月一四日付小槻有家起請案では、「嘉祿官文殿回祿の時、累代文書しかしながら焼失を以ての後、彌《いよいよ》私家の文書を以て、公務の明鏡たるべきか」と官務家に蓄えられていた「私家の文書」の公務に対する必要性が謳われている。本書の冒頭で紹介した安元の大火の際の兼実の「我朝の衰滅、其の期已に至るか」という感想もそのような認識に基づいた発言なのであろう。

十二世紀段階では、そのような記録譲状に所載された家記に対して、第七章で述べる摂関家の基房のような政治的事件に巻き込まれた場合などを除くと、外部権力による介入の痕跡は見いだせないが、十三世紀に入るとその様相は変わってくる。

例えば、『久我家文書』宝治元（一二四七）年一二月三日付の源（久我）通光置文案は、「庄〃・家の宝物・日記・文書」の処分を記載した記録譲状であるが、翌年通光が没すると、その沙汰を一任された「女房」に対し、この「女房」を母としない子たちが訴訟を起こし、後嵯峨院の院評定に持ち込まれ、閏一二月に裁可の院宣が出されている(55)。その院宣には、「久我をハ右大将ニつけられ候、家記をハ宰相中将にかきうつされ候へく候、又両本候ハん書・諸家の記ハわかたれ候へきよし、大将におほせられ候ぬ……(56)」と見えるように、家記の処分についても言及されており、家領のみならず、家記の問題も当時の公権力が介入せざるをえない問題と考えていたことが明瞭に知られるのである。同様の問題は、弘安六（一二八三）年にも起きており、日野流藤原氏の兼仲は、亡くなった兄兼頼の管領下にあった「家文書」をめぐったなんらかのトラブルを抱えていたようで、兄の死後三年を経て、その管領を認める「院宣并殿下御教書」を得ている(57)。

また、弘安一〇（一二八七）年に花山院家庶流に起きた相論も同様の背景と思われる。亡くなった前内大臣藤原師継が遺した「庄家地庄園和漢文書等」をめぐって、長子頼兼の子師藤と次子師信が争った際、師信が管領するように、亀山院の法廷で裁決され、院宣が下された(58)。この事件で注意すべきは、後宇多天皇より、師藤のもとで検封されていた「家」の日記・文書に対して保全措置がとられていることである。荘園と異なり、いずこかに運ばれて隠匿されてしまう可能性があったからであるが、前述の久我家の場合、所有者を決めるだけではなく、所有できなかった者に対し、写本を作らせるように配慮しており、彼らの日記を通じての奉公に支障が生じないよう措置を講じたものと考えられる。

このように相論で宙に浮いた「家」の文書が、「公」によって一時的に保全措置がとられる事例は、他にも、洞院公賢の死後、実子の実夏と公賢の弟で養子の実守が争った際、文庫が検封され「家」の文書が保全されたことなどがあり[59]、さらに十四世紀の末には、断絶した葉室家(勧修寺流)の「文書・家記」が一旦「公方」に収められているように[60]、室町幕府が関与する場合も生じてくる。

総体的に見れば、このような家記の保全は、本節の「「治天の君」による日記収集」で述べた治天の日記収集と入れ替わりに現われる現象であり、王権の主催者がダイレクトに諸家の日記に関わり、結果、そこで集められた公事情報が社会に還元され、一種の活性化をもたらしていた段階から、十三世紀頃を境に、自身の「家」も含め、「家」単位のブロック化された保管構造を尊重しながら、全体としてそれらの維持をはかる段階へ移行していると考えることが可能であろう。

この段階では、市沢氏が指摘するように[61]、「中世天皇制」を支える公事情報を分担するさまざまな「家」が分裂を繰り返し、常にそれらを上から調整することが求められていた。しかし、天皇の「家」も「副王」たる摂関家も「家」の分裂状況に呑み込まれるなかで、より上位の安定的な調整者(それまでの王権とは違ったレベルの)を必要としていたと思われる。貴族社会を一歩出れば、社会全体が同様の状況に陥りつつあったと考えざるをえず、次の世紀にそれを生み出す前提が整いつつあったとも考えられるであろう。

おわりに

『建武式目』の第一条から、幕府を鎌倉に置くか京都に置くかについて、幕府内部で意見の相違があったことはすでに諸書で指摘されている。最終的に京都が選ばれたことについても種々理由が検討されているが、幕府が拠って立つべき天皇を、いろいろ紆余曲折があったものの、持明院統天皇家から選ぶことになったこともその理由の一つとして考えてよいのではないだろうか。後醍醐天皇は、自ら新たな王権を創出しようとして、武家政権をめざす尊氏らと対立し、その政権は瓦解したが、この持明院統天皇家には、自ら武力を動かし、時代に相応した新たな王権を生み出そうとする意志は見いだせない。しかし、「日記の家」の視点から見る限り、分裂していた諸天皇家の中で、もっとも「中世天皇制」を支える機能（「器量」と言い換えてもよい）を持った天皇の「家」であると評価され、それゆえに、彼らは貴族社会を超える視野をもたない人々であった。この「家」ならば、縮小しつつあった王朝勢力を構成する諸家とともに、「中世天皇制」を維持すべき「家」として、幕府がめざす新しい国家権力に包摂可能と見なしたのではないだろうか。

彼らの公事情報は、周辺の寺社を含め、京都を舞台に完結したものであり、そこから離れてはたちまち機能不全に陥ることは、以前、平家の福原遷都を論じた際に検討した(62)。すでに見てきたように、「中世天皇制」を維持するためには、大内裏の消滅に象徴される、律令国家の首都からまったく変貌した王朝都市京都とセットでなければならなかったのであり、彼らの行動を規定する公事情報が、前代と異なり社会との遊離化、つまり有職故実化が進むなかで、すでに武力のみならず、政治力や文化的な力を身につけていた武家勢力が、頼朝は躊躇した彼らの本拠地に乗り込むことを可能にする条件はやはり整いつつあったと見るべきであろう。

第三章　文車考

はじめに

平安中期から中世にかけて大量に作成された天皇・貴族の日記については、当該期における史料としての重要性もあいまって、さまざまな視点から捉えなおそうという試みがなされつつある。この時代の日記は、現代のわれわれのそれとは異なり、貴族たちの官僚としての活動やその基盤となる「家」の問題と密接に結び付き、彼らの社会的な生活とも切り離せない存在であった。彼らにとって日記がいかなる存在であったかを追究することは、この時代の国家や社会の構造そのものにメスを入れることになるのである。

筆者もそのような問題意識に支えられ、日記（およびそれを作成する営み）を情報史の視点から捉え直そうと試みた。[1][2] 日記に書かれている記載内容をなんらかの「情報」として把握し、[3] 日記をさまざまな「情報」をストックし、変換し、他へ送る一つの装置として理解しようという試みである。日記を近代以降の個人的な営みからいったん切り離し、社会的な存在に置きかえ、その時代に有用な「情報」の流れや保管されることの意味を探ることによって、政治や社会・文化の構造を新たな視角から捉えなおすことができるのではないかと考えている。

そのような視点から見ると、情報装置としての日記は、個々の貴族またはその「家」のレベルではなく、社会的にはそれらの集合体として把握することが可能であろう。その集合体に蓄積・保管された情報は、国家運営に必要な情報を大量に含んでおり、全体として国家機能の一部を補完していることになるのではないか(4)。本来、官・外記の文殿などに集中保管されていたそのような国家情報は、官務・局務家の形成とともに、それらの「家」の文庫に管理されるようになり、一方では貴族たちの形成する「家」の内部でも、何代にもわたって作成された「家記」に公事情報が蓄積され、全体として国家情報として存在していたと推測されるのである。それらは都市京都内部に分散しながら、かつ都市そのものと密着して機能していたのであろう。

さらに日記（およびそれに含まれた情報）は、都市内部の保管場所に固定的に存在していたのではなく、都市という空間の中で活発に動いていたのではないだろうか。例えば当時、日記をめぐって書写・贈与・相伝・売買・接収などさまざまな行為がなされ、貴族たちの間を頻繁に行き交っていたことが知られる。そのような状態の中でこそ、日記に記録されたさまざまな「情報」は活性化され、弾力的に国家運営に資されていたと推測されるのである。

このような日記を大量に保管していたのが、朝廷や貴族が所有する文庫（文倉・書倉）であった。文庫については、すでにいくつかの研究がなされているが(5)、保管面に重点が置かれ、その中に保管されたものがどのように利用されていくかまで含めて理解しようとしたものは少なく、さらにその時代の政治制度や社会構造と関連させてその機能を検討しているわけではない。日記の情報装置としての機能を検討するためには、それを保管する機能を果たす文庫も、従来のように固定的に考えるのでは不十分なのではなかろうか。そこでクローズアップされてくるのが、文車《ふぐるま》の存在である。

文車は、事典などでも「文書・書籍を収載して運搬する車」（吉川弘文館『国史大辞典』「ふぐるま」の項）として、簡単な説明がなされるばかりで(7)、本格的に調査されたものは管見に入らない(6)。その施設としての性格上、「防火」用書庫としての側面と、乗り物としての「牛車」の側面から触れられるが(8)、どちらかといえば前者において若干の説明がなされるものの、専論はなく研究史の谷間的存在であったといえよう。近年、大村拓生氏が論及されているが[9]、やはり防火施設としての側面だけの評価のようである。はたしてそれでよいのだろうか。もっと日常的に「車」としての機能が役立てられ、前述の都市内部における情報の運動性に貢献していたのではないだろうか。以下、本章ではこの点について考えてみよう。

一　文車の利用と構造

表8は、第二章において提示した平安中期から室町時代にかけて史料上確認できる天皇・貴族の文庫[10]を収集・整理した表6から文車関係のものを抜粋して新たに整理したものである。前章では、平安期から中世にかけての文庫について、第一に、確認できる貴族らの文庫で十一世紀前半以前に遡れるものはきわめて限られるということ、特に、日記が記され始めた十世紀頃から増加するのではなく、現象的には十一世紀後半以降に増加していくように見えること、そして第二点として、本章に表8として掲示したように、文庫の一形態として文車の存在が意外と目につくことを指摘した。

「はじめに」で触れたように、従来は文庫の中の特殊な一形態として軽く扱われてきた傾向のある文車であるが、表8の藤原忠実や同兼実、源雅頼の表記の項に見えるように、ただ「文庫（文蔵）」と表現される場合でも、車倉、つまり文車であったことがわかるものがあり、これらから推測すると実際の事例はもっとずっと多かったと考えられる。

さらに表8に整理したように、文車の利用は、天皇家から下級官人層まで貴族社会において広い範囲に及んでいる

所納物	典拠
	『殿暦』11月10日条
御堂御記他	『殿暦』6月7日条
？	『中右記』5月30日条
「漢家書」・「日記之類」	『玉葉』4月29日条・5月15日条
文書「櫃百余合」	『山槐記』12月5日条
文書	『玉葉』4月29日条（「将来」とあるので文車と見なした）
御譜	『文机談』巻第4
日記	『九条家文書』元久元年8月23日付藤原兼実譲状
文書	『明月記』2月1日条
「もんそ」（文書）	『勧修寺家文書』嘉禎3年2月8日付平業光譲状写
文書	『葉黄記』9月4日条
日記・抄物類	『兼仲卿暦記』6月4日条
和漢文書・家記・故内府日記	『勘仲記』8月6日条
「大法間雑事文書，人〃消息等」	『公衡公記』3月28日条
陰陽書？・「所譲之家文書」	『土御門文書』正和2年8月23日付安倍淳房譲状
記録・文書	文和3年6月5日付『仙洞御文書目録』
儀式・新儀式他	『後愚昧記』紙背文書
史書・日録	『碧山日録』9月2日条
「御文書」	『晴富宿禰記』7月2日条
「ヒツ」	『言国卿記』6月24日条
「御記ノヒツ」	『言国卿記』2月10日・12月17日条
「御双俉ヒツ」	『言国卿記』閏6月23日条

表8　王朝貴族（中世公家）の文車

年次	表記	所有者	所有者の出自	極官
天永　3 (1112)	車倉	藤原忠実	御堂流	摂関
天永　4 (1113)	文蔵 (車倉)	藤原忠実	御堂流	摂関
大治　4 (1129)	文車	藤原宗忠	中御門流	右大臣
安元　3 (1177)	文車六両	源雅頼	村上源氏	権中納言
治承　3 (1179)	文車七両	藤原基房	御堂流（松殿）	摂関
治承　4 (1180)	文庫	藤原兼実	御堂流（九条）	摂関
12 世紀末頃？	文車	藤原師長	御堂流（頼長子）	太政大臣
元久元（1204)	文庫八両	藤原兼実	御堂流（九条）	摂関
寛喜　3 (1231)	文車	安倍泰忠	安倍氏（土御門）	陰陽頭・天文博士
嘉禎　3 (1237)	文車	平業光	桓武平氏維衡流	宮内卿
宝治元（1247)	文車	藤原定嗣	勧修寺流（葉室）	権中納言
文永 11 (1274)	文車	藤原兼仲	日野流 (勘解由小路)	中納言
弘安 10 (1287)	文車	藤原師継	花山院流	内大臣
弘安 11 (1288)	文車	藤原公衡	閑院流（西園寺）	左大臣
正和　2 (1313)	文車二両	安倍淳房	安倍氏	陰陽頭・天文博士
文和　3 (1354)	文車 (96 両)	光厳院	天皇家	
永和　4 (1378)	文車	藤原公忠	閑院流（三条）	内大臣
応仁　2 (1468)	文車	清原業忠	(舟橋)	局務
文明 11 (1479)	文車	後土御門天皇	天皇家	
文明 13 (1481)	「御譜車」	後土御門天皇	天皇家	
明応　3 (1494)	「御譜車」	後土御門天皇	天皇家	
文亀元（1501)	「御譜車」	後柏原天皇	天皇家	

ことが知られ、『徒然草』に「多くて見苦しからぬは、文車の文、塵塚の塵」（第七二段）とあり、『文机談』や『保元物語』など文学作品にも見えるように、貴族社会の周縁部にいる人々にまで馴染み深いものであったようなのである。

　また、文車は史料的に十二世紀以降確認され、十三世紀をピークとし、十四世紀以降は減少していく傾向にある。これが文車そのものの発生・流行から衰退への推移をたどるものかは不明であるが、このような変遷を示す文車について、中世前期の文化の一つとしてもう少し積極的に考えてみる余地がありそうである。

　それでは、この文車はいかなる形態と構造を持っていたのだろうか。これが意外に不明な点が多い。

　著名なのは、中世の絵巻物に見える文車の絵であろう。管見では二点、『奈与竹物語』と『絵師草紙』に見えるものがある。[11] これらに描かれているのは、ともに板で作られた[12]簡素な趣を持つもので、あまり大きなものではないようである。特に『奈与竹物語』の方は、轅《ながえ》を邸宅の簀子の上に深く差し入れ、室内から利用できるように設置しており、日常的な利用をうかがわせるものである。轅の存在は、牛に引かせる場合もあったことを

『奈与竹物語』に見える文車（香川県・金刀比羅宮所蔵）

示すものであろうか。ただし、文車の移動を示す史料は今のところ管見に入らない。

絵巻物に見える文車が、あまり大きいものではなかったことを指摘したが、その規格についてはいろいろあった可能性が、次の史料から知られる。

① 前関白文書、於㆓大内〔当時非皇居〕左兵衛陣屋北㆒被㆑合㆓目六㆒云々、為㆓頭弁経房朝臣奉行㆒、蔵人給料通業、左近将監信政、御書所衆季光〔給料〕、安成〔八条院判官代、已上布衣如何〕、忠規、孝範〔文章生、已上衣冠如何〕、午剋参㆓向掃部寮㆒、東西対座敷㆑帖、彼家文書沙汰侍〔号菅先生〕被㆓召寄㆒、文車七両、櫃百余合、衛士守護之、今日十余合云々、後日孝範所㆑語也（『山槐記』治承三・一二・五。〔　〕内は割注である。以下同じ）

② 一、甲御文車

杉櫃一合〔主上御元服〕　一合〔御元服〕
一合〔即位〕　一合〔小一条左府記〕
一合〔行幸以下雑記第七〕　一合〔諸社行幸〕
一合〔行幸抄〈大将并公卿次将作法〉〕　一合〔任官叙位例〕
一合〔堀河左府記暦記〈自康平五年至応徳三年〉〕　一合〔立親王〕
一合〔雑記院中〕　一合〔御即位〕
一合〔雑例并装束抄等〈雑記・任官抄等在之〉〕　一合〔東宮御元服〕
一合〔朝覲行幸記上四帙〈自嵯峨天皇至鳥羽院〉〕　一合〔朝覲行幸記中四帙〈自崇徳院至後鳥羽院〉〕
一合〔朝覲行幸記下〈三帙、自土御門院至院、　一合〔御禊・大嘗会〕

一帙家説部類自康治至正安〉〕

一帖〔造内裡指図〕

一、乙御文車（中略）

一、丙御文車（中略）

一、辛御文車（中略）

以上四内（両カ）此間洞院殿御所被レ立レ之、而今日被レ渡二納同御文車（庫カ）一畢、

一、丁御文車（中略）

一、庚御文車

杉櫃一合〔律十巻〕　一合〔凶事〕

一合〔第九〕　一合〔長暦御記〕

一合〔第三定智申〕

以上二内（両カ）御文書、今日自二新御所一被レ渡二納洞院殿御文庫一畢、

右御文書目録如レ斯、仍注進言上如レ件、

文和三年六月五日　庁官左衛門尉中原盛氏

左衛門尉中原清種

主典代散位安部朝臣資為

（文和三・六・五付『仙洞御文書目録』）

史料①は、平清盛による治承三年のクーデターによって解官され、配流されることになった「前関白」藤原基房の

文書[13]が接収された際の記事である。基房の文書は、史料①に「文車七両、櫃百余合」とあるように、文車七両に櫃百合あまりで保管されていた。これからすると、基房の所有する文車は、全部同規格とすれば一両あたり櫃一四～一五合程度積載できるものであった。

一方、史料②は、十四世紀半ば、北朝の光厳院が、持明院統伝来の文書を、南朝勢の進攻に備え避難させた際の記事である。甲（十八合）・乙（二十合）・丙（十九合）・辛（十二合）・丁（二十二合）・庚（五合）と名付けられた文車六両に合わせて九六合の櫃が積載されているが、一両あたりに積まれる合数は文車によって異なっており、五合のもの（庚）から、一二合（辛）、一八～二〇合（甲・乙・丙）、二二合（丁）といろいろである。もし櫃の大きさがすべて同じ規模であれば、文車には五合程度の小型のものから、二〇合以上積める大型のものまでさまざまなタイプがあったことが知られよう。

また、史料①・②からも知られるように、櫃とセットで使用されるのが常態であったようである。この点については、寺院の場合であるが東寺のものが参考になる。

仁治元（一二四〇）年、宣陽門院によって施入された東寺の宋版一切経は、「東伽藍指図」（阿刀家文書）によれば、室町時代には六両の文車に積載され、食堂西の廻廊に保管されていたという[14]。現存する宋版一切経が収められている経箱二九一箱は、十七世紀の初めに寄進されたものであるが、文車に積載されていた当時の状況を継承したものであり、これらがそのまま文車（現存せず）に積まれていたら一両あたり四八～四九合ということになる。これらは、安全かつ効率よく収納するために、文車とセットで作製されたものであったと推測され、「カートリッジ方式[15]」とでもいうべき、文車のもっとも進化した形態を見ることができよう。このような形態の文車がいつ発達したかは不明である。

もう一点、文車がどこに置かれていたかについて触れておこう。

前述のように、絵巻物では庭先に住居に接して置かれており、日常生活と密着した関係を示唆するものである。『中右記』大治四（一一二九）年五月三〇日条には、「物忌徒然、文車を掃ふ也」という記事があり、同じく大治五年七月一三日条の「徒然によって、除目小皮籠并びに黒手筥文書等重ねて目録を取りおはんぬ、家の秘書有るによって、常に実験を加ふる也」という記事などと考え合わせると、それほど隔離された空間に置かれていたとは思われない。

陰陽師関係の史料であるが、『明月記』寛喜三（一二三一）年二月一日条に次のような記事がある。

③　午時許、漏刻博士泰俊朝臣来談之次、見二故泰忠朝臣自筆処分遺言状一、分二与所領于三人養子〔真光・忠光・泰俊〕一、各可レ懸レ養二後家一、違二其状一者、為二悪魔一可二取殺一由載レ之、貞光去年不レ与二其物一、又破二取堂廊文車宿等一之間、十二月朔成レ暦勘発之由有二人夢一、去正月八日俄死去、彼文書泰俊可二管領一之由書置之状也、事尤厳重、可レ怖事也〔貞光・忠光同意背養母、泰俊守遺誡致水魚志云々〕……

史料③は、陰陽・天文道を家業とする土御門家（安倍氏）において、亡くなった泰忠の遺跡をめぐって、後家と子供たちとの間にトラブルがあったことを伝え聞いたものである。傍点部は難解であるが、「堂廊の文車の宿等を破り取る」と読めるならば、[16] この「家」では、文車を「堂廊」に置いていた可能性を示すことになる。[17] 前述の東寺の場合も食堂西の廻廊に保管されていたのであり、文車の設置場所として「廊」があったことが示唆される。もう少し史料がほしいところだが、推測を逞しくすれば、板で堅固に造ってある文車でも、雨ざらしでは傷むし、雨漏りなどで所蔵された文書が損じてしまう恐れもあり、屋根付きの格納庫に入れて置くのがベストであったのであろう。東寺の場合のように、日常的な利用よりも、寺宝としての保管が重視される場合は特にその必要があったのではないか。

二　文車と貴族社会

本節では、文車が日常的に利用されていた可能性があることを、別な側面から検討していく。

摂関家の場合――忠実を事例として

表8に見えるように、文車の利用がもっとも早く確認できるのは、摂関家の忠実である。史料を提示すると次のようなものである。

④a辰時許参レ院、依レ召参二御前一、数剋後退出、車倉献レ院（是依召也）、大略有レ奥（興カ）者歟（『殿暦』天永三・一一・一〇）

b今日依二吉日一文蔵（車倉也）、初置レ文（日記御堂御記也）（『殿暦』永久元・六・七）

記事が簡略でわかりにくいが、天永三（一一一二）年の一一月以前に、忠実は「車倉」を作り、白河院に進覧した。そして翌永久元（一一一三）年吉日を選んで、初めて「文」を置く儀式を行なったというものである。このとき、摂関家の実質的な家祖といえる道長の日記『御堂御記』を使用していることは、当然といえば当然であるが、もう少しいろいろな意味を考えることができると思う。

一つには、文車に収められた道長の日記であるが、おそらくすでにこのころ平等院の経蔵に保管されていたと考えられる道長の自筆原本(18)ではなく、忠実が自身の日記『殿暦』で道長の日記を引用する際に用いていた、忠実以前の段

表9　貴族の転宅――忠実の場合（鳥羽天皇摂政期）

	忠実の宿所	皇居
嘉承2（1107）	7.19 堀河天皇崩御，鳥羽天皇践祚，忠実摂政。 8.3 **高陽院に「初めて留り宿せしむ」**（中右記）	大炊殿 12.9 **小六条殿**
天仁元（1108）	1.1 高陽院に滞在（中右記） 2.18 法橋成信**五条富小路亭**（中右記 3.4）へ移る。 3.7 藤原家光**五条町尻亭**（中右記「皇居近隣也」・殿暦 3.5「自院給也」）へ移る。 8.29 源重資**中御門東洞院亭**へ移る（中右記・殿暦）。	8.21 **平安内裏** 11.28 **大炊殿**
天仁2（1109）		7.1 平安内裏 9.21 **大炊殿**
天永元（1110）	8.8 高階能遠**烏丸姉小路亭**に移る（殿暦・（参考）中右記康和 4.9.4）。 9.12 高陽院に移る（殿暦）。	
天永2（1111）	9.2 藤原季実**土御門東洞院亭**へ移る（殿暦 7.2・7.5「内裏近辺」）。 10.15 藤原忠長**三条町尻亭**に移る（殿暦・（参考）中右記嘉承 2.7.1）。	2.23 平安内裏 4.27 **土御門万里小路殿** 9.20 **高陽院**
天永3（1112）	5.26 藤原孝清**堀河楊梅亭**に移る（中右記「内院御所近々」・殿「依院仰」）。 10.11 源清実**京極大炊御門亭**に移る（殿暦）。	5.13 高陽院焼亡，**小六条殿**へ遷幸 10.19 **大炊殿**
永久元（1113）	＊12.26 忠実任関白。	
永久2（1114）	2.21 藤原忠長三条亭（中右記・殿暦「依侍死去事」） 6.11 藤原為隆**七条亭**に移る（殿暦）。 8.27 藤原実行**六条烏丸亭**（中右記「依皇居近々」・殿暦 8.17「可渡之由有御定」）	8.3 大炊殿焼亡，大炊御門万里小路殿へ遷幸 8.8 **小六条殿**

＊以前は，日常的には高陽院に住み，重要な儀式の際に東三条殿に移る。

階に摂関家内で作成された写本であったと推測される。この文車建造は、忠実のこの時期における公事活動を背景に、日常的な利用を第一義としてなされたと考えられ、そのため日頃手元に置いてあった写本を使用した可能性が強いと推測されるのである。

その背景であるが、院政期に入ると、天皇は京都市中を頻繁に移動するようになり、天皇を補佐する摂関もそれに伴い頻繁に転居を繰り返すようになる。特に摂政在任期はその傾向が強かった。表9は、その状況を示している[19]。

表9の天永三年五月二六日に「院の仰せによって」、永久二年八月二七日に「渡るべきの由御定あり」などとあるように、忠実の転宅は、白河院の命による移動であった。普通ならば、私邸まで移動しなくとも内裏の直盧《ちょくろ》に詰める程度でよいはずであるが、この時期は、永久元年一〇月に仁寛による鳥羽天皇暗殺未遂事件が発覚し、白河院が三宮輔仁親王の存在を強く意識していた時期であり、院は摂政忠実に万全の補佐を要請したため、このような頻繁な転宅を行なわなければならなかったのであろう。しかし、摂関、特に摂政は基本的に天皇の近辺に居住し後見するという原則はあったと考えられる[20]。

この時期における忠実の日記の引勘状況を、彼の日記『殿暦』や藤原宗忠の『中右記』などから見てみるならば、表10のようになる。基本的には

表10 『殿暦』などに見える当該期の忠実の日記利用状況

日記名	記主	年月日　＊は『中右記』
九条殿御記	師輔	嘉承 3.1.1
御堂御記	道長	嘉承 3.3.1・4.12・7.25・天仁元 .9.3・＊天永 2.6.17・7.20・3.10.23
先二条殿記（二東記）	教通	嘉承 3.1.1
大殿御記（故殿御記・御暦）	師実	嘉承 3.1.1・3.1・7.7・天仁 2.4.2・3.4.5・4.20・天永 2.12.1・＊ 3.8.3・8.4・＊ 8.11・12.1・12.8・12.9
故二条殿御記	師通	天永 2.12.1
権大納言記	行成	＊天永 2.9.27・3.10.23

他の時期と変わりがなく、摂関家の本宅から離れていても、日記の引勘作業に停滞はないようである。天永三年の文車建造が、初めてのものであれば、摂政の職務を助けるために新調したのであろうし、または以前から所持していたものを作り直した可能性も残されているが、表に示されるような父祖の日記その他を携帯して移動していたのは確かであろう。

この時期、摂関家には「法成寺文書蔵[21]」、平等院経蔵[22]といった「家」関係の寺院や「東三条殿御倉[23]」、「鴨居殿ノ代々ノ日記宝物[24]」といった摂関家所有の邸宅に付随した固定的な文庫があったようであるが、居所から遠く、借り出す手続きが煩雑な文庫からいちいち運んでくるのは大変だったであろう[25]。その点、文車ならば、転居ごとに移動すればよいわけで、そのような煩わしさは解消されるはずである。

一般貴族の場合

前節で述べた摂関の置かれた状況は、立場は異なっても弁官や蔵人を歴任する実務官僚クラスの貴族でも同様であろう。院政期に入ると、白河・鳥羽といった京都の都市的発展に伴い、院御所や法勝寺以下の寺院が展開し、彼らの職場は京外に大幅に拡大されることになった。さらに白河院以下の歴代の治天は、その御所を頻繁に移動しており[26]、朝廷の公事の他に「院中事[27]」を担う貴族たちも移動のたびに院のもとに参じなくてはならず、ときに必要な記録・文書を持参しなければならなかったはずである。

⑤　寅剋勘解使小路蓬屋焼失、放火之故云々、文庫免二余煙一、文車大略取出之、予抄物已下、愚記・細々書籍不レ残二一紙一化二灰燼一、去今両月物忩無二比類一者也

（裏書）先人御事悲歎無二他事一之処、如レ此珍事出来、微運之令レ然歟、可レ慎々々、自二大殿御所一以二女房奉

書一被二訪仰下一、畏申上了、件屋祖父之御時被レ建之、造営之後未レ逢二火災之難一也、厳親去給之後、忽此災起、歎中之歎、心中憫然之外無レ他、可レ哀者也、曾祖父姉小路殿・祖父納言殿二代御記半分余焼失、口惜事也、姉小路殿書写本也、祖父御自筆也、可レ哀々々（『兼仲卿暦記』(28) 文永一一・六・四）

⑥ 早旦自二内裏一有レ召、倒衣馳参、以二頭弁俊定朝臣一被二仰下一俑、故内府家庄家地庄園和漢文書等、師信朝臣可二管領一之由、去夕被レ下二院宣一了、文書事若無二志度解一事等有レ之歟、為二勅使一罷二向前宰相中将師藤卿第一、取二目六一、如二文庫文車等一可二封切一之由、有二勅定一、伊定朝臣為二按内者一、可レ被二相副一之由被二仰下一、少時退出、着二衣冠一罷二向堀川第一、所レ相二待伊定朝臣一也、頃之出来、前相公羽林自二去比一不二経廻一、留守無人寂寞也、召二開闔人一入二文庫一、一々所レ取二目六一也、就二櫃銘一取レ之、文庫取了差レ鏁如レ封、鎰令レ取レ之、次取二文車目六一、一両者故内府日記也、同取レ之、又一両本書同取レ之、次第加レ封了、家記文車及レ晩可レ進二内裏一之由、被二仰下一之間、置二守護人一参内、沙汰之次第内々所二奏聞一也、無二相違一致二沙汰一神妙之由、有二叡感一、入レ夜日記文車進二御所一了、……（『勘仲記』弘安一〇・八・六）

史料⑤は、日野流藤原氏の兼仲の邸宅(29)が火災にあった時の記事であり、文庫は類焼を免がれ、「文車」も大略取り出すことができたものの（一部焼失？）、「予抄物已下、愚記・細々書籍」はすべて焼けてしまい、「曾祖父姉小路殿・祖父納言殿二代御記(30)」の「半分余」も焼失してしまったというものである。文庫と文車の「大略」は助かったのであるから、焼失した記録・文書は、それらから出して兼仲の書斎近辺に置いていたものであろう。また文車は複数あったことが知られる。

史料⑥は、亡くなった「故内府」（花山院師継）が残した「庄家地庄園和漢文書等」をめぐって、長子頼兼の子師藤と師継の次子師信が争った際、師信に管領するように院宣が下り、結果、師藤邸に管理されていた記録・文書類に「志度解《しどけ》なき事等」がないように、藤原兼仲が派遣されて検閲したというものである。故師継の「文書」は、文庫と文車[31]（二両）の二種類の保管施設に収められており、両者ともに検封されていた。文庫の方は、「開闔人」（管理者）の立ち会いのもと、櫃ごとに目録に取り、鍵をかけ検封した。文車の方も目録を取り、検封後「守護人」を置き、兼仲らは一旦参内、報告して後、夜になって文車は内裏に回収された。

史料⑤・⑥は、名家の日野流と大臣家の花山院家と、家格的にはかなり異なるが、ともに固定式の文庫と移動式のそれ、つまり文車を併用していることがわかる。

史料⑥については、大村氏が文車に「故内府日記」や「家記」など当時の貴族にとって最重要なものを収納していたことを指摘しているが[32]、生前の師継にとって、またその跡を継いだ者にとって、この日記は近例などの情報源としてまず実用性を考えるべきであろう。火災などへの備えであるとともに、固定式の文庫に対し、いつでも手元に置いて参照すべきものだったからこそ文車に収められていたのではないだろうか。

貴族たちが、上卿や奉行として公事に関わると、多かれ少なかれ種々の文書が残されることになった。その役職の経験者から借りてきたり、そのアドバイスを記録したもの、運営に関連してやりとりされた文書類（消息や交名・注文・勘文など）、自身が家記から調査したメモ、本番の儀式次第を記録したものなど、その儀式が重要で、務める役割が重いほど大量に生じたはずである[33]。有識と称された経験豊かな公卿・官人、そのような地位を代々世襲している「家」の人々ほど、その文書の量は膨大なものになっていたであろうが、ただ溜め込むのではなく、それらを整理して機能的に利用できるように保管していたと推測される。

例えば『公衡公記』弘安一一年三月二八日条の頭書に、「凡そ大法間の雑事文書、人〃消息等一結して文車に納め、大切の時披見すべし」という記事が見えるが、これは、記主西園寺公衡の重厄に際し、七日間の普賢延命法を北山第で修した際のもので、権門の「家」の仏事に関するものであるが、臣下が行なうには憚りがある「大法」であったため、重要な朝廷の儀式並みの周到な準備を要したもののようである。

西園寺家には、北山第に文庫があったが（表8参照）、公衡は「大切の時」披見すべきものは、文車に保管し手元に置いていたらしい。おそらく摂関家の場合もそうであったように、重要な父祖の日記の自筆原本や日常的に必要でない雑文書や漢籍その他の書籍類は固定式の文庫に収め、自身の日記や家記の写本や抄出・部類記、西宮記や北山抄・江家次第といった儀式書・次第など日常の職務に必要なものは文車に入れて居所の近辺に置いておくといったような使い分けがなされていたのではないだろうか(34)。

これについては後述するように、「家」の文庫の管理の主体が誰であったかという問題も関わってくるであろう。公衡の場合は、父実兼が存命であり、家長として「家」の文庫を沙汰していたと推測される。公衡の文車は、公衡の個人的な文庫であるとともに、「家」の文庫の分枝的存在でもあったのであろう。

ここでもう一つ気づかされるのは、この史料⑤、および次の⑦・⑧に見えるように、文車が意外と火災に弱かったことである。

⑦ ……又以二使者一訪二二位中将及源納言等一、各報曰、以二存命一為レ事云々、納言云、文庫六両之内、三両全出、其残雖二引出一、輪破令二焼失一了云々……（『玉葉』安元三・四・二九）

⑧ 去文暦比、武者小路宿所炎上之時、文車多以焼了、一日於レ院与二内府一令レ談之次語二此事一、内府示云、文書少々有二余本一可二預置一云々、忽不レ存二一定之由一之処、文選・文集・毛詩（後日還之）被レ送レ之、感悦之余、以レ詩答レ之（『葉黄記』宝治元・九・四）

史料⑦は、プロローグでも紹介した記事で、有名な安元三（一一七七）年の大火の際、村上源氏の雅頼の文書が罹災したので、彼と親しい藤原兼実が、その被害状況を自身の日記に書き留めたものである。雅頼は、六両の文車に保管していたが、そのうち三両は避難できたものの、三両は引き出したが車輪が破損して焼失してしまったという。史料⑧は、勧修寺流藤原氏（葉室流）の定嗣が、内大臣藤原（徳大寺）実基に、文暦の頃（一二三四～三五）に邸宅が火災にあい、文車が多く焼けてしまったことを語ったものである。

史料⑦の安元の大火のような大火災の場合はある程度仕方がないであろうが、⑤・⑧のような場合でも焼失することがあったことに注意すべきであろう。文車といえども火災に万全とは言い難いのである。これは、おそらく文車が書物を積むため、かなりの重量であったと考えられる上に、それが何両もある場合、移動のためには相当な労働力（人および牛？）が必要だったからではないか。摂関・大臣クラスならともかく、一般の貴族たちにとって、急事に際しそれらを確保することはかなり困難だったと思われる。

もう一点付け加えておけば、文車の効用の一つとして転宅の問題に触れたが、これに関連して「家文書」の相続の際の便宜が、文車という形態を発展させた可能性がある。

中世の天皇・貴族たちにとって、公務に必要な家記や文書は、大事な家産の一つであり、家領や家地などとともにその譲与には大変意を払った。トラブルを避けるために譲状・処分状に銘記し（記録譲状[35]）、家訓的なものを付記して、それらの取り扱いまで指示しているものもある。

これら記録譲状を見ていくと、家記や文書の譲与に際し、文車が単位となっている場合があることに気づく。例えば、表8に見える藤原兼実、平業光、安倍淳房などの場合である。これらは、譲状における表記だけの問題ではなく、家記・文書の相続の際に文車のままの方が都合がよかった場合もあったのではないか。摂関家や陰陽師の場合、文車自体が職務遂行上必要な道具として見なされていた形跡があり、実用品として、それらも一緒に譲与することに意味があったのかもしれない。

貴族社会では、所蔵記録・文書・蔵書の規模が大きい「家」の場合、文庫単位で相続する場合が多かったようである。例えば、天皇家や摂関家、朝廷の記録・文書を預かる官務家・局務家などであり、彼らの場合、「家」の文庫の相続が「家」の継承を意味していた。[36] 一般貴族の場合においても、「日記の家」化が進むとともに、家記を収めた文庫（固定式）およびそれを継承することに「家」の継承を意識することが強まっていったのではないだろうか。それに対して、文車は公事の現場における実用性を第一義とすべきものだったのではないだろうか。

三　文車の衰退

文車は、第一節で表8について指摘したように、中世後期に入ると史料的に次第に減少するようである。応仁の乱に続く戦乱などで、公家の記録・文書の避難記事は格段に増加するが、そのような場合でも文車で避難する記事はあまり多くないようである。[37]

例えば、次の史料のように、局務家の一つ清原（舟橋）業忠の場合、応仁の乱に際し、「清外史の記録数十車」で「西峨の墳寺」宝寿院に疎開している。

⑨　清外史之記録数十車、蔵㆓於之西峨之墳寺㆒、前日廿五日丹兵挙火、焼㆘属㆓西陣㆒之民屋㆖、其余焰及㆑寺、而史書無㆓一遺㆒、云㆓日録㆒曰、常思翁、為㆓其家業之亡㆒、哭泣於㆓地下㆒可㆑知矣（『碧山日録』応仁二・九・二）

典拠	備考
『康富記』	「重書之箱二」「記録等二荷」は「花園東許」へ
『後法興院記』	「代々御記等〔伍十合〕」
『碧山日録』	「清外史之記録数十車」**焼失**
『大乗院寺社雑事記』	「御記二合」
『親長卿記』	「文書重書記録等大略**紛失**」
『大乗院寺社雑事記』	「家門御記祿六十一合」他
『親長卿記』	「吉御記，其外建治吉続御記…**悉焼失**了」
『親長卿記』	「御記御辛櫃廿二合」
『実隆公記』	「家記，□先人御記以下十八合」
『大乗院寺社雑事記』	『長興宿禰記』同 11.10.24「代々記録数百合…乱中**盗失**之由称之，悉**紛失**」
『晴富宿禰記』	「文書三合預置之処，一紙不残**焼失**」
『晴富宿禰記』	「十七合**焼失**」
『実隆公記』	「記録」「正応五・永仁等御記」
『宣胤卿記』	「家領文書二合…」
『大乗院寺社雑事記』	「御記」
『実隆公記』	「文書等」
『親長卿記』	「文書等」
『後法興院記』	「記録三十合」他明応 2. 閏 4.23 によれば「長谷」にも「記録重書等」を疎開させている。
「妙法院所蔵重書目録」	「薩戒御記」
『後法興院記』	「記録三荷〔除目記四合，唐櫃，雑〃記…〕」
『後法興院記』	「重書・雑々記二合」他
『後法興院記』	十三合他
『大乗院寺社雑事記』	「家門記録」
『元長卿記』	「旧記等」
『実隆公記』	「文書八合」
『言国卿記』	「記録十一合」
『実隆公記』	「所預置之記録内愚記三合〔皮子〕」
『実隆公記』	「家記四合」
『後法興院記』	「記録六荷」
『実隆公記』	「去年所納置紫宸殿之記録以下」
『宣胤卿記』	「櫃三合…諸家記等入置」
『実隆公記』紙背	「親王代方記」
『尚通公記』	「記録少々」
『尚通公記』	「記六一荷二合」
『実隆公記』	「記録八合」（8.1「家記十合」・8.15「阿野文書」）
『尚通公記』	「記六二合」「記六五合」
『実隆公記』	「先人記二合・後愚昧記等〔以上三合〕」
『尚通公記』	「記六四合」
『尚通公記』	「記六一荷」
『飾抄』下巻奥書	「応仁已来兵乱」「御自筆正本，…所々雖預遣，終以**紛失**歟」

表 11　戦国時代における日記・記録の疎開

年	月日	預けた人物	疎開先（場所）
康正元（1455）	4.26	中原康富	円福寺（五条坊門猪隈）
文正元（1466）	8. 9	近衛政家	石蔵（実相院？）
応仁 2（1468）	9. 2	清原業忠	宝寿院（西峨之墳寺）
文明 2（1470）	閏 10.25	二条家（摂関家）	大乗院（南都）
	7.19	甘露寺親長	勧修寺
	7.27	一条家（摂関家）	大乗院（南都）
	8. 1	甘露寺親長	鞍馬寺
文明 6（1474）	10. 4	天皇家	鞍馬寺
文明 10（1478）	2. 7	三条西実隆	松井郷
	5. 5	大宮家（官務）	宇治平等院（宝蔵森坊）
	12.20	綾小路有俊	大原日光坊
		近衛家（摂関家）	大原日光坊
文明 11（1479）	閏 9.5	三条西実隆	五郎左衛門尉文庫
文明 13（1481）	5.21	中御門宣胤	真如堂文庫
文明 14（1482）	2.3	一条家（摂関家）	東福寺
文明 18（1486）	4.4	三条西実隆	「所々」
長享元（1487）	4.27	甘露寺親長	鞍馬寺
	9.10 他	近衛政家	石蔵（実相院？）
長享 3（1489）	3.28	中御門家	醍醐寺
明応 7（1498）	閏 10.13	近衛政家	一乗院（南都）
明応 8（1499）	7.17	近衛政家	一乗院（南都）
	8.19	近衛政家	石蔵（聖護院伽耶坊他）
	9. 3	一条家（摂関家）	尊勝院（延暦寺）
明応 10（1501）	1.16	甘露寺元長	神光院（上賀茂社）
文亀元（1501）	閏 6.30	三条西実隆	建仁寺大昌院文庫
	11.18	三条西実隆	野州弾正〔猿屋〕
文亀 2（1502）	6.28	三条西実隆	野州弾正〔猿屋〕
文亀 3（1503）	8.21	三条西実隆	野州弾正〔猿屋〕
永正元（1504）	12. 4	近衛政家	一乗院（南都）
永正 2（1505）	7. 1	三条西実隆	禁裏
永正 4（1507）	7.21	中御門宣胤	禁裏
永正 5（1508）	5. 2	花山院政長	三井寺
	7. 7	近衛尚通	一乗院（南都）
永正 6（1509）	8. 2	近衛尚通	一乗院（南都）
永正 8（1511）	7.25	三条西実隆	禁裏
	8. 8 他	近衛尚通	栂尾・聖護院
永正 9（1512）	2.15	三条西実隆	禁裏
	6. 1	近衛尚通	一乗院（南都）
永正 16（1519）	11.3 他	近衛尚通	慈照寺
？		中院家？	仁和寺坂本比叡山等

この史料が象徴的なのは、疎開先で兵火に遭い、焼失を余儀なくされたことであろう。すでに文車での避難では困難な事態になっていたのではないだろうか。

表11は、戦国期における公家の諸家が所持していた日記・文書類の疎開状況を永正年間（一五〇四〜二一）頃まで年代順に一覧したものである。[38] 落ちている史料も多いと思うが、大体の傾向は示されていよう。

この表からまずわかることは、洛外の寺院の文庫が疎開先になっているものが多いことであろう。大きな寺院には聖教類その他を保管するためのしっかりした経蔵・文庫などの設備があったことに加え、一条家と大乗院との関係のように、彼らの子弟がそこに入室している場合が多く、預けやすかったことも関係しているであろう。

さらに見てみると、京都の近郊に戦場が広がったためであろうか、より遠隔地の寺院が対象になっていくことである。京都近郊にある勧修寺・鞍馬寺・宇治平等院・東福寺・仁和寺・比叡山などは、従来から疎開先として期待されてきた寺院であろうが、すでにこれらでは守りきれないことが表11から明らかである。そのため、最終的な疎開先としてもっぱら南都、そして禁裏（内裏）が選ばれたようである。[39]

このような状況のもとでの文車の移動には大きな困難が伴ったはずである。文庫の機能をもつ文車は、移動可能な構造でも、収められた文書・書籍類の重みとその頑丈な作りからくる重量では、遠隔地への迅速な移動は難しかったと推測される。南都への疎開にあたっては、確かに車が使用されたが、文車ではなく荷車の類が使用されたようであり、この方が機能的だったのであろう。[40] 文車をめぐるこのような状況は、それが都市という場においてのみ有効に機能することを意味しており、防災機能もその範囲内でのものと理解すべきであろう。

さらに本論で述べてきたような文車の日常的な性格を考えるならば、南北朝期以降の史料的減少傾向は、もう少し広い背景を考えるべきかもしれない。

その背景の一つとして、応仁の乱以前の段階で、それらの保管場所として土倉の倉が確認されることが注目されよう。例えば『看聞御記』応永三二年（一四二五）六月一三日条に見える伏見の土倉「宝泉」、『建内記』嘉吉元年閏九月二七日条に見える「一条万里小路土蔵」などである。これは、本格的な保管機能をもった施設でより安全であったからであろうし、公家たちが経済的に困窮し文庫を維持できなくなりつつあったことも影響していよう。しかし、手元に置いて日常的な引勘作業に利用するには不都合であったはずである。それでもこのような方法がとられたのは、公事の退転や形骸化が強まり、それらの文書を前代のように日常的に身近に置いておく必要性が失われつつあったからと考えられる。つまり、前代、日記・文書に記された記事の中で中心的な存在であった公事情報がすでに情報として生かされる場を失っていき、それらの国政運営における価値が相対的に減少したためではないだろうか。

従来、公事情報として生きていた儀式・政務に関する諸々の情報が形骸化し、過ぎ去った栄光の時代の記憶として別な意味が生じ始めていたのである（いわゆる「有職故実」の形成）。このような社会の変化のなかで、王朝日記の機能の一端を支えてきた文車もその役割を終えることになったものと推測されよう。

おわりに

以上、決定的な史料がないまま傍証史料をたどって推測を重ねてきたが、本章で主張したい点を整理しておこう。第一に、文車が移動可能な文庫として考案・利用されたのは、防災機能のためだけではなく、貴族たちの日常的な職務に結びついた設備としてだったと考えられることである。院政期に入って公事の場が空間的に拡大かつ多様化する中で、それらを運営するために必要な情報をストックした日記・文書をより効果的に機能させるために、文車は生み出され利用されたと考えられる。

第二に、防災機能を決して否定するわけではない。文庫の存在は、固定式の文庫だけでは脆弱な防災面に柔軟性を与える存在であったと考えられ、情報の保管に果たした役割は大きかったと考えられる。しかし、文庫が機能する場は、都市およびその近郊に限られており、それ全体に関わる規模の災禍の場合には無力であり、かつその内部においても突発的な火や兵火などには、移動のための動力の確保が難しいことなどから意外に脆かったようである。

第三に、十四世紀以降の文車の衰退は、公事情報の国家的な役割が低下し、それらを情報として機能させる場が減少したことにあったのではないかと思う。公事の退転に伴う日記の機能的な変化が、実用品としての文車の利用を低下させたと考えられるのである。

第四章　小野宮家記事件をめぐって——院政期の小野宮流

はじめに

元永二（一一一九）年七月二五日、『中右記』の記主藤原宗忠は、いつものように白河院の「仰」を関白藤原忠実に伝え、種々相談の後、帰宅したが、そこで叔父（といっても宗忠より年下であるが）であり、院の近臣でもある宗通から一通の書状を受け取った。いかなる事情かは不明であるが、その書状によれば、前兵衛佐藤原顕仲という人物が、去年「後小野宮家記」を宗忠に譲り渡したので、院にそれを見てほしいと申し上げたというのである。驚いた宗忠は、「先年」顕仲からセットで譲り受けた日記の詳細を記した返事をあわてて宗通に書き送り、院へのとりなしを依頼した。その日記の中に顕仲の言う「後小野宮家記」と考えられるものが思い当たらなかったからである。

この日からほぼ一カ月にわたって宗忠の日記は、この問題の日記に関する記事で埋め尽くされることになる。これらを、直接当時の政治の行方にかかわる出来事ではないと、一貴族と権門との間で起きた、些細な行き違いとして片付けることは簡単である。しかし、唯一の史料である宗忠の日記を見る限り、強い緊張感が走り、彼の必死の思いが伝わってくるのはなぜであろうか。とにかく宗忠にとって大変な出来事であったことだけは疑いない。ここでは、この『中右記』にみえる、ある日記をめぐって生じたどたばた騒ぎを、一応その問題となった日記にちなみ、小野宮家記事件と名づけて検討してみたい。

事件の分析に入る前に、この事件を取り扱った先行研究を整理しておこう。

この事件をメインに取り上げて検討した研究は、今のところ管見に入っておらず、院政期を対象とした概説書の類でも触れられることはほとんどないが、『中右記』を含む平安時代の古記録・日記を扱った研究の中に、この事件に言及するものがいくつかある。

まず最初に、桃裕行氏の論文「「北山抄」と「清慎公記」」(1)がある。氏は、小野宮流藤原氏の祖となった実頼の日記『清慎公記』の、特に伝来の問題について論じられるなかで言及し、この事件で問題となった小野宮家記の中の「私記六巻」が『清慎公記』であると推定された上で、『西宮記』などを含む日記のセットが、小野宮流の一人藤原公任(『清慎公記』を部類して著名な儀式書である『北山抄』を編纂した)のもとにあった記録類ではないかと指摘された。後述するように、公任所持の記録という説には従いがたいが、小野宮流における日記の伝来面に光を当てた点は重要である。

次に、河野房雄氏の著書『右府藤原宗忠と日野法界寺』(2)をあげるべきであろう。これは、宗忠と関わり深かった日野流藤原氏(宗忠の母の実家)の氏寺法界寺のもつさまざまな問題や彼の仏教信仰、さらに彼の公卿学的な教養について網羅的に説明したものである。氏は特に宗忠の教養について論じた第二部において、公卿日記という章を設け、この事件についての概略に触れられている。(3)

近年では、関口力氏の「『中右記』にみえる貴族と日記」(4)がある。この論文では、この事件に触れ、特に顕仲から宗忠へ問題の日記を仲介した高階経敏について、彼が院政期の政治・文化で見逃すことができない重要人物である藤原通憲(後の信西)の養父であることに着目し、この事件の中で経敏が得た日記が、後に大蔵書家として知られる通憲のもとにも伝来したのではないかと推測されている。

私自身も、前著において、「日記の家」化を進めつつあった宗忠が、「家記」のより一層の充実化をはかるために、当時の貴族社会でブランド化していた小野宮流の日記を購入しようとしたところ、同様の目的で日記の入手に努めていた白河院とぶつかってしまったという、「日記の家」の形成運動の視点から論及した[5]。本章では、これらの成果を踏まえながら、王朝日記の展開という視点から考えてみよう。

一　事件の発生と経過

この事件は、まず発生の前提となる永久二（一一一四）年の小野宮家記購入の段階と、その五年後に起きた元永二（一一一九）年の事件そのものの二つの段階があることがわかり、さらにその第二の段階を、顕仲と宗忠のやりとりが中心であった時期と、仲介者の高階経敏の責任が問題となった時期との二つに分けて考えることが可能である。

史料については、すでに触れたように『中右記』が唯一のもので、当事者の一方の意見からしか事件の復元はできないため、おのずから限界があることは確かであるが、同様の事件も当時起きていたようであり、宗忠も自身の潔白を信じて、できるだけ事態の推移を客観的に記録しておこうとしたようであり、一応信をおいて読んでいくことにする（以下、特別に触れない限り『中右記』の記事である）。

事件の前提――小野宮家記購入

永久二（一一一四）年三月二九日条によれば、白河院は、宗忠が「前兵衛佐顕仲」から「材木相博」によって「小野宮記」を入手したことを聞きつけ、それを見たいのですぐに献じるように命じた。それは、「時剋を廻らさず進《まい》らすべし」という強いものであったので、宗忠は急いで帰宅し、「件日記等卌一巻」を「黒塗手筥」に入れて献上した。

その内わけは「世に流布の西宮記・四条大納言・九条殿記等」が中心で、他に「私記六巻」が含まれるというもので、「顕仲朝臣消息ならびに目録」をそえておいた。この日の記事の最後に、宗忠は「先々此の如き文書の事、主上尋ね召す時惜しみ申す輩有り、徒《いたずら》成る人也、仍恐れ思はんがため一巻残らず皆悉く進上しおはんぬ」と記しており、当時、天皇（上皇）が廷臣に文書（日記）を求めることが稀ではなかったこと、そのような場合に出し渋る人々が少なからず存在していたことが看取できて興味深い。

翌日、院は献上された日記のうち「世の常に用いる所の日記」三五巻を宗忠に返し、残りの六巻については「心閑かに「御覧」のために手元に留めおくとの返事を与えた。そして二週間ほど経ってから、「先日日記漸く書きおはんぬ」という院の言葉とともに「小野宮秘記六巻」が宗忠のもとにもどったのである。

事件の発生・経過㈠

この購入から五年後、元永二年七月二五日、冒頭でも述べたように、院に対して顕仲が、去年「後小野宮家記」を宗忠に譲ったという話をしたことが突然宗忠の耳に入ってきた。翌二六日朝、彼は院に参上し、その日記は「先年」つまり五年前に献上したことを申し上げたが、「慥に覚えたまはず」という曖昧な返事。そこで持参してきた問題の日記を院にお見せしたが、一応院の口からは、去年というのは誤りで、「往年」であったという訂正を受けたものの、先年献上した日記はこれがすべてで、その中には「後小野宮家記」は含まれていないという宗忠の弁明に対する院の「聞食了《きこしめしおはんぬ》」という返事は、とても本心から納得されたものとは思えなかった。

不安を感じた宗忠は、院の意向に通じた叔父宗通と相談し、翌日再び院に参り、顕仲が「小野宮日記」を宗忠に渡したことは、「太だ無実」であるからじゅうぶん調査してほしいこと、もし院が「小野宮記」を「御覧」になりたくば、以前から自分が「諸家日記」から「切続きて候」ふ日記の中に「小野日記」が含まれており、そのような抄出した日記が一〇巻ほど手元にあるのでお見せしたいがどうかと訴えた。これに対して院の返事は、「老後の日記逍遥頗る見苦しき事」であるので強いて見ようとは思わないし、宗忠持参の日記は、「大略顕仲本書に非ざる」ので見るつもりはないというものであった。宗忠にとっては、真意を測りかねるものであったが、ここは引き下がらざるをえなかった。

この後、宗忠は顕仲に事の次第を確認したようであるが、八月一二日条によれば、関白忠実から宗忠が問題の日記を隠していると院が疑っているという話を聞き、再び参院し、顕仲が自分に「小野宮記」を渡していないという返事を院の近臣の一人藤原家保に見せ、自身の無実を訴えた。さすがの宗忠も、日記に「大略顕仲朝臣披露無実か、顕仲頗る凶悪の者也、一言を以て人を損ず、豈に以て然るべけんや」と顕仲への厳しい非難を書きつけている。そして翌二二日、問題の日記四一巻を顕仲にたたき返そうと侍に持たせて送り出したが、使いがもどる前に顕仲がやってきてくどくど弁解する。さすがに宗忠は受け付けず、顕仲不在ということで持ち帰ってきた日記を、さらに翌二三日、再び顕仲のもとに「返送」、使いに強引に置いてこさせた。夜になって顕仲から使者がやってきて返そうとしたが、宗忠は受け取らず、つっぱねて持って帰らせた。

二四日には、さすがに諦めた顕仲は、手紙をよこし、今となっては受け取ること、目録があったはずなのでそれも返してほしいと言ってきたので、使者に付して返却した。宗忠はこの日の日記の裏書に、返却した「四十一巻」の日記は、「先年」高階経敏が仲介して顕仲から「右近大夫宗実」の「材木二百余支ならびに連着平鞦一具」で買得して子息の宗成に授けたもので、この件は、「両度」経敏に確かめたと記している。

事件の発生・経過 (二)

ところが二七日になって、顕仲は書状で、先年、経敏に渡した日記は「四十九巻」であり、残りの「故帥年中行事八巻」は返してくれないのかと言ってきた。突然のことなので不審に思った宗忠は、経敏に確認したところ、「年中行事二巻〔青揚下二三、玄莫下十二月〕」を送ってきた。これは、先年顕仲から借りて書写したもので、残りがまだ「両三巻」あるという。それは「軸下ニ小野ト書き付けらるる也、軸上ニ年中ト書かるる也、白紙の表紙白革緒也、巻の長短同じからざる也」というものであった。これのことだったかと驚いた宗忠は、あわてて院に持参したが、院は「件の日記の事今においては沙汰すべからず」と取り合わない。この院の対応に対して、源大納言（雅俊、宗忠の婿憲俊の父）や頭弁（藤原顕隆）ら院の有力者たちとも相談したが、「仰せの詞心えず、若しこれなお勘気あるか、凡そ全く為す術なし」という有様であった。

翌二八日、今度は経敏から書状を受け取り、昨日の年中行事二巻を参院のついでに院にお見せするから返してくれという。この書について、これまで経敏も顕仲も触れなかったことに、宗忠は「凡そ巧みに無実を出だすの条、只天道を仰ぐばかり也」と怒りを顕わにしている。ところがこの日、「上野公覚成」という者が経敏の使いとしてやってきて、例の年中行事には「本書」（原本）があり、それを今朝院にお見せしたところ、これは「尋ねしめ給ふ記にはあらさりけり」と言われ、返却されたことを伝えてきた。これは、顕仲と「相博」した「四十一巻」と一具のものではなく、「往年別相博」したものであるという。宗忠は、経敏に対し、これまでのやりとりに「本書」の存在について触れなかったことを責めたが、今となってはどうしようもなく、早く「本書」があったことを顕仲に連絡してくれるように指示するしかなかった。院のみならず、顕仲にまで「件の本書を宗忠が隠し留むるの様」に疑われることを回避するためである。翌二九日、経敏は弁明のためか、覚成をもって先日の顕仲の「消息案」などを送ってよこしたが、宗忠は疑いを解いていない。

九月二日、覚成は宗忠に、年中行事のことを顕仲に確認するがいかがかと通知し、翌日結果を報告してきた。それによれば、先年材木によって相博した日記は確かに四九巻で、その中に「故帥入道年中行事八巻」があり、「請文」

にもそのようにある。それに相博の際、「連着鞦《しりがい》」はいただいていない。経敏こそ「件の鞦」を「大膳大夫カ材木預」に対し相博に用いたかのように言ったのではないか。顕仲はただ材木だけで相博したということであった。とにかく顕仲も年中行事が経敏のもとにあることを確認し、疑いが晴れ、「心中慶也」とほっとしている。また覚成が言うには、顕仲に渡した材木をどうしましょうかということであったが、宗忠はこの日記のことについては、院より「沙汰すべからず」という命をいただいている以上、回収するかどうかは経敏次第であり、自分はノータッチであると答えた。事件に関する具体的記事はこの三日までで、八日に院の御所で、前述の家保や経敏と「顕仲日記の事」を沙汰したという簡単な記事があるばかりで、この事件が最終的にどのような結末を迎えたかは明らかではない。

二　事件の背景

この事件は、現存の『中右記』に見る限り、院と宗忠の二者間のトラブルで終わっており、この後、宗忠が院ににらまれて失脚するとか、昇進が停滞するとかも起きていないようである[(6)]。しかし、右往左往した宗忠には悪いが、この間のやりとりから、当時の日記に対する意識がさまざまに垣間見られてとても貴重な史料になっている。

例えば、宗忠は、顕仲から「材木二百余支ならびに連着平鞦一具」で購入していることからも、すでに日記が売買の対象になっていることが知られるし[(7)]、それらが場合によってかなり高価であったことも知られよう。すでに触れたように、白河院も宗忠も、ともに「日記の家」化を進めているうちに、同じ対象に手を出してしまったわけであり、これはこの二人に限られることではなく、当時の貴族社会に広く起こっていた現象なのである。さらにもう少し立ち入ってみると、事態がもつれてしまったのは、二人が入手しようとした日記が、「世に流布」のものではなく、小野宮という当時において一種のブランドで、かつ「秘記」[8]と見なされる日記であったことにあった。そのような日記をなぜ顕仲という人物が所持しており、さらにそれを売却しようとしたのか、その点についてもう少し検討してみよう。

小野宮流藤原氏と日記

小野宮流藤原氏は、系図2に示したように、忠平の長男で、小野宮殿と呼ばれた実頼から始まる。その政治的な地位は当初関白となった頼忠に継承されたが、豪奢な邸宅として名高かった小野宮殿をはじめとする家財は、斉敏の子で養子となった実資に譲られた。結果的に実資は右大臣まで昇進し、実頼流の主流は実資の流れが継承することになる。小野宮殿自体は実資以後、周知のように女系で継承され、「家」としての小野宮流から離れるが、系図に示した実資の子孫たちは、長期にわたって有識公卿として廟堂に重きをなした実資の薫陶を受け、公事に練達の者が多く、「小野宮の末流、名家の後胤」[9]として高い評価を築いていた。

この一流と王朝日記との関わりも、他の貴族に比して格段に古い伝統をもっていた。実頼は、散逸してしまったが浩瀚な日記をつけ、『貞信公記』とよばれる父忠平の日記を抄録し、弟師輔と同様、その儀礼の研究に努めたことが知られている。[10]実頼の日記そのものは頼忠の系統に伝来したようであるが、養子実資は若いうちにこの日記を書写し、研鑽に努め、廟堂で積極的に利用していった。実資は自身も詳細な日記を生涯にわたって記し続け、晩年にはそれらを資平ら養子たちに提供して、彼らの公事における活動の資としている。王朝日記という存在をもっとも高度な水準に高め、その力を当時の廟堂に示したのがこの実資ではなかっただろうか。[11]彼の死後、その日記の自筆原本が誰に伝わったかは不明であるが、大部分は資平の手によって写本が作成されたらしく、実頼の日記その他とともに、資房・資仲といったその子孫たちに相伝されていった。[12]院政期に入って、この小野宮流の嫡流的立場にあったのは、前著でも取り上げた「日記の家」顕実の系統であると考えられ、[13]本章で問題となった小野宮家記の持ち主が、この顕実の同母弟[14]にあたる顕仲であったのである。

そのため、この顕仲所持の小野宮家記は、この時期の小野宮流の貴族たちがもつ、「家」の日記の一端を示している可能性がある。もう一度事件の経過のなかで明らかになった小野宮家記を提示して検討してみよう。

事件の過程で明らかになったこの小野宮家記四九巻の内訳は次のようなものである。

① 西宮記（一一巻）
② 北山抄（一〇巻、永久二年三月二九日条では「四条大納言」と表記される）
③ 九条殿記（一四巻、同前では「九条殿記」と表記）
④ 部類記（六巻、同前では「私記六巻」、永久二年四月一四日条では「小野宮秘記六巻」と表記）
⑤ 故帥年中行事（八巻、このうち二巻は「青揚下二三、玄莫下十二月」で、「軸下ニ小野ト被書付也、軸上ニ年中ト被書也、白紙表

系図2　小野宮流藤原氏　＊ゴシック体の人名は日記が確認できる者，下線は公卿に昇進した者を示す。二重の罫は養子関係を示す。

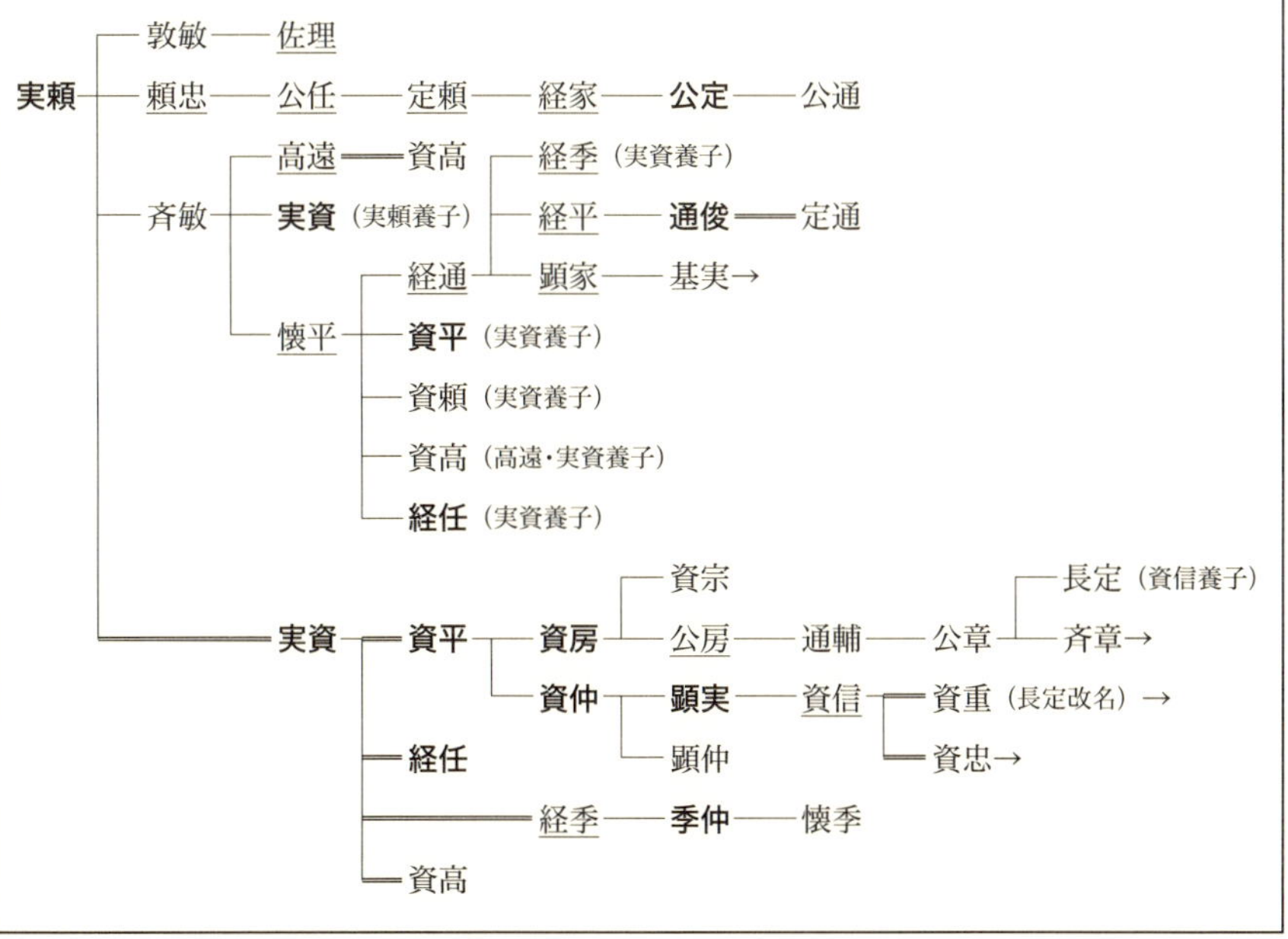

紙白革緒也、巻長短不同也」という形態をもつ）

最初に気づくのは、これらに「家」の日記の中核となる、父祖の日次記の類が含まれていない点である。このトラブルが、顕仲が院に「後小野宮家記」（「後小野宮」実資の家記）を宗忠に譲ったと話したことから始まり、結局なかったことが証明されたように、当時「家記」と呼ばれる日記の中核を欠いているのである。

実頼以降、父の資仲に至るまで皆日記をつけていたことが知られ、父や兄にそれまでの父祖の日記が伝来していることも確認されている。これらが見えないのは、売却の際はずされたか、もともと所持していなかったかであるが、④・⑤の存在を考慮すると後者の可能性が強いと考えられる。

④の部類記にいかなる日記が含まれていたかは不明であるが、永久二年の段階で、院が宗忠から預かり書写してしまっている点から考えると、それなりのものが含まれていた可能性があるものの、小野宮関係の日記としてまとまったものではなかったことは確かであろう。誰が部類したかは不明であるが、可能性としては顕仲自身の場合も考えられるものの、むしろ父資仲あたりと見た方がよいであろう。宗忠も自身、この事件の過程で、「諸家日記」から「切続けて候」ふ日記、つまり部類記を作成し一〇巻ほどになっていることが知られるが、公事に熱心な貴族たちにとっては、当然の行為であるものの、その道を途中で断念した顕仲のものとは考えにくい。おそらく⑤とともに、顕仲の官人としての出仕に資するために父が別に譲ったものと推測される。当時の貴族が所蔵の家記をいくつかのブロックに分けて何人かいる子弟に分割相続することは、鎌倉期の勧修寺流藤原氏などの事例が見いだせる。[15]

⑤の故帥年中行事は、すでに和田英松氏が推測するように、[16]承暦四（一〇八〇）年から応徳元（一〇八四）年まで大宰権帥であった顕仲の父資仲の作と考えられ、これ以後散見する「資仲春陽抄[17]」、「資仲抄する所の書十巻（其名謂五巻抄）[18]」などと同じものと推測される。顕仲所持のこの書について、宗忠の記事に資仲自筆かどうかについて言及がないので、写本と推測され、原本は天永元（一一一〇）年に亡くなった兄顕実に伝来し、さらにその子資信に伝来した

ものと推測される(19)。

桃裕行氏は、この顕仲所持の小野宮家記を公任のもとにあった記録類が伝来したものと推測され、「私記六巻」を実頼の日記の部類記ではないか、とされる(20)。近年、『北山抄』中、唯一公任の自筆草稿本として残る巻一〇『吏途指南』について精査された西本昌弘氏(21)も、草稿本に見える資仲による裏書の存在などから桃氏の説の可能性について触れられている。

公任の遺品が実資の子孫に流れ込んだ可能性は確かにあるが、「私記六巻」が実頼の日記であるならば、小野宮流に強い関心をもっていた宗忠ならそれなりの言及がありそうであるし、②に公任の自筆草稿本が混ざっていればなおさらであろう。①〜④については、宗忠の筆致に見る限り、小野宮流に伝えられてきたという以外、それほど特殊な意味をもつ日記群ではないようである。小野宮流に生まれたものならば、誰でも持ちうる「家記」と見てよいのではないだろうか。

院政期の小野宮流

すでに触れたように、平安中・後期の貴族社会において、「小野宮」と称された人々には、主に二つのグループが存在する。一つは、実頼の男系の子孫(22)、もう一つは実資の後、その女婿として代々小野宮殿を伝領し、小野宮中納言・小野宮大納言など小野宮の名を冠して呼ばれた人々である。赤木志津子氏(23)のように広義にとらえ、両者を含めて論じる研究者もあるが、ここで扱うような儀式作法や日記の問題の場合、後者にその事跡はほとんどなく、ひとまず前者のみを対象に限ってかまわないようである。

この一族は、平安中期において、藤原氏北家一門の中で、一時は摂関の地位を争った人々の一人を祖とし、十世紀末から十一世紀にかけて、いわゆる公達層の家柄としてそれ以下の諸大夫層や侍層とは区別された人々である。この家格意識はかなり後代まで生き続けたらしいが、[24]彼らの子孫の多くは没落し、一部を除いて公卿の「家」としては中世の幕開けを迎えられなかった。しかし、この小野宮流の場合、すでに触れたように、王朝日記の問題から見ると他の貴族たちの先を行く存在として独特の伝統を持っており、貴族たちが「日記の家」化していく際の一つのモデルを形作っていたと考えられる。そのような小野宮流がなぜ中世的な「家」へ脱皮できなかったのかについては興味ある問題であり、この事件の背景ともなっていると考えられるので、少し検討してみよう。

まず、『公卿補任』などから、小野宮流の人々の公卿への任官状況を見てみよう。

天祿元（九七〇）年、実頼がなくなった後、弟師輔の子伊尹が摂政の地位を継承するが、二年後の天祿三年に早世し、その弟兼通が継ぐ。周知の兼通・兼家の兄弟の仲の悪さの結果、貞元二（九七七）年の兼通の死によって、外戚関係のない実頼の子頼忠に関白の地位が回ってくることになる。この間、頼忠以外は、天祿四年に参議で亡くなった斉敏ぐらいしか公卿は見当たらず、九条流に比し世代交代がうまくいっていない状況であった。頼忠関白就任後も、人事の実権がなかったためか、佐理が参議に任じたくらいで状況に変化はない。

寛和二（九八六）年の花山院出家事件により、一条天皇が即位、摂関の地位は九条流の兼家に奪われることになるが、この時期、次の世代の実資や公任が蔵人頭から公卿に昇り、道隆の摂政期の正暦二（九九一）年、佐理が参議・兵部卿を辞して大宰大弐に転じた後も、左大臣道長の内覧期に懐平が加わって、後一条朝初頭まで公卿三人の体制が続く。

変化が生じたのは、後一条朝に入って頼通が摂関に就く頃からで、大納言に至った実資の養子（資平・経任）や同じく権大納言の公任の子（定頼）らが公卿に加わり、[25]増加傾向に転ずるとともに、後朱雀朝の長久三（一〇四二）年には、右大臣実資を頂点に六人の公卿が並んだ。この時期が小野宮流のもっとも繁栄した時期であり、その背景として、万寿四（一〇二七）年に道長が死去した後、一門の長である実資が、摂関頼通を支える廟堂の重鎮としてその重みを増したからと推測される。

そのためであろうか、後冷泉朝の永承元（一〇四六）年、実資が九〇歳で亡くなると、しばらくは公卿四～五人の状態が維持されるが、やがて減少傾向となる。後三条朝から堀河朝初頭にかけては二～三人の状態が続くが、康和元（一〇九九）年に権中納言通俊と参議公定が亡くなると、現任公卿は季仲一人となってしまう。この季仲も大宰権帥として下向し、長治二（一一〇五）年日吉社の訴えで周防国に配流となると、公卿は一人もいなくなり、かろうじて前述の顕実が五八歳で参議になるが、鳥羽朝の天永元（一一一〇）年に死去した後は、その子資信が参議となる久安五（一一四九）年までの三九年間、小野宮流公卿は一人もいない状態が続くのである。資信は、保元元（一一五六）年五〇年ぶりに権中納言に昇るが、同三年猶子資忠を木工頭に申し任ずるために職を辞して以後、二度とこの一族に公卿は現われなかったのである。『尊卑文脈』などを見る限り、その子孫は鎌倉期までは追えるようであるが、公卿もしくはそれに準ずる「家」を形成していた形跡はない。

巨視的に見れば、この一流は十一世紀中葉にピークを迎え、中世的な「家」として定着することなく、十二世紀いっぱいで衰退したと見なすことができよう。その原因はいくつか考えられるが、一つに、十一世紀後半から始まった家格形成の波の中で、競争に加われなかったことにあるようである。この点を前掲の玉井力氏の研究(26)をもとに、昇進コースの面からもう少し説明してみよう。

玉井氏は、笹山晴生氏(27)や橋本義彦氏(28)の研究を踏まえて、公達層が、近衛の次将（少・中将）から蔵人頭を経て公卿に達する近衛コースか、弁官コースの中でも、侍従や兵衛佐・少納言を経て弁官となり、やはり蔵人頭となって公卿に達する弁官Aコース(29)をとって公卿に達することを明らかにされている。系図2に示したように、公任の系統と、懐平の系統、それに懐平の子や孫で実資の養子となった人々の三つの系統に分かれる小野宮流の場合、当初は、典型的な公達層のコースである近衛コースをとっていたようである。ただし、第一世代から第二世代にかけて、近衛次将から弁官に転じた場合（近衛－弁官コース）が目立ち、貴族社会の主流からはずれつつあることを示している。

その状況を顕著に示すのは、蔵人頭に達する年齢の高齢化である。例えば、資平から資信へと続くこの一流でもっとも公卿の地位を保った系統で見るならば、資平（二九歳）・資仲（四八歳）・顕実（五四歳）・資信（六一歳）と蔵人頭に任じた年齢が世代ごとに高まっていることが明瞭であり、如実に公卿への道が遠のいていることがわかる。顕実の場合、近衛コースとはいっても、少将になったのが二六歳と遅めだった上に、中将昇進まで二〇年、蔵人頭になるまでさらに八年かかっており、その優秀さをうたわれながら、昇進とは結びついていないのである。

第一世代から第二世代にかけて多かった近衛−弁官コースの人々も、この顕実と比較すれば、まだ転ずることが可能だっただけ、恵まれていたとも考えられる。彼に蓄積されていた上質の公事情報もすでに生かされる場が限られつつあったと考えられよう。

院政期においては、井原今朝男氏(30)が明らかにされたように、職事弁官が、院・天皇・摂関と太政官機構をつなぐ重要な役割を果たすようになっていた。小野宮流の人々がその日記に蓄えた公事情報を生かすためには、勧修寺流藤原氏や桓武平氏高棟流などが実現したように、職事弁官を「家」の昇進コースにしっかりと取り込む必要があったのであり、それを可能にしたのは摂関家や院へ密着した奉仕であったと考えられる。日記の提供がこの時代の家司や院司の奉仕の一環であったことは前著で指摘したが、「日記の家」化していった勧修寺流藤原氏や桓武平氏高棟流の日記の公事情報はその方向にシフトしたものであった。一方、小野宮流の場合、『中外抄』久安四年五月二三日条に「小野宮関白」が日記を秘したために子孫がいなくなったという話が見えているように、自流の中で秘するというイメージが持たれていたのは確かであり、実際そのような傾向があったと考えられる。日記を大切に伝えることは、ここで扱った事件を引き起こしたことからもわかるように、そのブランド性を高めることには役立ったが、時代の変化に適応しての権門とのパイプとしては使われず、彼らの時代における足場を空洞化させたのである。

顕仲が家記を売り払ったのは、まさしく小野宮流が失速してしまった段階であった。当時「前兵衛佐」を名乗らざるをえないことからも知られように、顕仲自身、六〇歳を越えていながら[31]、無官の有様であった。また、彼に蔵人や弁官・近衛の次将の経歴は見いだせない。本人の能力も関係すると思われるが、この一流に生まれた段階でその可能性が限られてしまっていたのも確かである。彼には、もはや伝来の家記を本来の機能によって生かす場を得ることができず、モノとして権門の歓心を引くことしかその道はなかったのであろう。

おわりに

ここで見てきたように、王朝日記はそれを生かすことができる官職や官位がなければ機能しない。小野宮流を押しのけて、院政期に勃興してきた勧修寺流藤原氏や桓武平氏高棟流の貴族たちは、権門への奉仕を通じて得た職事弁官などの公卿への昇進に鍵となる官職を自流につなぎとめておくために、日記を最大限活用した。その過程を通じて、それまでの王朝日記の在り方にさまざまな価値を付加し、結果、売買や争奪の対象となるような存在に変えるとともに、その記載内容も、権門への奉仕の一環として権門への提出を義務付けられている以上、極度に意見・評価を抑えた無味乾燥な実用的な記録を大量に生産するようになった[32]。次の時代へ生き残りをかけて、そのような王朝日記をいかに再生産するかが彼らの課題であったのであり、新しい時代に即応した王朝日記を作りえた者のみが生き残り、そうでないものは消えていかなければならない厳しい時代が訪れつつあったのである。

第五章　藤原定家と王朝日記

はじめに

歌人として高名な藤原定家であるが、彼は王朝日記と格闘した人物の一人である[1]。応保二（一一六二）年、彼は王朝日記が新たな段階を迎えた真っ只中に生まれ、後述するように、和歌の世界と異なって、父祖からの遺産といったものをほとんど持たないままに、王朝日記の世界と対峙しなければならなかった。和歌の足跡とともに有名な彼の日記『明月記』は、彼の孤軍奮闘の所産であり、他にも彼と同様の立場にいた貴族も多かったと推測されるが、このような大部の日記を残しえたのは、彼の歌人としての抜群の才能と、そして時代を下れば下るほど、歌の世界に抜群の知名度を獲得したことが影響していたことは否定できない[2]。歌人定家の日記だからこそ残ったのである。

しかし、定家本人は、この日記が歌人の日記と思われることには、違和感を感じたであろう。彼は、和歌会の場だけに招かれる存在ではなく、廟堂の中枢にあって、華やかな儀礼の場に活躍する公卿としての姿を夢見ていたのであって、そのために王朝日記を作ろうと生涯にわたって努力したのであった。

本章では、定家が、やや出遅れ気味ながら、王朝日記とどのように格闘したかを描き出すことで、当時の貴族社会における王朝日記とその記主との関係について考えてみようと思う。前半は当時の貴族社会における定家の官人としての位置付けと、『明月記』も含め当時の王朝日記の記事の大部分を占める公事に対する定家の意識を検討し、後半では『明月記』に引用されたり、話題として触れられている日記を分析することによって、王朝日記としての『明月記』の位置付けを考えてみることにする。

一　公事への執心

王朝官人としての定家

本論に入る前に、当時の貴族社会における定家の位置付けを、定家の属する系譜やその官歴などから復元してみよう。

周知のように定家は、藤原道長の子、長家の子孫である。長家は、頼宗・能信らとともに源高明女明子を母とし、嫡流として摂関の地位を継承した倫子所生の頼通・教通の兄弟たちとは一段低く扱われたらしいことは、諸書で繰り返し述べられてきたところである(3)。そのような摂関家庶流というべき人々ではあるが、官人として昇進は他の貴族と比してかなり早く、若年のうちに公卿に達し高位の地位に昇った者が多かった。しかし、代を重ね、道長子孫という血が薄まるとともに、昇進にブレーキがかかり、新しく輩出された摂関の子弟や天皇・院の外戚に連なる人々の後塵を拝するようになるのは、賜姓源氏の場合と同様である(4)。血統に頼れなくなった段階において、彼らが貴族、特に三位以上の公卿の地位を保持するためには、新たな条件を身に付けなければならなかったのである。長家の子孫もこの状況は同様であった。特に大納言止まりで、兄頼宗のように大臣まで至ることなく、歌人としての名は上がっても、摂関家との新たな関係や勃興する院権力との間に強い紐帯を持たなかった長家の系統は、他の庶流と比較しても、その凋落は早かったようである。

グラフ1・2は、定家に至る長家の子孫と、同じ摂関家庶流である頼宗流の中で中御門家となっていく一流の昇進状況の違いを比較したものである。横軸が年齢を表わし、縦軸は叙爵を起点とし、次に従三位に昇進した年齢を示し、以降は官職を中心に昇進状況をグラフ化したものである。このグラフの特徴は、折れ線の傾きが縦軸に近いものほど（横軸となす角度が大きいものほど）、その人物が早く昇進したことを示す。また一つのグラフの中に同じような形の折れ線グラフが並べば、その「家」は家格が固定的な状態になっていることを示すのである。

グラフ1・2ともに、①長家・頼宗から⑤定家・宗能に向かって、グラフは右に傾いていくことがわかる。グラフ2の頼宗流中御門家は、最終的に大臣に至る「家」となっているが、これは実務的に有能であったことに加えて、③の宗俊を除く全員が当時としてはかなりの長命であったことも大きな要因となっている。同じ摂関家の庶流（師実子孫）でも後に大臣家としての家格を保った花山院流（グラフ3）と比較すると、その点がさらに明らかになろう。グラフ3でも師実の子である①家忠は、グラフ1・2の①長家・頼宗（俊家も）と同様、権大納言までの昇進はきわめて急速であるが、大臣の壁は厚い。大臣の選任はたんなる血統だけではない種々の条件が必要であったと推測される。グラフ3でも②の忠宗が四四歳でやっと参議というように、停滞が急速に進んでいるが、③a忠雅・b忠親で挽回する。これは後白河院や平氏政権との関係を考慮する必要があり、彼ら独自の努力の結果というべきであろう。それにしてもグラフ1の長家流の凋落は激しいが、これについては長家が、頼宗のように大臣に達しなかったことに加えて、近年坂本賞三氏(5)が、摂関家と村上源氏の問題で明らかにされているように、②の忠家とその弟祐家が、師実（頼通子）と信長（教通子）間の抗争に巻き込まれ、昇進が阻害されたことにもよるものであろう。

さらに彼らの経歴した官職にも原因があると考えられる。頼宗流・長家流ともに、他の摂関家庶流と同様に近衛の

グラフ1　長家流藤原氏

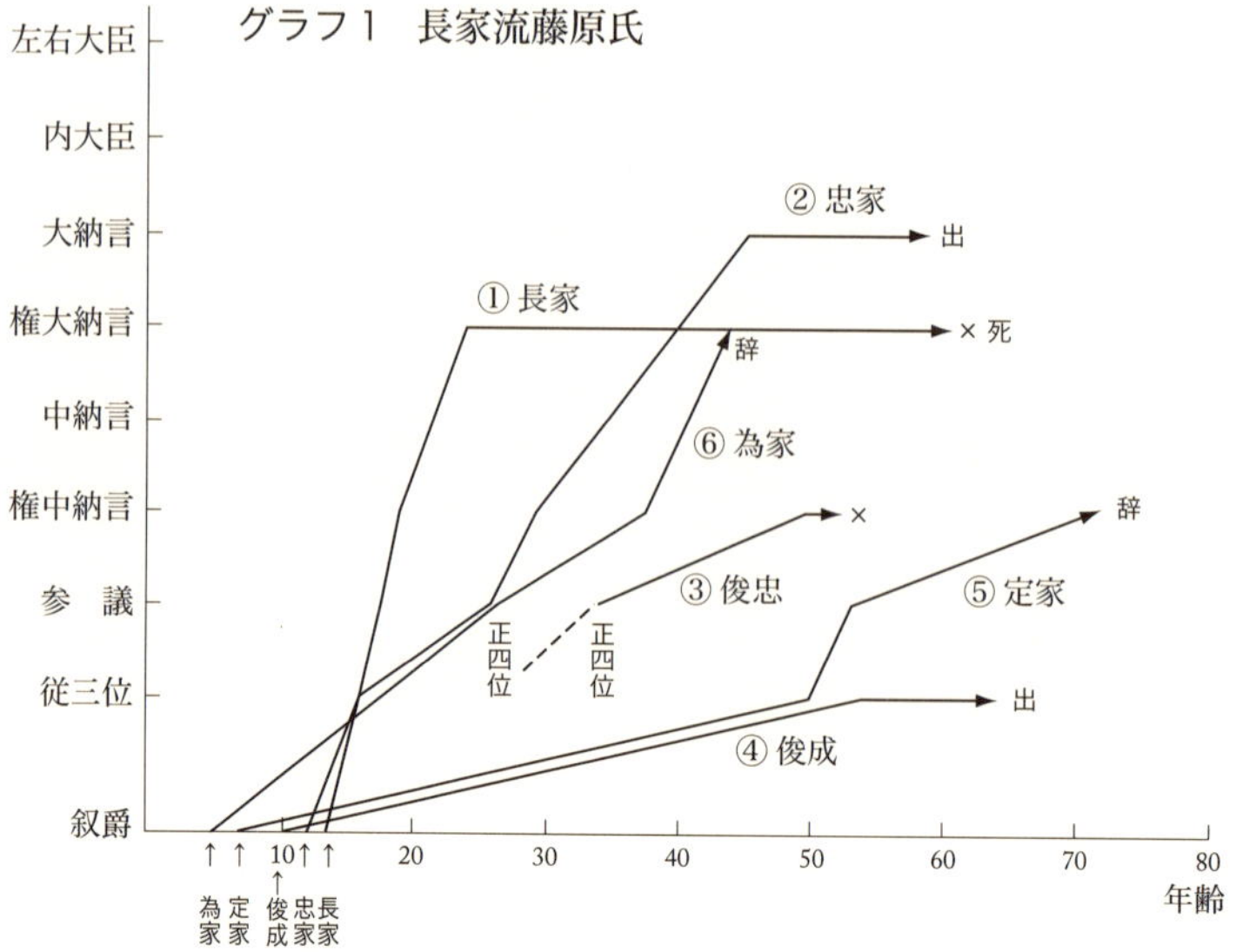

グラフ2　頼宗流藤原氏（中御門家）

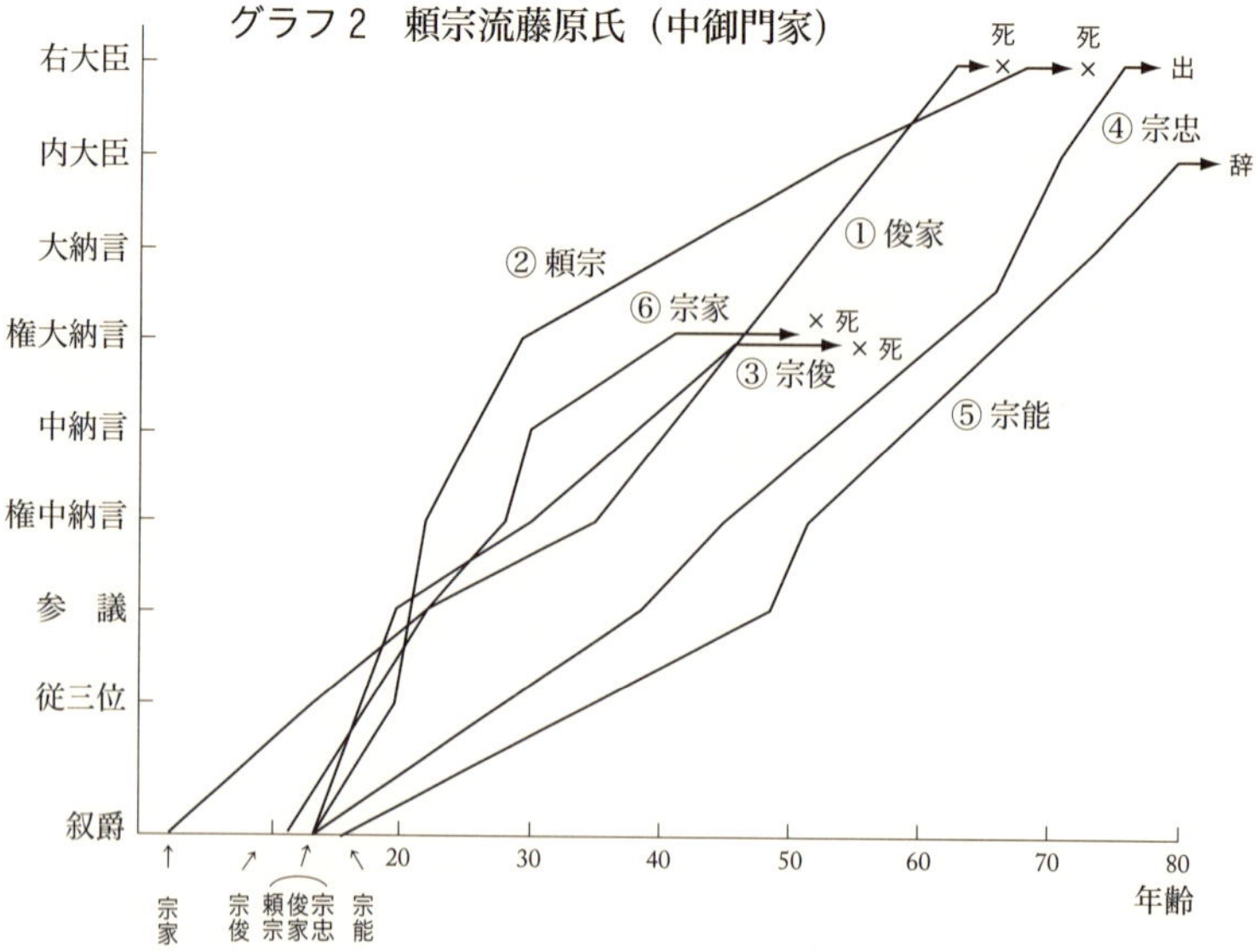

少将・中将を経て出身していく、いわゆる近衛コース[6]を基本としているが、頼宗流の場合、④の宗忠は、左少将を辞して右中弁に転身し、やがて蔵人頭を兼ね、公卿（参議）となった後も含め、弁官を十数年勤めた[7]。子の宗能以降、再び近衛コースを歩むことになるが、この宗忠の弁官コースへの転進が、公卿への登竜門である蔵人頭のポストを繋ぎ止めることを可能にし、結果的に見れば、この一流の将来にとって大きなターニングポイントとなったと考えている。

　十二世紀後半に入ると、特に一一七〇年あたりから、散三位の数が次第に多くなり、十三世紀に入るとその傾向は一段と強まる。『公卿補任』によれば、元久二（一二〇五）年、散三位（前官を除く）の数と現任の公卿数が同数になり（三三人）、ついに承元四（一二一〇）年、前者が後者を上回ることになる。ちなみに、十二世紀前半までは六人以下であった散三位の数は、十二世紀後半には漸増するが、それでも仁平元（一一五一）年〜正治元（一一九九）年間の平均は一二人である。それが次の半世紀（一二〇〇〜一二五〇）では約三八人となり、三倍以上となる。現任公卿数にあまり増減はないため（多い時で三五人ほど）、そのぶん公卿への道程は狭き門となる。

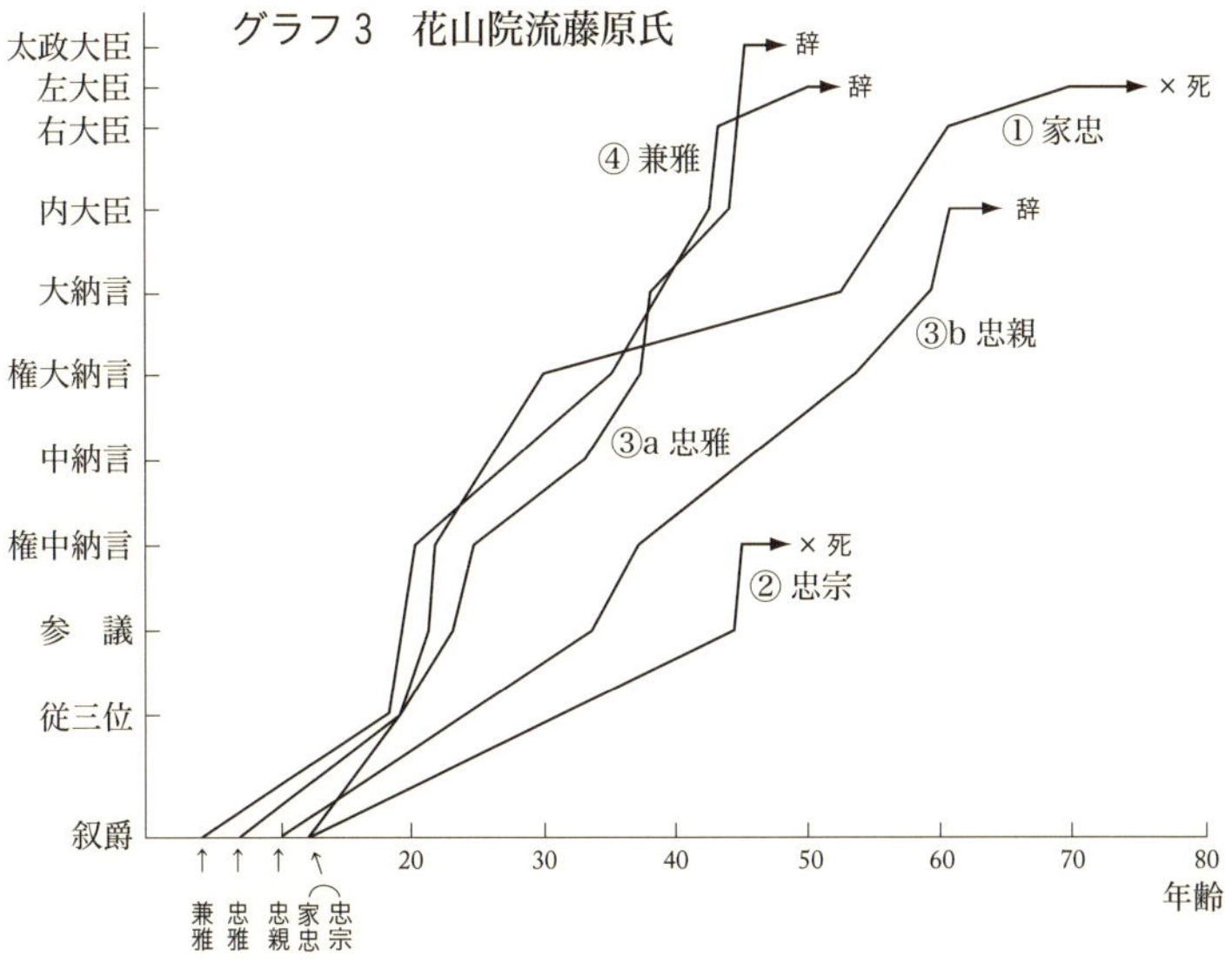

このように三位に至っても参議以上になれない者が増加する状況下で、確実に参議に至ることができる蔵人頭の地位を確保することが、その「家」を公卿の「家」として安定させる重要な条件となろう。長家流の場合、③の俊忠（その兄基忠も）は蔵人頭となり公卿に至っているが、④の俊成は幼い頃に父に死別し、また藤原顕頼の養子となったことにもよるのか、近衛コースを経ず、受領を歴任するばかりで、官職だけから見ればすでに公卿の「家」としては断絶状態となっている。その子の定家は、近衛コースへは復帰するものの、なかなか蔵人頭になれず、公卿への昇進が果たせなかったのは、後にも触れるが、父俊成の代における官職の断絶が尾を引いていたのかもしれない。

定家が三位に叙せられた建暦元（一二一一）年は、前年に比べると散三位の数が三八人から一挙に四六人になった年であり、公卿の地位が大安売りされた感がある。このような大量の散三位（摂関家の若い子弟を除き、そのほとんどが参議任官希望者であろう）の中では、自分の能力を見せる機会もままならず、権門の強い引きがなければ任官はもはや不可能であったろう。事実、定家のこの昇進も、その裏には彼の姉九条尼が讃良・細川両荘を時の権力者藤原兼子に譲与する約束があってはじめてなされたものであったという(8)。しかし、若年より公事の能力で身を立てようと努力してきたらしい定家は、次の記事にうかがえるように、それだけで実現したものではないと考えていた。

①　……行二幸高陽院殿一之後、可レ有二仗議一云々、両度催、申二可レ参由一了、申時許少将還来云、供奉公卿十九人、三位十餘人云々、散位十餘人、太左道、如レ此事沙汰出来之後、自他太無レ由、仍書二捨文一、付二少将一送二頭中将〔奉行〕所労由一也〔後聞備叡覧云々〕、……秉燭以前少将帰参、……或女房密語云、予叙二上階一、偏勤二公事一、甚叶二叡慮一、常被レ仰二此事一、或権勢恐有二其賞一、以レ賂親近、散三位奉公不レ可レ劣由示含、因レ茲未レ載レ冠之輩、涌出勤二公事一（建保一・六・一三。〔　〕内は割注、また引用する史料は指示がない限りすべて『明月記』による。以下同じ）

この日、順徳天皇の行幸に際し、一旦は供奉することを承諾した定家であったが、散三位が「十餘人」も供奉することになったことを知り、「太左道《はなはだ》」と感じ辞退した。しかし「或女房」が密かに語ることによれば、定家の昇進は、彼が熱心に公事を勤めたことが叡慮に叶ったからであり、彼のような散三位の奉公は、権門の推薦や「親近」に賂《まいない》を送ることに劣らないということが広まって、このように散三位が大勢「涌出」して公事（行幸の供奉）を勤めるようになったのであるという。

　建保二（一二一四）年二月、念願かなって定家は散三位から参議に昇進した。すでに五三歳であった。当日の記事は国書刊行会本には見えないが、その直後、自身の昇進を縁続きの僧侶に報告に行った記事があり、参議任官に対する感慨が記されている。

②　向二実全僧正房一、今度慶事、以二静快律師一、殊委細被二示送一、外家餘執、興家之面目、感悦之由有二恩言一、仍為レ謝二其事一、良久閑談、故尾坂僧正（快修）病時、法皇臨幸、今生所望、以二俊成卿一、可レ被レ任二参議一由被レ申レ之、仰云、必可レ任者也、所二存知一也、而自然依違、遂以遁世、帥殿家跡如レ無、心中深成二遺恨一之処、此慶殊感歎之由被レ命、追聞、往事更動二心肝一、又予昇進、人皆以為二善政一、可レ堪二公務一由、普謳歌云々、以二不肖身一聞二此虚名一、尤如レ踏二虎尾一、適遂二本望一、更思二家跡一、猶増二此恨一、先考年来之望遂以空、相貌自鑒之官途殊缺位、頗高由所レ存也、仍申二二位一者必可二成就一、若昇二極位一者餘命可レ恐、思二惟此事一不レ申由、少年之時常命給、猶今朝恩、更不レ知レ所レ報也（建保二・三・一）

　実全は、藤原公能（閑院徳大寺流）の子で、母は俊成の姉妹にあたり、定家とは従兄弟にあたる。「故尾坂僧正」快修は、やはり俊成の兄弟で天台座主を勤めた高僧で、実全の話では、快修が亡くなる際、見舞いに訪れた後白河法皇に「今生」の望みとして俊成の参議任官を約束してもらったが、果たされないまま俊成は遁世してしまい、「帥殿家跡」（帥殿は俊成の父俊忠のこと）[9]は「無きが如」き状態であった。それが、このたびの定家の昇進によってやっと復活したと喜んでくれたのであった。

『明月記』には、藤原宗忠の『中右記』ほど先祖を意識した言辞は見えない。定家は「御堂の流」（道長子孫）であることを内心強く意識していたと思うが、「已に白髪に及び其の前途無」[10]き自分には、先祖の跡を少しもたどれないという諦めがあり、ペシミスティックで屈折した思い[11]がそれを躊躇させていたのかもしれない。それが、ここでやっと素直に筆を走らせることができたのであろう。この記事には、定家のそれまで抱いてきた公事、さらにそれと関わる自らの「家」に対する認識が凝縮されている。実全の話に続けて、自分の昇進が人々に「善政」と判断され、「公務に堪うべ」き存在であるからなされたと広く「謳歌」されていると記し、これは「不肖の身」の自分にとっては「虚名」であり、「虎の尾を踏むが如」き危ういものであると述べる。ここで「家跡」を継げなかった父俊成の無念さを改めて認識するのであり、定家にとって「公務」とそれを実現できる官職こそ、もっとも大事なものと認識するのであった。

除目

この定家の「公務」に対する関心をさまざまな意味で集約するものが、除目《じもく》ではなかったであろうか。定家は、おそらくこの除目が行なわれるたびに胸を膨らませ、そしていつも落胆し、その憤懣を昇進した人物に対する激しい悪口にかえて日記の紙面を費やすことを繰り返した。しかし、そのような俗っぽい側面だけでなく、除目は、定家に限らず公事に関心をもつ者にとって、もっとも興味深くかつ複雑な作法・故実が演じられる晴れの場であったのである。そして一度は、たとえ大臣としてではなくとも、その執筆《しゅひつ》の座にすわって、長年培ってきた自分の公事に対する知識を生かしてみたいという思いが、常に定家の頭にはあったようである。しかし、自身ではついに実現できなかったこの夢を、息子の為家があっけなく実現してくれることになる。

③……戌時許金吾来云、二位宰相此昼風病、不レ有二出仕一之由申二大殿一、内々仰二右衛門督一、難二勤仕一者執筆定闕訖給由殿下被レ仰、不レ顧二身堪否一、為レ不二事闕一、只随二御教説之旨一可二書付一由申、被二仰出一乎由、已賜二御硯・筆・墨・笏文土代等・去年平納言所レ書大間等一退出、明日来可二示合一由告レ之、老僧雖レ不レ知二始末一、事同之、如レ聞二天之音楽一、全(不脱カ)奉二伺習一事也、只度々見二御一門習礼一、暗推二知事趣一許也、洩窺事等注二付一巻一、一日比授レ之、依レ有二便宜一経二御覧一之処、更不レ可レ進之、秘事等多被レ書了由、今日被レ仰云々、為レ耻為レ悦、多年雖レ有二執心一、身有レ限更以不レ堪、不レ得二其時一而空兼了、今逢二闕如時一勤二仕此役等一、以(于カ)二名字一為二面目一、尽意所存過昇也、顕之栄望・寿考之後分、今生本意一時満足喜悦之外無レ他、即帰後及二子夜一不レ付レ寝、只思二此事一（嘉禎元・一・一九）

当時、四条天皇は幼く、定例の除目は摂政が代行し、その執筆は普通大弁を兼ねる参議が勤めることになるが、この年は、たまたま前年の一二月二一日に参議左大弁の平範輔（「平納言」）が権中納言に昇進した後、大弁の参議が不在であった[12]。そのため、代わりに参議の筆頭で有識の公卿の一人であった「二位宰相」つまり平経高[13]（五六歳）が勤めるはずであったが、急に病気になり、第三席の参議で右衛門督（金吾）の為家（三八歳）にお鉢がまわってきたのである。

定家は、経緯については不審としながらも、思い当たるのは、自分が長年「御一門」つまり九条家の人々の除目作法[14]を「洩れ窺」ってきたことを「一巻」に注し付け、為家に授けたところ、それが「殿下」（九条教実）の目に入り、作法の秘事が多く書かれているので「進らすべからず」(他見するなということか)という「仰」を被ったことである。どうもこの書の評価、つまり除目作法に対する自分の見識が認められたため、あえて弁官でも有識でもない為家に執筆の役がまわってきたと考えたようである。

さて、このとき当事者の為家がどのような思いをもったかはわからない。しかし年老いた父親が「天の音楽を聞くが如」く喜び、「今生の本意一時に満足喜悦の外他無」しという状態でその日から寝つけなくなってしまった有様を見て、これも親孝行の一つとでも思ったのかもしれない。「形の如」く習礼を始めた為家であるが(一・二〇条)、なにぶん伝統のない「家」であるため、除目文書の類に不足したのであろう、練習用の申文さえ一通も無く、ただ「旧四所籍」で練習するばかりであった。心配な父親は、摂関家(九条家)を訪ね、大間書《おおまがき》を緣《く》る作法の教授を請うているが(一・二〇条)、定家にとっては十分な準備をしてやれないまま、本番が来てしまったようである。

除目当日の記事については断片的に伝聞した記事が多いためか今一つ状況がわかりにくいが、父親の心配をよそに意外と大事をさらっとこなしてしまうのが為家の才能らしい。終わった日、摂政教実から「三ヶ夜無為神妙の由」の感想を得た定家は、為家が従二位に昇叙されたこととあいまって、感激もひとしおだったようである。しばらく定家の心の高まりは続いたようであり、二月に入ってどこで聞き知ったのか、参議菅原為長が定家の「直物秘蔵次第・愚記等」を求めてきた。このことも、自分の公事に対する評価が世間に認められた結果と気をよくしたものと推測される(二・五条)。

定家が官人としての昇進にきわめて執着し、さまざまな手段(裏技?)を用いて達成しようとしていたことはすでに諸書で触れられているが、一方では、当時としては正攻法である公事への努力で実現をはかっていたことも確かである。さらに、このような言い方が当たっているどうかはわからないが、彼自身公事が大好きだったともいえるのではないだろうか。

定家も他の貴族と同様、自身の見た夢をしばしば日記に書き留めているが、その中に彼の公事における憧れの人を夢を見た記事がある。

④……去夜夢、小野右府来坐給〈六十許老者、非肥非痩、〈非白髪〉すこし長丸みて、鬚又不少不多、きよけなる形、冠なえたる直衣也〉、坐二長押上一、予坐二其下一、予云、偏存二御家人之儀一、踈不レ可二思食一、気色甚快然、予乍レ恐重申、枉レ理御束帯にて渡御候乎、不審事等欲二窺申一、有二許容之気一、更衣之間、装束未二出来一〈事体更衣以後朝之比歟〉、異様旧装束取寄、可レ着レ之とて被二立去一訖、此間心中思レ之、如二内弁之体一、殊勝賢者之説、面見レ之可二問申一、無レ限可レ有レ興事也と思之間、夢覚訖、予本性慕二古人之心一極深、近日殊日夜握二翫彼記一〈長和之比〉、依二此執心一見二此夢歓一歟、存二吉想之由一（安貞元・九・二七）

「小野右府」とは、もちろん小野宮右大臣藤原実資のことであるが、これまでも述べたように、定家は道長子孫の御堂流を意識していたと考えられる。であるなら、すでに注14で触れたように、九条家の良輔が夢見た道長の方が似合っている気がするのであるが、それなのになぜ実資なのであろうか。

これについてはまず『台記』の記主藤原頼長の場合が参考になろう。頼長もその日記に実資ではないが、土御門右府（源師房）の夢を見たことを記しており、[15] それは頼長が儀式作法において師房に始まる土御門流に関心が深かった[16]ことの反映と見られることからすれば、この定家の場合も小野宮流の儀式作法に対する関心がその背景となっていると推測される。

第四章で論じたように、定家の時代、小野宮流の儀式作法はすでにそれを受け継ぐべき「家」が絶え、かなり抽象化・理想化が進んでいたと推測される。定家は具体的にその子孫に師事したわけではなく、この史料④に見えるように実資の日記（小右記）を「日夜握翫」することを通じて勉強したのである。さらに、実資の孫にあたる資房の日記（春記）も「此記極めて以て難有り、人以てこれを秘す(17)」というものでありながら、九条家から入手し「殊に以て握翫」していたのであり、その結果見た夢が「賢人の右府」（『発心集』第七）実資の夢であった。

憶測を加えれば、定家が実際に末端に属する九条流の祖師輔でも御堂流の道長でもなかったのは、やはり自身が置かれている不遇な立場に対する屈折した思いの現われとも見て取れよう。定家は、前述のように、建保二（一二一四）年、やっと参議になったが、貞応元（一二二二）年には辞さなければならなかった。同時に従二位昇叙したが、結局他者に道を開けなければならなかったからであり、他の上流貴族のように参議から中納言へ、さらに大納言へというような順調な昇進は望むべくもなかったのである。参議は、公卿といっても見習い的な存在であり、主要な儀式・政務の上卿《しょうけい》はまわってこない。閑院流の諸家や花山院家といった上級貴族ばかりでなく、一時代前までは摂関家などの家僕的地位にあった勧修寺流や平氏の諸家までも上卿として活躍しているのを横目で見ながら、自分の子供や孫の年齢の人々に混じって黙々と儀式に参加してきた定家である。「家」の先途を一つでも上昇させるという目的以上に、上卿として晴れの場に立ちたいというのが彼の念願ではなかっただろうか。定家にとって、実際に自分のまわりにひしめいている連中の祖である師輔や道長よりも、今は消滅したが、その昔公事の達人たちを数多く生み出した小野宮流にこそ自分の理想を託せたのではないだろうか。

二　定家と王朝日記

彼の公事についての知識は、摂関家（九条家）の人々からの教示と現場でのたたき上げによって身に付けたと思われる。他の貴族に見られるような祖父・父・兄からの口伝・教命や相伝した「家」の日記の存在は、少なくとも現存の『明月記』を見る限り、ほとんど窺うことはできない[18]。つまり、彼の生まれた「家」は「日記の家」ではなかったのである[19]。

しかし、彼の地道な努力の結果、次第に有識として認められ、建暦元（一二一一）年には、後鳥羽上皇主催の公事竪義[20]に問者を勤仕するように命ぜられた（七・一条）。このとき定家は五〇歳、正四位下で前年に中将を辞し内蔵頭に任じていたが、いまだ三位に達しなかった（この年の九月に従三位昇叙）。この公事竪義は、仏教界で行なわれるそれを模したものらしく、表12に整理したように、公事の行幸・節会・相撲・旬・臨時祭の五項目について、毎日一項目ずつ竪者と問者を立て討論問答していく研究会であった。上皇は、たんに形式的な主催者ではなく、自ら竪者・問者になり、真剣に討論がなされた模様である。二四日条に「遂夜厳重」とあり、引き続き九月に行なわれた番論義[21]では「失錯」があった時、上皇が簾の中から板敷を叩くというすさまじいものであった。この時期は上皇が公事に強い関心を持っていた時代であり、これら一連の研究会の成果は、上皇の作という儀式書『世俗浅深秘抄』の成立に結実したと考えられる。

さてこの公事竪義の問者に任命された定家は、「自他他事を忘」るるほどその準備に没頭したが、「今においては、日記を借りる人無し。或いは此の事に驚き、各学に勤め、或いは嫉妬を成し、文書を取り隠す。孤独の身、尋ね見る方無し」（七・一〇条）というような弱音を吐いている。準備には先例故実を調査するための日記が必要なわけであるが、後述するようにあまり所持していなかったらしく、同じように竪義に参加する者は勉強に忙しくて貸してくれないし、ある者は定家が上皇主催のこのような催しに招かれたことに嫉妬して文書を隠してしまい、途方に暮れたというのである。

表 12　建暦元年の公事竪義

A 表

月日	題目	役	担当者
7.20	行幸	竪者 問者 注記	「御答」（後鳥羽院） 五人 定高　＊「頼資所労云々」
7.21	節会	竪者 問者 注記	通光（源大納言） 「御問」（後鳥羽院）・光親・定家（下官）・宗行・経高 定高
7.22	相撲	竪者 問者 注記	定通（土御門中納言） ？ 定家
7.23	旬	竪者 問者 注記	光親（新中納言） 経高・定通・定家（予）　＊後二人不明 ？
7.24	臨時祭	竪者 問者 注記	実氏（宰相中将） 通方・定通・資実・長兼・定家（下官） ？

B 表

		家系	当時の官職
竪者	通光	村上源氏（久我流，通親子）	権大納言
	定通	村上源氏（土御門流，通親子）	権中納言
	光親	勧修寺流（葉室流，光雅子）	権中納言
	実氏	閑院流（西園寺流，公経子）	参議
問者	光親	勧修寺流（葉室流，光雅子）	権中納言
	定家	御堂流（長家流，俊成子）	内蔵頭
	宗行	勧修寺流（長隆流，行隆子・宗頼養子）	右中弁
	経高	桓武平氏（行親流、行範子・範家孫）	右少弁
	定通	村上源氏（土御門流，通親子）	権中納言
	通方	村上源氏（中院流，通親子）	右中将＊9月8日任蔵人頭
	資実	日野流（兼光子）	権中納言
	長兼	勧修寺流（葉室流，長方子）	権中納言

実際、現存の『明月記』を見る限り、定家の所持する日記はかなり限られていたように推測される。特にこの時代、広範に存在していたと推測される「日記の家」の人々の日記と比較すると、かなり異なった印象をもつ。当時の貴族の日記には儀式などの記事に故実作法の典拠としてさまざまな日記が引勘されているが、『明月記』では儀式の記事の量の割に他の日記の引勘が少ない上、現存する『玉葉』『山槐記』など、同時代の「日記の家」の人々のそれと比較して、特に父祖の日記（狭義の家記）の引勘がまったくない点が特徴となっている。さらにその「家」が「日記の家」であるかどうかについては、「家記」というべきものを持ちうるかが一つのメルクマールになっていると考えるが、定家の場合、他の人々の「家記」についての言及[22]は見えるものの、自身の日記について「家記」という表現を用いることは、現存の『明月記』を見る限りないようである。やはり、定家の「家」は、定家が受け継いだ当時「日記の家」ではなかったのである。

系図3に見えるように、一般に中世以降に継続する摂関家庶流の諸家には、日記の記主が数多く確認され、「日記の家」化が進んでいたものが多い。しかし、長家の子孫の場合、他と比較すると記主として確認できる者がかなり少ないようである[23]。その日記がたとえ写本などで現存せずとも、なんらかの情報が他の貴族の日記に残されるはずであるが、定家以前の人々については今のところそのような情報は確認されていない。定家と日記との関係を『明月記』から復元していくと、この一流の「日記の家」化はかなり遅れていたと推測できるようである。

そうなると定家は、父祖の日記を持たずに廟堂に出仕しなければならなかったと思われるが、それ以外の日記についてはどうであろうか。例えば前述の「資房卿記」（春記）については、永承三年記が古写本の奥書から建久元年段階に父俊成のもとにあったことが知られている[24]。他に、蔵人私記・西宮記・北山抄・江家次第・羽林抄・内裏式・新儀式などが『明月記』に見えており[25]、これら当時の官人必携の儀式書類は所持していた。これらの中のいくぶんかは父祖伝来のものであったろう。すでに触れたように「資房卿記」（春記）のうち「万寿・長元・長暦元年」の日記七

系図3　御堂流藤原氏　　＊ゴシックの人名は日記の存在が確認できる者。下線は可能性が強い者。

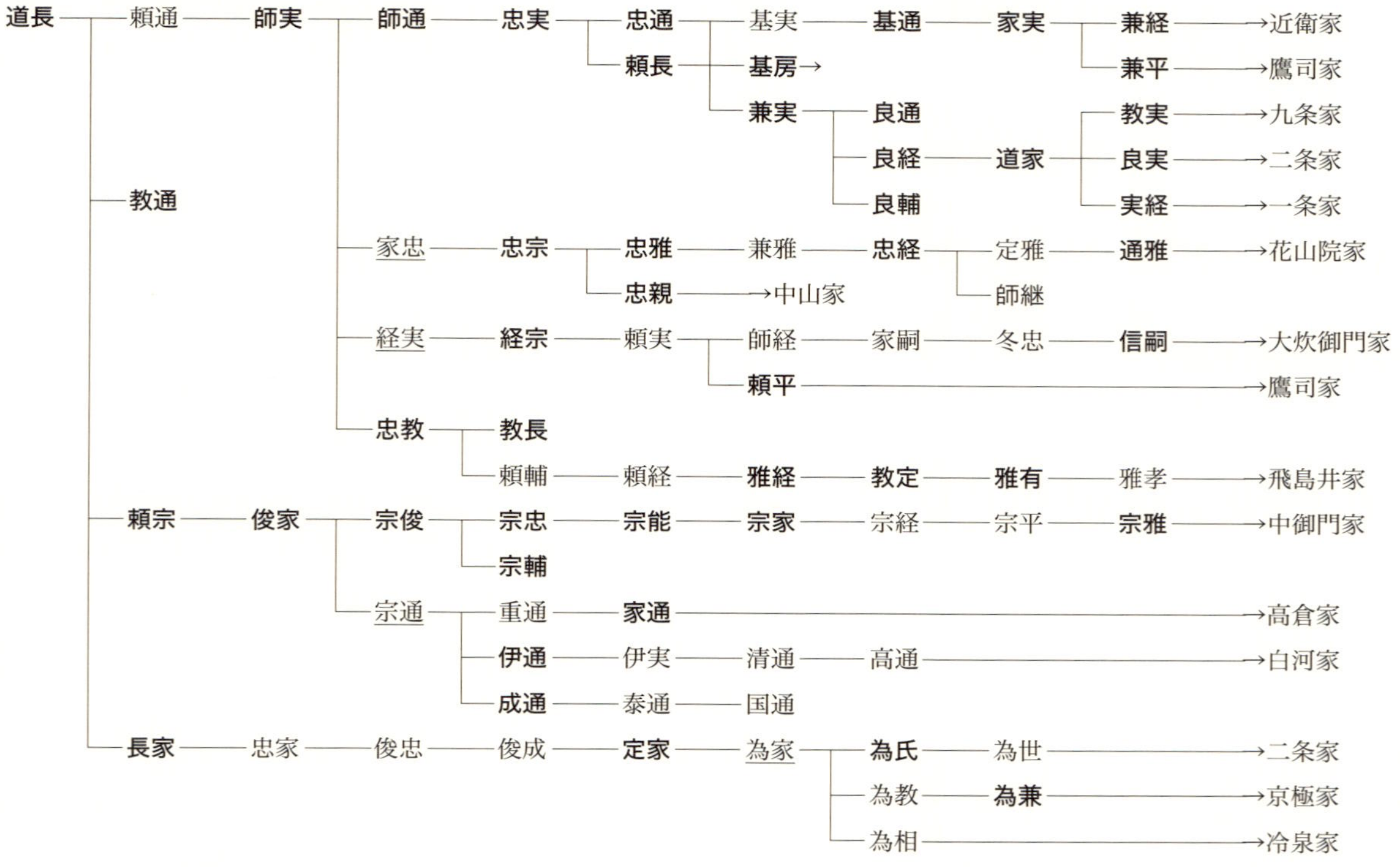

巻や頼長の「宇治左府御記」[26]（台記）は、摂関家から借り出し書写したものであり、「長秋納言記一合」（源師時の日記）も晩年摂関家より得たものらしい。[27] 他にまとまった分量で所持されていたらしいのは、やはり前に触れた実資の『小右記』[28]、そして宗忠の『中右記』[29] くらいである。藤原忠親の『山槐記』はおおむね忠親の子孫の言の中でしか見えないが、摂関家に所持されていたものを定家も一緒に見ている記事[30]があるので、一部は書写していたかもしれない。断片的に現われるものは、源師房の「土右記」[31]「行成卿記」[32]（権記）「為房卿記」[33] くらいであり、他にもあったと推測されるが、これらは大体どの貴族の日記にも引勘されるものばかりで、定家の「家」を特徴づけるようなめずらしいものではない。やはり「日記の家」としての伝統の無さを感じざるをえないが、それだからこそ、上記の日記の書写記事や他人の日記への関心の強さに「日記の家」化への懸命の努力を読み取ることも可能である。公卿の「家」としての復活とは、たんに三位・参議の地位を得ることだけではなく、公卿として活動可能な知識・技術を「家」に充塡・維持することが必要なわけであり、さまざまな日記を入手し、一方で自身浩瀚な日記を作成し、いずれは宗忠が行なったように自身の日記を部類し、子孫に受け継がせることが目標ではなかっただろうか。[34]

定家は自身の「家」が「日記の家」として不完全であったことを十分認識していたと推測される。前節で提示した「日記を借りる人無し」という言葉がそれを象徴しており、この点については昇進の停滞と相俟って、一種のコンプレックスとなっていたようである。そのため「家」の日記を持っていながら公事の場で失敗した者や無能な者、特にそのことを日頃ひけらかしながら、公事の場で生かせない者たちに対して筆誅を加える傾向があった。

⑤　……或人云、頭中将随レ事付レ簡之後、可レ進二文杖一由仰二出納一（高声）、出納貞重不レ儲之由申レ之、重召レ之、出納云、幼主御時也、其後無音、是如二章玄之眼路一、常見二旧記一之間、蔵人頭取二文杖一之由、依レ有二所見一也、此人本自全無二時代了見之心一、以二見及事一為二先例一、是本性也、世以為二稽古之器一、誰人弁二其浅深一哉、時之相将又以不

レ異レ彼歟（承元元・一一・八）

史料に見える「頭中将」は藤原高通、定家と同じ御堂庶流（白河流、系図3参照）の出であり、「常に其家の自ら書写せる日記を見る」ということによって「学問の人」と自称していた人物である。[35] この記事は、七日程前に蔵人頭に任ぜられた高通が、「幼主御時」の場合の故実を知らずに出納に文杖を進めるように命じたというもので、彼が「時代了見の心」無く、常に見ていた旧記に書いてあることを鵜呑みにしたため失敗をしでかしたことを非難したものである。

⑥ ……小忌具実〔蘇芳裏下襲着小忌、時称我家説〕、是例下襲〔白面如例、尻許改之、上ハ例物云々〕ヲ蘇芳下襲ト書故実ヲ父卿依レ不レ受二有識口伝一、不レ知レ之、任レ盗二取家文書一、蘇芳ト心得歟、無レ疑事也……（嘉禄二・一一・一八）

これは、豊明節会において権中納言源具実（村上源氏、二四歳）が「我家説」と称した衣装に問題点があったことを記した記事である。これは普通の下襲を（儀式書などで）「蘇芳下襲」と表現するのを、具実の父通具（大納言）が「有識口伝」を受けないまま鵜呑みにして息子に指示したため起きたことだと言っている。通具は「重代先祖文書を伝えるの由自讃」[36]していた人物であるが、定家は以前から快く思っていなかったようであり、「家文書」を「盗み取」るに任せた結果であると手厳しい。一方、同じ村上源氏で「有識の余流」でありながら、定家と同様に「家記」を持たざる源有教[37]のような人物に対しては、きわめて好意的なのであるから、この辺の厳しさは定家の家記コンプレックスともいうべきものに原因があると考えてよいであろう。

九条家との関係

最後に、定家が公事の知識を集積する上で、その母体となった摂関家（九条家）との関係について触れておきたい。巨大な「日記の家」である摂関家[38]の「家」の日記を機能させるために、その下部に重層的に家司層の「日記の家」が形成されること、そのような「日記の家」化した摂関家の代々の日記では、儀式の記事の詳細を自身の日記では省いてしまい、家司クラスの日記の存在を指示してすませるというような書き方が散見することを、拙著[39]で述べておいた。また、その摂関家の下部に存在する「日記の家」として、勧修寺流藤原氏・高棟流平氏など代々摂関家家司を世襲する「家」以外に、緩やかな統属関係（協力関係ともいってよい）にある上級貴族がいることも指摘しておいた。

摂関家下部の代表的な「日記の家」として知られる桓武平氏（高棟流）の場合、次の史料のように、何か事が起きると自動的に代々の父祖の日記が関係資料として提出できるようになっていた。

⑦ 天皇崩二於近衛殿一、春秋十七歳、……于レ時法皇・美福門院共御二于鳥羽殿一、兵衛佐定隆逐電参入、又讃岐守季行朝臣為二両院御使一馳参内、定隆未二帰参一、季行未レ着二鳥羽一之間、事一定了、仍両院不二臨幸一、下官依二殿下仰一、馳二参御直廬一、仰云、長元九年四月後一条院・治暦四年後冷泉院・嘉承二年七月堀川院、此三ヶ度崩後雑事次第事等、内々被二尋仰一、予州・李部・右大丞被レ記事等、大略執啓、又源右相府・都督亜相并御暦等下給、彼年々巻勘二出次第事一……（『兵範記』久寿二・七・二三）

この記事は、近衛天皇崩御の時、関白忠通のもとに呼ばれた平信範が、忠通から天皇崩御の際の儀式の運営・進行について、長元九（一〇三六）年の後一条天皇、治暦四（一〇六八）年の後冷泉天皇、嘉承二（一一〇七）年の堀河天皇の先例を諮問された際、即座に「予州」（平範国、信範の曾祖父）・「李部」（未詳、行親あたりか）・「右大丞」（時範、行親流）など父祖の記録に基づいて応じていたことを示しており、忠通サイドからも、「源右相府」（源師房）・「都督亜相」（源経信）・「御暦」（藤原師実、忠通の曾祖父）[40]など摂関家所蔵の家記が下され、調査させていることがわかる。両者の関係はきわめてシステマティックといってよいものである。

一方、摂関家と上級貴族との関係は、師通と源経信、忠実と藤原宗忠（中御門流）などの場合は、日記の記載上、家司的な扱いを受けているように見えるが、兼実段階の藤原宗家（中御門流）・源雅頼などとの関係はもう少し緩やかなもので、交誼的なものが背景にあるようである。

それでは、前述したように、摂関家庶流ながら公卿の「家」としてはぎりぎりの所に立たされていた定家の場合はいかがであろうか。

この点については、やや微妙と言わざるをえないのが本音である。

文治二（一一八六）年に父に導かれ九条家の門をくぐって以降[41]、定家が仕えた九条家の人々は、兼実・良経・良輔・良平・道家の五人にわたるが、日記が残されている良輔・良平以外の三人のうち、定家の日記が、彼らの日記の記事に指示されているのは、道家の日記に一カ所、「定家卿注進昨日の儀に云はく[42]」として、方違《かたたがえ》行幸の記録が引用されているにすぎない。これらの日記の残存状況にもよると考えられるが、一方の定家の日記においては、摂関家への日記の献上は、いくつか残されている。

⑧巳時許布衣参二左大臣殿一、仰云、叙位習礼料所レ招也、但博陸母儀有レ事、忽不レ可レ被レ参、仍作二改次第一也、午時許大外記師重参入、召二入御出居簾前一（北面蔀方也、垂簾）、被レ尋二仰雑事一、其内式部・民部奏立籤入第三筥之説、祖父殊渋之（師遠ハ付短尺入硯筥云々）由申之、承レ仰了称唯退出、付二仲資朝臣一、依レ有二持参一、指笏事不レ合期一、常有二此事一、定有二上下不審一歟由恐申云々、雖レ有レ承二除目秘事一、不レ可レ書二日記一由有二御誡一、仍不レ注レ之……（建

暦二・一・五）

⑨巳時参二内大臣殿一、見参之間、亜相方有二院御書一、建仁三年春日詣大臣殿御装束、委可レ被二注進一由有二仰事一云々、御少年時不二覚悟一、其日奉行人等之中有二御尋一、予又所二見聞一皆忘却、更不二覚悟一、又仰云、……帰畢之後引二見愚記一、彼日御装束注付旨等、委注進了（建保元・七・二〇）

⑩自二前殿一春日行幸〔建保〕事被二尋仰一、書二進愚記一了、平相公改元定所見被レ尋、承久・貞応改元日事粗注送（安貞元・一二・四）

⑪……宗平中将書状、左府若君元服理髪事有二彼御語一、正治勤仕之由聞レ之、其作法注送哉、其事兼不レ習二先達一、更不レ知二子細一、当日依二入道殿下仰一、如レ形注二給次第一勤レ之、所二書付一甚雖二見苦一、如レ此事本自為レ人不レ存二隔心一、仍書出送レ之、首服事甚以不レ得レ心、只依二相将之男一歟、末子之繁昌、必為二御一門一放埒之源歟、定又越階之望歟……（寛喜二・一二・二六）

史料⑧は、日記を献上した記事ではないが、摂関家の人々に定家の日記の存在が認識されていたことを示すものである。左大臣良輔（兼実子）が、叙位の儀式の「習礼」（予行練習）をするにあたって、定家が立ち会った際の記事である。叙位・除目の執筆の作法は、摂関家を中心に秘伝化が進み、この時も見聞したことを日記に書かないように良輔から指示があったので、記録しなかったという。叙位・除目という特別な儀式作法においてではあるが、家人の日記活動に規制をかけている点は興味深い。

史料⑨は、内大臣道家に祇候した時、後鳥羽上皇から西園寺公経（道家の妻の父）のもとに書状があり、建仁三年春日詣の際の「大臣殿」（道家の父良経）の装束を注進せよということで、なにぶん道家も子供の頃のことで覚えておらず、当時の奉行人などに尋ねられた。定家にも諮問があったが当座では思い出せず、帰宅後自身の日記に載っていたので詳しく注進したというものである。

次いで史料⑩は、「前殿」道家から「建保」[43]の順徳天皇春日行幸のことを尋ねられ、「愚記」を献じたというもの、⑪は左大臣良平（兼実子）の子息の元服に際し、「正治」[44]の良平自身の元服に奉仕した定家に、その時の儀式の記事を献じるように依頼してきたものである。

道家との関係が主であり、摂関家以外の人々[45]に自身の日記を提供した例も含めて、晩年になってのものが多いが、道家の日記を見る限り、忠実の日記に見える藤原宗忠（中御門流）や兼実のそれにおける同宗家（中御門流）・源雅頼（村上源氏）のような立場にはなかったようである。[46]

長年、公事に精進してきた経験と知識は、それなりに摂関家の当主たちに認められていたようであるが[47]、蔵人頭や弁官、中納言以上の公卿のポストに恵まれなかったので、現場からの日記の提供もそれほど機会に恵まれず、かつ「日記の家」でないため、その作法に代々の家記による権威づけが乏しく、また秘蔵の日記を提供し、主家の歓心を買うこともできなかった。つまり、日記を通じての奉公はそれほど期待されてはいなかったのである。

このような彼の日記をめぐる環境を復元してみると、『明月記』に散見する、拝賀の供奉や仏事の布施取・堂童子など、摂関家が関わる儀式にしばしば駆使されることを嘆く記事[48]には、たんなる参加要員ではなく、有識として待遇され奉公したいという定家の思いを読み取るべきではないだろうか。

九条家からは、多くの公事情報を受け取って、定家は自らの公卿学を磨き、大部な日記を書き溜めた。最近の研究[49]では、現存の『明月記』は、定家が出家後、部類記を作るために家人らに手分けして清書させたものであることがわかってきている。定家も「日記の家」化をめざした『中右記』の宗忠[50]と同じ道を歩もうとしていたことが知られよう。しかし、それを生かす場所を欠いていたところに彼の不満があったのではないだろうか。上卿としての出番は限られていたし、院はもちろん、長年奉仕した摂関家においても、彼が期待したものに比べれば今一歩であった。父の達成したものを受け継ぎさらに深化させ、十分に評価された和歌の世界と、父にはできなかったことを築き上げたはずなのに期待はずれの評価に終わった公事の世界との間に生じたギャップを、この日記は示している。

そして定家にとってもう一つの不運は、子の為家に、「和歌の家」はともかく[51]、苦労して基礎を築いた「日記の家」を受け継いでいこうとする意志が欠けていたことであった。摂関家との重層的な「日記の家」の関係も築けず、継承されるべき「日記の家」たりえなかった定家と日記との関係は、他の貴族のそれと比べて複雑な性格を帯びている。孤立した定家の日記は、公事情報ばかりでなく、彼の愚痴を含め、さまざまな情報が溜め込まれるだけの存在となっていったのであり、吐き出し口のないそれは、独特の色調をもって、私たちの前にあることはなんと皮肉なことであろうか。

おわりに

文永一〇年七月二四日、出家して融覚と名乗っていた定家の子為家がしたためた譲状には次のようなことが記されている。

……まこと〳〵故中納言入道殿日記〔自治承至于仁治〕、人ハなにとも思候ハねとも、一身のたからと思候也、子も孫もさる物見んと申も候ハす、うちすてゝ候へハ、侍従為相ニたひ候也、かまへて見おほえて公事をもつとめ、人の世にある様をも見しれと、をしへさせ給へ……[52]

「故中納言入道殿日記（治承より仁治に至る）」つまり定家の『明月記』に対して、為家は「一身のたから《宝》と思候也」と個人的に価値を感じているものの、「子も孫もさる物見んと申も候ハす、うちすてゝ候」というように、他の子孫（為氏・為教ら）は価値を理解していないので、「侍従為相」に子の日記を譲ると述べている。これについては、辻彦三郎氏[53]は、嫡流の為氏らが定家の日記に関心を示さないのはおかしいと疑問を持たれ、正面から為家に譲与を望んでも拒否される可能性が強いと考えた為氏らが、「これを諦めたふりをよそおい、かねがね定家の日記をつまらぬものとの如くいいなしつつ無関心な態度を持し、そのようにとるにたらないものであるなら彼等に譲渡してよいという雰囲気を作りつつ裏をかこうとした」と推測され、為家はさらにその下心を逆手にとってこのような文言で譲与してしまったとされている。

面白い理解であるが、やや考え過ぎではないかと思う。「子も孫もさる物見んと申も候ハす」という為家の言は事実そうであったのであろう。ただし日記そのものを欲しくないと言っているのではなく、中身を理解しようとしない、つまり公事について関心を示さないという意味なのではなかろうか。

為家自身、「人ハなにとも思候ハねとも、一身のたからと思候也」とわざわざ記すのは、何か違和感を感じる。この時代の「日記の家」の人々であるならば、「家」の宝なのは当然であり、それをめぐって殺人さえも犯しかねない存在であるはずなのに、このようなことを書くのは、「子も孫も」のみならず、自分もよく「見おほえて公事をもつとめ」ることもせず、父の日記を継承していなかったことのあらわれではないだろうか。為家も公事の現場から父へ記録を書き送り、それが『明月記』の一部に見えているが[54]、嘉禄二年に二九歳で蔵人頭から参議に昇進し、三九歳で権中納言、四四歳で権大納言にまで昇った彼は、父とは比較にならないほど、公事の場で腕を振るえる機会があったはずであるが、その日記の存在は確認されていない。孫の為氏や曾孫の為兼には日記があったよう[55]であるが、代々の日記が連動して存在した形跡は乏しい。この「家」に「家記」意識は育まれず、「日記の家」化はなされなかった。本論で述べたように、定家が『明月記』を作成した意図は、子孫に継承されなかったのである。

しかし、定家の日記が不用とされ、文永九年八月二四日付の為家の譲状で「皆悉為相ニゆつりわたし候」という「相伝和歌文書」に比して粗雑に扱われたというわけではなかったであろう。十四世紀の為相の代に、定家の日記が「中納言入道殿御記〔治承より仁治に至る〕ならびに本書等[56]」と、「日記」が「御記」と表現されるようになっているように、定家自筆のそれはまさに定家が残した遺品として重視されていったのである[57]。ただし、公事情報としてではなく、あくまで「和歌の家」の曩祖定家の作品としてであった。後代、定家の日記は、その筆跡を求められ切り離された部分が多く生じたが、そのような傾向の萌芽はかなり早くから存していたのであろう。定家の意に反して、「日記の家」の根本家記としてではなく、「和歌の家」の重宝として大事にされたのである。

第六章　説話作家と王朝日記

はじめに

前章で見たように、王朝日記が貴族社会において、「家」と結び付き厳然たる存在になると、定家のように種々の事情でそれと格闘せざるをえない人々を生み出すことになったようである。和歌の世界にその地位を確立しても、公卿のポストを確保し、貴族社会から落ちこぼれないためにはどうしても避けられないものであったが、それでは他の文学のジャンルにおいてはいかがであろうか。この十二世紀に形成されつつあった新たな王朝日記の存在に、なんらかの影響を受けなかったのであろうか。

本章では、この十二世紀以降に発展し、その情報源やテキストの形式などにおいて王朝日記と関係深いと考えられる中世の説話集[1]とその作家たちに焦点をあてて、この問題を考えてみようと思う。

この説話と漢文日記の問題については、国文学の研究者を中心にいくつかの視角から考察がなされてきた。ここで詳しくその研究史を顧みる余裕はないが、きわめて大雑把に整理してみれば、次のようなものであろう。

一つは、個々の説話の典拠・素材となったものを、現存の古代・中世の多数の日記の記事の中に探し求め、「語りや書留めの状況から事件のハナシ化の階梯や説話の萌芽の契機の一般的仕組みを看取する」[2]という方向[3]。一つは、それら日記の中に存在する説話的な内容の記事（日記から取り出せばそのまま説話集に入れてもおかしくないようなものから、断片的なものまで）に注目・検討し、「当該説話の流伝や享受流布の様相」[4]を検討する視角などである。[5]また他の文学作品の場合と同様、説話作家の伝記的資料を日記の中に求める場合もあげられよう。[6]

これらは当然のことながら、研究者にとって関心のある説話集なり説話作家の側から、日記を見ていくことが共通した視角であるが、問題があるとすれば、ここでこれまで論じてきたように、この時代の日記に対する理解に不徹底さが感じられることであろう。当時の説話作家が対峙しなければならなかったのは、平安中期に〝発生〟し変質を遂げつつあった王朝日記なのであり、語り手となった大江匡房や藤原忠実も、自らがそのような王朝日記の記主であったのである。無名の作家たちもそれらから説話の材料を入手する際、それらがいかなる存在のものであるか認識していたはずである。この王朝日記と説話作家たちとの簡単な見取り図をここでは描いてみたい。

一　説話集にみえる王朝日記

表13は、本章の対象時期において、作者とその成立時期が比較的明らかな説話集[7]について、そこで引用されている日記を中心に整理したものである。[8]ここでは、例えば『古事談』第五（三七八）の説話にみえる「コノ事経信卿記に見ゆ」と記されるように、はっきりと典拠となった日記を明記したものだけではなく、同じく第一（四二）に見えるような藤原実資の日記『小右記』のほぼ一日分の記事をそのまま典拠を明らかにせず所載しているものも、[9]また説話集の序文も含めて、一つの話題の中である日記について言及しているものも、やはり一つと数えて一覧してある。個々の説話の原典調査が進めば、当然ここに挙げられる日記の種類も多くなるはずであるが、現時点における一応の

目安としてあえて表にしてみた。以下この表13を素材として、いくつかの問題点を指摘してみよう。

第一に、十世紀末に成立した『三宝絵詞』と、十二世紀以降に成立した『江談抄』以下の説話集とは、引用されている日記の数が各段に違うことである。

これは仏教説話集であるという『三宝絵詞』の特殊性によるともいえようが、ただ『三宝絵詞』の場合、『日本紀』『続日本紀』などの官撰国史とともに引用されている唯一の日記[10]が、十二世紀以降の説話集にはほとんど引用されることのない「殿上日記」である点に注意する必要がある。これは偶然のことと看過すべきではなく、『三宝絵詞』の作者源為憲が当時利用しうる日記として、この公日記の一つである殿上日記(蔵人により交替で記される)があったという積極的な意味で理解すべきであろう。この当時、天皇・貴族個人によって記された日記もかなり存在していたはずであるが、自分の日記や身近な人々の日記以外の入手・利用は、後代と比較してかなり限定されていたと考えられ、当時まず一般的に利用可能であったのは、官撰国史や、殿上日記・外記日記などの公日記であったと推定されるのである[11]。説話集作家にとって、説話のプールとしての個人の日記は、十一世紀以前にはそれほど意義をもたなかったであろうし、さらにいえば、日記を説話源とする説話集は、十一世紀以前にあっては発達しにくかったものとも想定されよう。

また、この殿上日記とともに公日記の一つである外記日記が、説話集の中で引用されたり話題となるのが、院政期前半に成立した『中外抄』段階まであることも、注意しておいてよいと思われる。この頃には、律令国家以来、太政官の外記たちによって公的に運営されてきた外記日記は、さまざまな側面で形骸化が進み、外記局のトップである局務の地位を世襲する中原氏や清原氏の「家」の日記に代行されるようになっていたためである[12]。これ以後の貴族社会では、「外記日記」という名称をもつ日記は、固有名詞的な存在として、つまり『小右記』や『権記』と同じような多数存在する単行の日記の一つとして理解されても、前代のような国家組織によって生産・維持されていたものと

続古事談	古今著聞集	文机談
不明	橘成季	文机房隆円
13 世紀前半	建長 6（1256）年	13 世紀後半
李部王記 小右記 **二東記** **宇治左府記**（台記） **師時卿記** 中右記 江記	醍醐天皇御記（延喜御記） **吏部王記** 小右記 **宇治左府御記**（台記） 経信卿記 **師時卿記** 中右記 江記	小野宮殿の御記 （実頼の日記） **台記**
小野宮水心抄・行成卿記・水左記	村上天皇御記・「宇治殿御記」・山槐記・経房卿記・為範記	桂大納言の記
		国史
	西宮記 北山抄	楽書要録 三五要録 新撰要録

表 13　説話集に見える王朝日記の利用

	三宝絵詞	江談抄	中外抄・富家語	古事談
作者	源為憲	大江匡房の談を藤原実兼が筆録	藤原忠実の談を中原師元・高階仲行が筆録	源顕兼
成立	永観 2 (984) 年	12 世紀初頭	12 世紀後半	13 世紀前半
他の説話集と共通する日記		延喜御日記 九条殿記 外記日記	九条殿御記 **李部王記** 一条摂政記（一条殿左大臣記） **二条殿御記**（二東記） 外記日記	（九条殿御記） **重明親王日記**（李部王記） （一条摂政記） **二東記** 宇治左府記（台記） 経信卿記 **師時卿記**
共通しない日記	殿上日記	維時中納言日記	貞信公御記・京極大殿御記・後三条院御記・土御門御記・経頼記・為隆記・重隆記・朝隆記・知信記・敦光記・泰憲卿記・文殿御記・皇帝記	
その他	日本紀	日本紀		日本紀
	続日本紀	続日本紀 文徳実録		続日本紀
	三代実録	三代実録 類聚国史 資仲卿抄 装束司記文 蔵人式	西宮記 四条大納言記（北山抄） 江帥次第（江次第） 柱下類林 太政官式	北山抄 江次第

注：ゴシック体は三つ以上の説話集で説話源となった日記を示す。

は異質な形で存在していたのであり、人々の記憶からそうした本来の姿は失われつつあったといえよう。日記を収集し説話を採録しようとしていた人々にとっても、そうした意識は同じであったと考えられる。

第二に、当時の説話集作家に、共通の説話採録の場として利用されているいくつかの日記が確認されることである。はっきりとした基準は設定しにくいが、表13において三つ以上の説話集に現われ、かつ同一内容の説話に引用されるものでない類の日記などは、そのように判断してよいのではないだろうか。表13の上段から挙げていけば、吏部王記（重明親王の日記）・二条殿御記（二東記、藤原教通）・宇治左府記（台記、藤原頼長）・師時卿記（長秋、源師時）などであり、小右記（藤原実資）・江記（大江匡房）・経信卿記（帥記、源経信）・中右記（藤原宗忠）もこれに准じてよいであろう。これらは、当時の説話作家にとって比較的入手しやすかった日記と推定される。

例えば、『古今著聞集』においては、吏部王記[13]・江記・中右記・宇治左府記がかなり頻繁に使用されており、特に宇治左府記については、「藤入道とは誰の御事にか、宇治左府御記には御堂の御事にやとぞ侍るなる」（神祇第一、一八）とあるように、先行説話集からのたんなる孫引きではなく、明らかに手元にまとまった形で備えていたか、周囲に閲覧できる手段を持っていたと推測される[14]。

また、江記についても、例えば次の『古今著聞集』の説話に記されているように承保年間の江記を所持していた。

承保二年八月廿八日、同院に行幸なりて競馬ありけり、秦近重と下野助友と番けり、……此事、助信・助友が番にたゞおなじさまにきこえ侍るは、同事の二度侍けるにや、くはしくたづねしるべし、但承保の江記に侍は、近重勝、するゐにて助友が馬、近重をふむ、いくばくの日をへず死ぬ、承保以後の競馬の記ども、助友つかうまつりたるよし見えて侍り、されば助友が死にたるよしみえたるは、近重を書あやまてるにや、かた〴〵おぼつかなし

（宿執第二十三の2）

この史料に見えるように、成季が、江記以外にも「承保以後の競馬の記ども」を所持していたことが知られるが、成季は衛門府の官人として競馬に参加する立場にあり、[15] その故実に詳しかったためであろう。

しかし、注意すべきは、『文机談』において、作者隆円が「桂大納言の記には、かの願すでに成じて都率の内院にうまれ給よし、夢のつげありと申置給とかや承れども、隆円れいの記録にうすき身なれば実否はしり侍らず」と正直に記しているように、実際に自分でその日記にあたって調べたわけではなく、人から聞き伝えで[16]引用している場合があることである。この『文机談』の場合、表13に見える他の日記も同様の状況にあるようであるが、このことは隆円がたんに記録の調査を怠ったというわけではなく、それを困難にする社会的な制約が存在していたことに原因があると推定される。

二　「日記の家」と説話集作家

前節で抽出された、説話源として共通して現われる一群の日記を見ると、当時の「日記の家」において「家記」として形成された日記の中で、どの「家記」にも共通して現われる一連の日記のグループ[17]に含まれるものばかりであるということに気づく。

ここで「日記の家」の概念について、詳しく説明する余裕はないので拙著を参照していただきたいが、簡単に触れておくならば、十一世紀後半から十三世紀にかけて次第に形成されていった王朝貴族の「家」には、それを構成する要素として「家記」と称される日記が集積されていたのであり、その「家記」を持つ「家」を「日記の家」と規定した。そこに形成された「家記」は、ここでいう王朝日記と「家」が結び付けられたものであり、前代以来の公事情報のプールとしての役割だけではなく、その「家」を象徴し、その「家」の継承に重要な意味をもつものとなっていった。

「家記」と称される日記の集合体には、多様な日記が多様な形態（例えば日次記に限らず部類記や抄本など）で含まれているが、その「家」における機能の面から見れば、大きく二種類の「家記」、つまり狭義と広義の「家記」に区分することが可能であると考えている。[18] 狭義の「家記」とは、自分も含めて父祖代々の人々の日記であり、自家の故実作法の源泉であるばかりでなく、相伝の際に「家」の象徴として最も重要視される日記であり、「家」ごとに独自の個性をもつものである。一方、広義の「家記」とは狭義のもの以外、例えば、さまざまな手段で入手された他家の日記や西宮記・江家次第などの儀式書の類を内容とするものであり、他の「家」とも共通して所持される、当時においては、ポピュラーな存在の日記である。この広義の「家記」として、当時広く流布していた日記として把握できるのは、延喜御記（醍醐天皇の日記）・天暦御記（村上天皇）・吏部王記・土右記（土御門御記、源師房）・師時卿記・小右記・資房卿記（春記、藤原資房）・九条殿御記（九暦、藤原師輔）・宇治左府記・中右記・為房卿記（大記、藤原為房）・為隆卿記（永昌記、藤原為隆）・時範記（平時範）、江記などであり、前節の表13から抽出した、三つ以上の説話源となっている日記ばかりでなく、表の上段に掲げた日記のほとんどがこの中に含まれてしまうのである。

さらに、これらの説話集作家の自分の「家」にのみ相伝されるような日記、つまり狭義の「家記」は、『江談抄』と『中外抄』『富家語』の場合を除いて、ほとんど利用されていないということも指摘できるであろう。[19] 説話集の表面に現われている、われわれが現在確認できる日記だけで判断するのは難しい面があるが、「日記の家」の「家記」を一つの指標として見た場合、少なくとも同じ世界に生きていたはずの説話作家たちの立場にも若干の違いが存在していることに気づかされるのである。

このように見てくると、『中外抄』『富家語』における当時の日記への言及は、量的にも質的にも他の説話集と比較して群を抜いていると考えられ、特に『中外抄』に豊富なのは、言談の主である藤原忠実の絶頂期という時期的な理由も考慮しなくてはならないが[20]、何よりも言談の主と筆録者である中原師元がともに「日記の家」の人であったことによると考えられよう。この『中外抄』は、現在では説話集のジャンルの中で論じられることが多いが、後半部分は「久安四年記」として伝来していることからも知られるように、中原師元の日記の中から忠実の言談を教命として抄録したものと考えることは可能であり、説話集と王朝日記の中間的な存在と見なすことも可能である。そこに引用された「重隆記」「朝隆記」「知信記」など、代々摂関家家司を勤める勧修寺流藤原氏や桓武平氏高棟流の日記などと同様に、摂関家の「日記の家」の裾野を形成する一群の日記の一つとして理解することが可能であろう。

この『中外抄』『富家語』を「日記の家」の社会の中心部に花開いた説話集とすれば、『古事談』『続古事談』『古今著聞集』などはその周辺部に、さらに『文机談』はその周縁部に位置するものとして把握することが可能であろう。

『古事談』の作者とされる源顕兼は村上源氏顕房流（雅兼子孫）の出身であり、その一族には、久我・土御門といった上級貴族の「家」が多数形成された。それらの中には、「日記の家」として確認されるものも数多く見いだされるが、顕兼の系統は、曩祖の雅兼（極官は中納言）には日記があったことが確認されるものの、その子雅綱（顕兼の祖父、従四位上右中弁）・宗雅（同父、従三位刑部卿）には日記の存在が確認できない。また顕兼の子孫も、次の代では三位に達せず、『尊卑文脈』から見えなくなっており、少なくとも公卿の「家」としては断絶してしまっている。顕兼自身についても、説話集作家として期待される伝記に、例えば大江匡房のような奇行・才能などは、『玉葉』『三長記』『明月記』などを見るかぎりうかがうことはできない。名門の末流ではあるが、すでに公卿の「家」として地位はぎりぎりのところまで下降してきており、その点では、摂関家庶流の藤原定家[21]と類似しているものの、定家のように父俊成以来の和歌の実績を梃子に「家」を興すほどの飛び抜けた力量はなかった。公の面を見る限り、当時としてはごく平凡な貴族として生きていたかのようである。

ただ顕兼のように、名門貴族としてのプライドは高くとも、権門との強いパイプがないため、官位官職においては沈淪を余儀なくされ、儀式の場でも「日記の家」としての伝統を持たない人物[22]に対しては、前章で見たように、同じ立場に立つ定家は共感を感じるようであり、『明月記』における筆致は優しい。逆に、儀式の場で定家らに「重代先祖の文書を伝うるの由自讃[23]」し、「僻案を以て万事家の秘事と称[24]」する源通具（彼も村上源氏）のような同輩に対しては痛烈に批判しており、このことからも、「日記の家」であることが王朝貴族の「家」として必要条件となりつつあった当時の貴族社会において、彼らのような「家記」を持たない人々にとっては常になにがしかの劣等感にさいなまれていたものと推定される。そのような状況下において、説話集を編むことにも「実録」を兼ね「家々の記録をうかゞ」うことが必要と意識され[25]、さらに前述したように「此事、彼卿たしかに記しをかれ侍り[26]」などというように、説話の典拠を明記したり、記録が不確かな場合には「此事いづれの日記に見えたりといふことたしかならねど、かく申つたへたり[27]」とか「彼右府の記しをかれたるとかや、尋べし[28]」というような断わりを付言するというように、当時の貴族の日記において、儀式・作法など記録する際、他の日記を引勘するのと同じような方法が、説話集の中で用いられているのである。

　しかし、彼らをあまりネガティブに捉えるのは、彼らのこの世界での役割を見誤ることになろう。源顕兼も橘成季も、そして説話作家ではないが歌人としての藤原定家も、前述の広義の「家記」と共通する王朝日記の一群を入手することができた人々であり、「日記の家」の世界では独自性を出せないが、それらの日記を咀嚼し、さらに外の世界に紹介することを自らの使命としていたかもしれないのである。彼らが紹介しようとした王朝日記のグループは、記主の子孫の手を離れ、多くの写本が作られ貴族社会に流布したが、一面では、それらが優れた日記であることを人々から認められた存在であったからである。いわば王朝日記の古典、もしくはスタンダードとして認知され、だからこそその中に含まれる価値ある情報を変換して、それを直に見ることができない人々に紹介することに意義を感じていたとも考えられよう。『古事談』が『江談抄』『中外抄』『富家語』から多数の説話を抄録したことはすでに指摘されているが、王朝日記の世界に属するこれらの説話集を、文学の世界へスイッチする回路をもった人々として評価できるのである。

おわりに

それでは、さらに周縁部に位置した人々の場合どうであっただろうか。

前にも触れた、『文机談』の作者文机房隆円は、ここに掲げた貴族出身の作家たちと異なり、三河国という地方に生まれ、藤原孝時という下級貴族の許に身を寄せて、秘書のような仕事をしていたらしい。[29]「有識のみちにくら」いことを自ら認める彼の場合、前に引用したものの他に、「隆円さやうの事にはくらければいまだ和漢の年代記をも勘合し侍らず、たゞ人の申をきゝをけるばかり也」とか「かの時の記をいまだうかゞひみねば、隆円ふしんのみおほくていまだその邁をひらかず」などの弁解をしばしば繰り返さなければならなかった。彼のような地方の出の者でも、貴族社会のことに関わって記録の筆をとる時に、このような意識に呪縛されなければならなかった点に、当時の王朝日記の世界の重みを感じざるをえない。

この隆円とほぼ同じ位置にいたのが、『宝物集』の作者ではないだろうか。彼は、採録した貴族説話の一つに次のように記している。

長徳元年の事などうけたまはるこそあさましくはべれ、
閑院左大将朝光　四月廿八日

関白殿　道隆　四月七日
小一条右大将済時　四月廿三日
六条左大臣殿　重信
粟田右大臣殿　道かね
桃園中納言　保光　五月廿八日三人同

この殿ばら、三月より五月まで、わづかに百日ばかりがうちに、一同になどうせたまひけり、六月になりて、山の井の大納言道頼卿又うせ給ひぬ、又、をとなにてぞおはせし宰相と聞えし人のうせ給ひぬ、ほどなく公卿七八人うせ給ひにけり、まして四位五位などの、人にもしられぬは、かぞへ申におよび侍らず、かく臣下一度にうせ給へる事なしとぞ、日記の家の人〳〵も、のたまひける(30)（巻第四）

傍点部のように、『宝物集』の作者は、「日記の家の人々」と自分自身を違った立場にあるものと意識しているようであり、そこに「日記の家」の世界と、説話集作家たちが立つ場との間に横たわる深い断層を見いださざるをえないのである。ただし、『宝物集』の作者が「日記の家の人々」として意識したのは、「家記」を形成していた、ここで概念化された「日記の家」に所属する人々だけではなく、源顕兼や橘成季、そして藤原定家ら、狭義の「家記」は持たなくても、広義の「家記」に属する日記群を利用できた人々まで含めていた可能性があることも指摘しておこう(31)。隆円や『宝物集』の作者らにとっては、「吾朝の事は家〳〵の日記、世継、伊勢物語などにこまかに侍るめれば(32)」とはわかっていても、狭義の家記は言うまでもなく、王朝日記そのものにも一種の憧憬をもたざるをえない存在だったのではなかろうか。

第七章　出家と日記の終わり

はじめに

白河院政期から鳥羽院政期にかけて活動した藤原宗忠という貴族は、寛治元（一〇八七）年から保延四（一一三八）年までのほぼ五〇年間にわたって記し続けた自分の日記を次のような文言によって閉じている。

①a出家、有二小所労一上、依二年来本意一也、生年十七初任二侍従一勤二公事一、後至二七十七一出家、六十年奉公、至二従一位右大臣一、妙高院僧都被レ来坐也、両殿下令レ渡給也（『中右記』保延四・二・二六）

b請二入道聖人一受戒、世事従レ今心長断、不二日記一也（同前保延四・二・二九）

特に傍点を付した「世事今より心長く断じ、日記せざる也」[1]という最後の部分は、大部にわたる彼の日記を読み進めてきた人々にとって、きわめて印象的なものとして心に残るところである。想像を逞しくするならば、二六歳の時からこの日まで約五〇年にわたって日記を記し続けてきた宗忠が、この条文を書き終えて置いた筆の音、さらについたであろうため息すら聞こえてくるような気がするのである。

この最後の文言の中に、長年、王朝日記と格闘し、ある意味で勝利した者の思い入れのようなものを感じ取るのは私だけであろうか。宗忠が、王朝日記と真正面から対峙し、特に「日記の家」化をめざしてさまざまな努力を重ねたことは、以前に拙著で述べたし[2]、その「家記」形成のたゆまない努力が、本書第四章で論じたように、小野宮家記をめぐる騒動を引き起こしたこともすでに周知のことである。その「家記」化によって、王朝日記が変質を遂げていったことは以前にも述べたが、それでは、この宗忠の日記の最後に記された文言は、王朝日記の変質過程のなかでいかなる意味をもつのであろうか。それが本章で論じたい問題である。

本論に入る前に、もう少し宗忠のこの文言について検討してみよう。

宗忠は、史料①aに見えるように、「小所労」に加えて「年来本意」であることを理由に出家を遂げたわけであるが[3]、①bに「世事」を断じるために日記を止めるとも記しており、正確にいうと彼が日記を止めたのは出家の翌日、戒を受けた日で、一日だけ出家後も日記をつけたともとれなくはない。出家してしまったら、「世事」を気にかける必要がなくなってしまったから日記を止めたともとれよう。彼の場合、「世事」とは官僚（右大臣）として公事に関わる生活を指すのであろうから、出家によって公務から離れることで、日記を書く必要がなくなってしまったと考えてもよいかもしれない[4]。王朝日記は、すでに述べてきたように公事情報を蓄積・利用する記録装置として生み出されてきたものであり、たんなる日々の生活の記録ではない。ならば、宗忠のように、公務から離れ、本来の意味での出家の生活に入れば、公事情報を必要としなくなり、王朝日記も不要となるというのは必然的である。

宗忠に見る限り、彼の行為は王朝日記の本来の性格を具現しているように思われるが、ならば、「家記」化を進めてきたはずの彼の日記も、本来の王朝日記のあり方とそれほど異ならないことになろう。以前に宗忠の日記を「日記の家」の視点から検討すると、その過渡期的な位置にあることを指摘したが、この面からもその可能性が出てくることになる。

彼の出家を機に公務から離れ、日記の筆を折るという行為が前代からのものか、それとも「日記の家」化が進行する中で新しく付加された性格なのかも含めて、以下検討してみよう(5)。

一　王朝日記の終わり

個々の王朝日記の始まりや終わりを知るということは、意外に困難なことである。それらの多くが写本、もしくは抄本や断簡など不完全な形で残されており、それらが本来記された具注暦のまま、書き始めから終わりまで完全に残っている日記は皆無だからである。特に始まりは、まだ公事に未練で、記事が稚拙なため本人によって後になって書き直されてしまったり(6)、同様の理由で後に利用されることが少なく、時間の流れのなかで消滅してしまう場合が多い。終わりの部分も、病気がちであったりすると記事が少なく、高齢の場合も記事が簡略になる傾向があり、やはりあまり利用されないまま消え去っていくことが多いようである。

今でも同じであろうが、生涯にわたって日記をつけていた人々の日記の終わりというものは、ある日突然訪れるのであろう。今ならば、空白のページが続く日記帳(7)が残され、この時代であれば、間明きだけがむなしく残された具注暦の巻子が残されていたはずである。

宗忠と同時代の摂関家の師通の場合（表14-6）、康和元年六月二八日に三八歳で亡くなったが、彼の日記はその月の一七日まで残されており、その最後の条は「晴、未時許夕立降雨、庭面滂沱、諸国物所進所々、興福寺講堂作料所送也」と、当然のことながら終わる気配なく突然切れている。やはり同時代の源師時（表14-11）も同様である。保延二年四月六日に亡くなった彼の日記は、現在二月九日まで残っているが、『中右記』によると三月二七日まで儀式への参加が確認されるので、おそらくこの日の直後まで記されていたと推測される。

鎌倉後期の西園寺公衡の場合（表14-32）は、もっとすさまじい。正和四年九月二五日に五二歳で亡くなった彼の日記は、八月二九日条まで残されているが、すでにこのころ病魔に蝕まれ、死を予感していたはずである。五月二三日に行なわれた持明院殿の最勝講には、「予病躰頗る無力尫弱といえども、世間不審、（病）を扶け己《（毛カ）》車に乗りて臥せながら遺り出ず、惣門内東築地の傍に立ち、緇素の参入を見る」とあるように、病をおして牛車に臥しながら儀式の記録を残しており、まさに鬼気迫るものがある。志なかばで倒れた感のある彼らに対し、宗忠のように出家という人生の区切りをもって自ら筆を置くことができた者は大変幸運だったとみるべきであろう。

ここで貴族の日記の終わりと出家との関係を概観してみよう。

表14は、十世紀から十六世紀前半にかけて、日記を記しかつそれがある程度残存している貴族について、出家を遂げたことが明らかな者を出家年次の順に整理したものである。記主名に、その日記の残存期間、出家した年月日、亡くなった年月日、それに出家の種類を列挙し、備考には、出家以後も日記が残っている者には※印を付し、さらに出家時に現任であったか散位《さんに》（前官もしくは非参議）であったかを示した。すでに述べたように、彼らの日記はすべて残っているわけではないので、あくまで一つの目安として理解していただきたい。

この表14を一見してわかることは、〝発生〟から十二世紀にかけては、出家以後の日記が残っている貴族がほとんどいないことである。出家の時点でいえば、十一世紀前半の藤原道長（表14-3）と十二世紀後半の平信範（表14-15）の二名だけである。道長の場合は特殊な事例[8]であるので、実際は信範一人といっても過言ではない。また、十二世紀前半までは、出家の種類として臨終出家[9]が多く、出家即亡くなった場合は当然として、しばらく生きていた場合でも日記を付けた可能性はきわめて低いはずである。藤原宗忠（表14-12）はすでに触れたように、出家とともに擱

表14　出家と日記の終わり

	記主名	残存期間	出家年月日	没年時月日	出家の種類	備考（※は出家後も日記を止めなかった者）
1	宇多天皇	887～897	899.10.24	931.7.19		現任（在位 887.8.26～897.7.3）
2	藤原師輔	930～960	960.5.1	960.5.4	臨終出家	現任（右大臣）＊日記は 960.4.8 まで残存
3	藤原道長	998～1021	1019.3.21	1027.12.4	（臨終出家）	※前官（太政大臣）
4	藤原実資	977～1040	1046.1.18	1046.1.18	臨終出家	現任（右大臣）
5	源師房	1030～1076	1077.2.17	1077.2.17	臨終出家	現任（右大臣）
6	藤原師通	1083～1099	1099.6.28	1099.6.28	臨終出家	現任（内大臣・関白）＊日記は 1099.6.17 まで残存
7	大江匡房	1065～1108	1111.11.5	1111.11.5	臨終出家	前官（権中納言）
8	藤原為房	1070～1114	1115.4.1	1115.4.2	臨終出家	現任（参議）
9	源俊房	1062～1108	1121.2.26	1121.11.12	臨終出家	現任（左大臣）
10	藤原為隆	1099～1129	1130.9.8	1130.9.8	臨終出家	現任（参議・左大弁）
11	源師時	1105～1136	1136.4.6	1136.4.6	臨終出家	現任（権中納言）＊日記は 1136.2.9 まで残存
12	藤原宗忠	1087～1138	1138.2.26	1141.4.20		現任　＊出家をもって日記をやめることを明記
13	藤原忠実	1098～1118	1140.10.2	1162.6.18		前官（関白・太政大臣）
14	藤原忠通	1116～1145?	1162.6.8	1164.2.19		前官（摂関・太政大臣）
15	平信範	1132～1184	1177.7.5	1187.2.12		※非参議
16	藤原忠親	1151～1194	1194.12.15	1195.3.12	臨終出家	前官（内大臣）
17	藤原実房	1166～1195	1196.4.25	1225.8.17		現任（左大臣）
18	藤原経房	1166～1198	1200.2.30	1200.閏2.11	臨終出家	現任（権大納言）
19	藤原兼実	1164～1203	1202.1.27	1207.4.5		※前官（摂政・太政大臣）

	記主名	残存期間	出家年月日	没年時月日	出家の種類	備考（※は出家後も日記を止めなかった者）
20	源仲資	1177 ～ 1213	1207.7.28	1224. 閏 7.15		※非参議
21	藤原長兼	1195 ～ 1211	1214.2.8	未詳		前官（権中納言）
22	後鳥羽天皇	1212 ～ 1216	1221.7.8	1239.2.22		前官（在位 1183.8.20 ～ 1198.1.11）
23	藤原定家	1180 ～ 1241	1233.10.11	1241.8.20		※前官（権中納言） ＊文永 10（1273）.7.24 融覚（藤原為家）譲状によれば仁治年間まで日記があった
24	平範輔	1208 ～ 1233	1235. 閏 6.27	1235.7.25	臨終出家	現任（権中納言）
25	藤原道家	1207 ～ 1238	1238.4.25	1252.2.21		※前官（摂政・左大臣）
26	藤原家実	1197 ～ 1235	1241.11.28	1242.12.27		前官（関白・太政大臣）
27	藤原定嗣	1246 ～ 1248	1250.8.14	1272.6.26		前官（権中納言）
28	藤原兼経	1222 ～ 1251	1257.3.8	1259.5.4		前官（摂政・太政大臣）
29	藤原経光	1226 ～ 1268	1274.4.15	1274.4.15	臨終出家	前官（権中納言）
30	後深草天皇	1258 ～ 1303	1290.2.11	1304.7.16		※前官（在位 1246.1.29 ～ 1259.11.26） ＊出家をもって日記をやめることを明記
31	藤原経長	1267 ～ 1302	1303.11.18	1309.6.8		前官（権大納言）
32	藤原公衡	1283 ～ 1315	1311.8.20	1315.9.25		※前官（左大臣）＊日記は 1315.8.29 まで残存
33	伏見天皇	1287 ～ 1311	1313.10.17	1317.9.3		前官（在位 1287.10.21 ～ 1298.7.22）
34	藤原実躬	1283 ～ 1318?	1317.2.24	未詳		※前官（権大納言） ＊菊池論文（注）によれば，出家以後も文保 2（1318）.3 頃まで日記をつけていた可能性があるという
35	後伏見天皇	1307 ～ 1328	1333.6.26	1336.4.6		前官（在位 1298.7.22 ～ 1301.1.21）
36	花園天皇	1310 ～ 1332	1335.11.22	1348.11.11		前官（在位 1308.8.26 ～ 1318.2.26）

37	洞院公賢	1311 〜 1360	1359.4.15	1360.4.6		※前官（太政大臣）
38	山科教言	1405 〜 1410	1395.6.26	1410.12.15		※前官（権中納言） ＊ 1405.5.14 の火災でそれまでの日記を焼失，この日から再び書き始めている（当時，教言 78 歳）
39	洞院公定	1374 〜 1377	1399.6.15	1399.6.15	臨終出家	前官（左大臣）
40	広橋兼宣	1387 〜 1427	1425.4.27	1429.9.4		※前官（大納言）
41	貞成親王	1416 〜 1448	1425.7.5	1456.8.29		※＊ 1425.4.16 親王宣下，1448.2.22 太上天皇尊号宣下
42	白川資忠	1398 〜 1418	1428.8.18	1440.1.31		非参議
43	中山定親	1418 〜 1448	1448.6.23	1459.9.17		前官（権大納言）
44	中原師郷	1420 〜 1458	1450.8.2	1460		※前官（大外記）
45	西園寺公名	1428 〜 1459	1457.8.28	1468.5.22		※現任（太政大臣）
46	近衛房嗣	1459 〜 1484	1474.6.29	1488.10.19		※前官（関白・太政大臣）
47	大宮長興	1475 〜 1487	1486.6.20	1499.10.24		※前官（官務）
48	中院通秀	1477 〜 1488	1488.6.2	1494.6.22		前官（内大臣）＊ 1488.2.26 まで日記が残存
49	壬生晴富	1446 〜 1497	1490	1497.?.?		※？
50	甘露寺親長	1493.8.27	1493.8.27	1500.8.7		※現任（権大納言）
51	近衛政家	1466 〜 1505	1505.6.19	1505.6.19	臨終出家	前官（関白・太政大臣）＊ 1505.6.4 まで日記が残存
52	中御門宣胤	1480 〜 1522	1511.11.15	1525.11.17		※現任（権大納言）
53	三条西実隆	1474 〜 1536	1516.4.13	1537.10.3		※前官（内大臣）
54	近衛尚通	1506 〜 1536	1533.4.27	1544.8.26		※前官（関白・太政大臣）

注：菊池大樹「『実躬卿記』自筆本の伝来・構成に関する一考察」（『東京大学史料編纂所研究紀要』10, 2000）

筆したことを明記しており、実際日記は確認されていない。

十三世紀に入ると、臨終出家が減り、かつ出家時にすでに前官である場合が増加する。出家後の日記が残されている者も、十四世紀にかけて増加し、十五世紀に入るとほとんどの者が出家後も日記を記すようになっている。

二　日記の擱筆の史料

宗忠と同じように、自ら日記を擱筆した際、なんらかのコメントを記している記主もしくはそれに類する者がおり、また記主本人ではないが、擱筆の状況が他の日記などに記されている場合がある。まずそれらを提示して、表14で得た傾向と比較し検討を加えてみよう。

② 戌刻大蔵卿大江匡房卿薨〔年七十一〕、……為二三代侍読一、才智過レ人、文章勝レ他、誠是天下明鏡也、但心性委曲、頗有二不レ直事一、或人云、申時許出家、次焼二老後之間日記一了、入夜薨云々、朝之簡要、文之燈燭也、良臣去レ国、可レ歎可レ恐歎（『中右記』天永二・一一・五。〔 〕内は割注、以下同じ）

③ 弘長元三廿七経任補二五位蔵人一、依レ含二超越愁一欲二出家一、仍被レ止二経任侍中一、同二年四月八日以二経任一直被レ任二左権佐一之間、同十月焼二文書等一忽二出家一〔廿四〕、法名如源（『尊卑分脈』藤原高藤公孫・経藤の頭注）

④ ……抑素実於レ身、更無レ所レ愁、於レ事只有レ所レ悦、当今践祚已後未レ経二幾年一、万機諮詢之間、纔及二四年一、嫡

孫入二龍楼一、庶子為二柳営一、繁昌之運足自□者歟、然而思二今生之栄一、彌恐二来世之果一、忽解二太上皇之号一、速為二尺尊之遺弟一、二世之願望二成就一之条、喜悦銘レ肝者也、始レ自二正嘉二年一、毎日記録不レ怠、卅三年之間及二百余巻一、今已棄二世事一帰二仏道一、記而有二何益一、仍正応三年二月十一日以後、停而不レ可レ記者也（『後深草天皇日記』正応三・二・一一）

⑤ 抑愚老今年六十九、遁二俗塵一之間、記録尤可レ止也、而至二四月一書来之也、実夏卿不二書記一、一向暗然不レ改、至二今日一如レ形書レ之、明年可レ満二懸車之齢一、可レ抛二書記之営一耳（『園太暦』延文四年一二月巻末）

⑥ ……且又参議長宗卿出家遁世入二釈門一、一流一向断絶之由達二上聞一、以二文書・家記一進二置公方一了、仍為二闕所一、故大臣殿明徳年中御拝二領彼文書・家記等一也、……（『建内記』永享元・三・二九）

日記を焼く

史料②は、著名な院政期の学者・政治家である大江匡房（表14-7）が、天永二（一一一一）年に死ぬ間際に自身の晩年の日記を焼いたという記事である。焼かれたのが、彼が長年つけていたはずの日記すべてではなかったことは、彼の日記が死後も諸書に引用され、断片的ながら現存することから明らかである。[10] 匡房がなぜ晩年の日記のみ焼いたのかについて確かな理由は不明であるが、一つには、子孫がいずれ白河院に強制的に献上させられ、子孫以外の目に触れることが予測されたからであろう（源経信の日記などは実際そうなった）。その日記の記載内容に多く「人上」（人物批判）に関わるものを含み、[11] 他人の目に触れることにより、子孫に害を及ぼすことを避けるためであったと考えられる。ただし、匡房の場合、臨終出家であり、焼く焼かないにかかわらず、出家後の日記は存在しない。

プロローグでも紹介した史料③の藤原経藤の事例は、自身の日記を出家によって止めたと明示したものではないが、後述するように「日記の家」勧修寺流藤原氏に生まれた彼の場合、弘長二（一二六二）年一〇月の出家の際に焼かれた「文書」には、自身の日記も含まれていたと推定され、結果的に日記を止めたことになると判断して取り上げた。出典の『尊卑分脈』は後代の編纂物であり、そのまま一次史料として扱うわけにはいかないが、幸いにも関連の史料が残されている。

⑦……右所レ譲二与嫡男蔵人右衛門権佐俊定一也、文書記録等同所二譲与一也、但於二浄蓮華院一者、経二顕要一為二家長者一之人可二管領一之由、被レ載二故大納言殿御契状一了、仍故黄門他界之時、被レ示二付愚臣一之間、加二修理一所二管領一也、然而就二家之長者一可レ有二沙汰一於二文書一者、故黄門分経藤入道遁世之時、皆以成二灰燼一了、入道殿所レ譲二賜予一之記録・雑文書以下并予之時文書等、悉以所二譲与一也……（『勧修寺家文書』文永一二・三・一付藤原経俊譲状）

この史料⑦は、経藤の一族で、叔父にあたる経俊が子息俊定に与えた譲状の一部で、これによると、「故黄門」（経俊の兄為経）が経藤に譲った文書を、経藤が「遁世」の際にすべて焼き捨てたことは事実だったことが判明する。建治二（一二七六）年一〇月一七日付の藤原経俊譲状（『勧修寺文書』）でも、このことは繰り返し触れられており、この「家」の人々にとって衝撃的な出来事であったことが看取される。

経藤がなぜこのような行為に及んだかというと、史料③に見えるように、異母兄弟の経任に昇進で「超越」[13]されたことに悲観してなされたものであった。ここで経任に「超越」された蔵人・左衛門権佐という官職は、彼の属する勧修寺流藤原氏において、昇進のために必ず通過しなければならないコースとして重要かつ象徴的なポストで、だからこそ我慢できなかったのである。

しかし、なぜすべて焼き払うという過激な行動に出たのであろうか。出家するだけではすまなかったのであろうか。おそらく経藤が家記を焼き捨てるという過激な行為に出たのは、この「家」の人々が自分たちの「家」の日記に対してもつ独特の意識が背景にあったと考えられる。

彼らの属する勧修寺流藤原氏は、「一門記」という独特な日記群を形成しており、多くの「家」に分裂しながらも、一門という枠の中で、日記・文書を共同利用し、蓄えられた公事情報を交換していた。[15] これは、「家記」化が進むと、所領と同様、世代を重ねるたびに分割され、また「家」の壁が隔てるかのように秘されることによって、公事情報の劣化および利用機能の低下が生じることを避けるための手段であったと推測される。

一方、この一門ばかりでなく、この時期の王朝貴族たちは、前代以来、子息のうちの有望な者を複数出身させ、廟堂において競わせていた。そこでは一応の嫡庶はあったものの、単純に長幼の順で決まるというものではなく、本人の能力や権門との関係など諸般の事情によって「家嫡」の地位も流動的にならざるをえなかった。この経藤・経任の場合のように庶子が嫡子を追い越すこともままあったのである。特にこの一門では、「家」継承のメルクマールとなる「家記」相伝のイニシアティブは、官位の上位者に握られることになる。場合によっては、父から相伝した「家記」を譲るまではいかなくとも、『中右記』の記主宗忠のように、[16] 一門の官位上位者に嫌でも見せたり写させたりしなければならないのである。それがさらに経任の公事における活動を手助けすることになるのであるから、本人の短絡的な性格を抜きにしても、経藤が自らの将来とともに消滅させてしまおうと決心したのもわからないではない。

出家しても日記は止められない

史料④は、後深草院（表14-30）が正応三（一二九〇）年二月一一日に亀山殿において出家した際の記事で、ここでは省略しているが出家の際の諸儀式を自ら詳しく記録した後、正嘉二（一二五八）年一七歳の時からこの日まで三三年間毎日休みなく記してきた日記を、今日をもって「世事」を棄て「仏道」に帰するために止めると書き記したものである。

後深草院は、「毎日記録」つまり日次記を止めることで、出家以前の生活と以後のそれを区別しており、実体として上皇や貴族の場合、出家以前も以後も生活面ではそれほど変化ないと思うが、少なくとも日々記録に関わることは、俗の生活（世事）であり、「仏道」の生活とは齟齬を来たすという認識があったことが知られる。これは前述の宗忠の場合と同じ認識と考えてよいであろう。

ただ後深草院の場合、「世事」は日常的な公務を指すだけではなかったらしい。例えば、院自ら「嫡孫龍楼に入り、庶子柳営となる」と記すように、前年に孫の胤仁親王（後の後伏見天皇）の立太子が実現し、さらに子息久明親王が鎌倉将軍となったことなども重要な要素となっているようである。しかし、すでに和田英松氏[17]が指摘するように、後深草院は、出家後も折にふれて記録の筆をとったらしく、永仁六（一二九八）年一〇月の後伏見天皇の即位や正安二（一三〇〇）年四月の惟永親王（伏見院皇子）仁和寺入室など、「世事」に関わるかのような記録の営みを続けていた。一旦は止めると宣言しながら、このような「世事」の記録が残されるのはなぜであろうか。

一つの理解として、当時の「世事」に二つの内実が生じており、その両者に挟まれての「揺らぎ」と見なすことができるのではないだろうか。その一つは、前代以来の官位・官職等に基づき公事に関わる生活、もう一つは、それらと無関係ではないが、この時代に成立しつつあった「家」という新しい枠組みにおける生活である。これまで述べてきたように、平安中期に〝発生〟した王朝日記は、前者の生活に必要なものとして生み出されてきた営みであるが、それは、十二世紀以来、後者のそれによって変質を遂げつつあった。

一種の過渡期ともいえるこの時代の日記は、この二つの「世事」に関わる営みとして存在しており、後深草院は、出家により公事から離れるため、それに伴う王朝日記を止めることを宣言したが、出家後の記録が、主に自身の子孫、つまり彼の「家」(持明院統天皇家)の「繁昌」に関わる「世事」の記録であったように、「家」の日記からは訣別できなかったようなのである。本来俗世界の「家」から出ることを意味したはずの出家という行為を遂げながら、「家」のことから離れられないのは、この時代の出家の意味が変わりつつあったことにもよると思われる。この点については後述しよう。

宗忠の場合も、出家と七七歳という年齢によって、たんに王朝日記を止めるというだけでなく、彼自身が記すように、官位官職が従一位右大臣に昇ったことで、祖父・曾祖父の達した「家」の先途を遂げたこと、家嫡の宗能も権中納言として一応の地位にまで至っており、公卿の「家」の後継者が一応確固たるものになっていたことが、「家」の日記をも止めてよいという判断に達したと評価できるかもしれない。

このような見方を裏付けるのは、史料⑤の鎌倉時代末期から南北朝時代に有識公卿として活躍した洞院公賢の場合(表14-37)である。この記事は、日次記の形式で記した分の最後の部分に記されているもので、六九歳の公賢は、この延文四(一三五九)年の四月一五日に、それまで何度か試みられながらも果たせなかった出家を遂げ[18]、後深草院同様、自身の出家の詳しい記事を残して「俗塵」から遁れた。

彼の出家の理由は、老齢で長らく病がちであったこともその一つであるが、さらに彼自身強調するのは、この六九歳という年齢が彼にとって太一定分厄年[19]にあたり、先例を調べてみると、「家」の祖である坊城入道内府(藤原公宗)以来七代の人々がすべて太一定分厄年かその前後に亡くなっていることが判明したためであり、「必死勿論也、早く仏道に入り、菩提を営むべきの条、懇々の極望也[20]」と死の予感を強く感じた公賢が出家を急いだことによるものである。

しかし、彼はそれを実行できないまま、その年の年末まで来てしまったと言っている。すでに前太政大臣として「家」の先途を遂げており、嫡男の実夏(当時四五歳)は、当時朝廷随一の有識として公武両方に名が知れ渡っていた父親ほどの人物ではなかったが、すでに正二位権大納言として、廟堂では一人前の公卿として活動していたはずである。今までの例からすれば、いつ「俗塵」から離れてもよいと思われるが、それができなかったのはなぜであろうか。

理由の一つとして考えられるのは、「実夏卿書記せず、一向暗然改めず」とあるように、家嫡の実夏の「家」の日記に対する消極的な態度であった。この実夏の場合、彼の日記と称するものが断片的ながら伝わっており[21]、まったく日記を記さなかったわけではないようである。しかし、現存の『園太暦』を見る限り、儀式に立ち会えなかった公賢の所望に応じて、儀式の現場にいた貴族たち、例えば同族の実材や実継・公清[22]や特に親しかった中院通冬[23]や甘露寺藤長[24]らが当日の記録を公賢に送り、それらが公賢の日記の中にしばしば所載されているのに対し、実夏の日記はほとんど確認できない。例えば、貞和三（一三四七）年九月一六日の任大臣節会の際、「節会儀尋ね記すべし、又実夏記すべきの旨これを示」すと公賢は実夏に対して儀式の日記を記すように指示しているが、実夏がそれに応えた形跡はない。

このような実夏の態度に不安を感じた公賢[25]は、出家への思いとの間に板挟みになりながら日記の筆をとり続け、ついに諦めの境地に達してこの延文四年の年末に一旦は筆を折ったのである。しかし、後に『園太暦』を書写した甘露寺親長がいみじくも「記代[26]」と名づけたように、他人の記録や書簡の継ぎ剝ぎが、さらに延文五年四月六日の公賢の死の直前まで続いており、未練の思いをさらしているのは痛ましい。

この公賢の行動を見ると、この時代の「世事」のもつ二つの面がともに片付かなければ、自身の日記を終わることはできないように思われる。後深草院の場合、出家の時点で家嫡の伏見天皇は二五歳、まだまだ若く「世事」に未熟と考えたのではないだろうか。大覚寺統との軋轢は深まりつつあり、持明院統天皇家の家長として、「家」の日記の筆まで擱くことはできないと考えていたのかもしれない。公賢の「家」も「日記の家」であり、大部な儀式書を編纂し[27]、公事においてはなすべきことはやったという思いであったろうが、いかんせん、「家記」の継承についに不安が拭えなかったのである。この時期、それだけ、「家」の日記への拘束が王朝日記のそれを超えつつあったとも言えるかもしれない。

『中右記』の宗忠の場合、宗能も日記を記していることは確認され、さらに次の代へ継承され、「日記の家」として続いていった。一見宗忠は、「世事」の両面において何も心配することがないという、幸福な晩年に達していたように見えるが、いまだ「日記の家」形成期であった宗忠の時代においては、「家」の側面での「世事」は公賢ほど重くなかったのかもしれない。

三　王朝貴族と出家

室町期以降になると、出家をもって日記を止めると明記する者は確認できなくなり、表16を見る限り、出家以後も日記を記している事例が常態となる。これは、出家を機に日記を止めるという意識が消滅したためと考えられるが、なぜそうなるのであろうか。

一つには、表14の出家の種類の項に明らかなように、臨終出家が少なくなっていくことから、(28)出家という宗教的行為の重みが、貴族社会において相対的に軽くなったという理解が可能であろう。つまり出家がお手軽にできるようになったということである。

貴族の日記の中には、いろいろな事件に際して、早く出家したいという意思がしばしば表出される。それがなかなか実行されないのは、個人的な事情はそれぞれあるものの、一般的に貴族の場合、官職を辞することによって収入を絶たれることに対する不安があげられている。(29)史料的に跡付けることは難しいが、律令制から王朝国家体制へ移行する中で、次第に下の方から俸祿制度は行き詰まりをみせ、十二世紀後半には『大槐秘抄』に「今の上達部は封戸すこしもえ候はず、庄なくばいかにしてかはおほやけわたくし候べき、近代の上達部、多く国を給はり候は、封戸のなきがする事なめりと思候に」と見えるように、上級貴族も荘園や知行国に頼らざるをえない状況となりつつあった。この荘園は「家領」という形で、「家記」などとともに「家」の要素として代々相伝されていくが、家領荘園のかなりの部分は、本家の地位にある権門（院・女院・摂関家）への奉仕に対する見返りとして給付されるものが多く[30]、その意味では官職とまったく無関係ではない。院の御幸や摂関・大臣の拝賀への扈従、彼らが主催する仏事への参加などの権門への奉仕は、公卿としての地位があってこそ意味があるものがあり、従来からの公事における内弁・上卿としての職務も、天皇ばかりでなく、その父または祖父である「治天の君」への奉公としての意味をもつ場合も生じてくる。

また「家」の形成期においては、とにかく公卿に達すること、そして一つでも上位の官職に就くこと、さらに確立期においては、その維持のために、例えば摂関家なら摂関に、清華なら大臣に、名家なら大納言か中納言にというように、その「家」に認められた一定の官職に就かなければならない。若くして亡くなったり、本人の能力不足によって、地位の継承に失敗すると家格に動揺が生じ、その状態が長く続くと何代か後には貴族社会から脱落することになる。

一方で、貴族の経済基盤が家領荘園に移行していくことは、官職に付随する給付に重心があった時代より、公卿候補者を増加させていくことになったと推測される[31]。十二世紀末から十三世紀にかけて、『公卿補任』において非参議の数が急速に増加する一端はそこにあった。非参議の項は、公卿のポストが回ってくることに少しでも有利なように定員のない位階を上げつつ、また権門のつてを期待しつつ、名門・新興入り乱れて押し合いへし合い並んで待っている人々の列なのである[32]。その競争の激しさや追い抜かれていくことへの不満は、定家の『明月記』などの除目の記事の前後を見れば一目瞭然である。

この散位の増加に注目された海老名尚氏[33]は、『公卿補任』に見える建久八（一一九七）年から宝治元（一二四七）年までの五〇年間における現任公卿と散位の世代別の出家者を検討された結果、老年出家が多いことを指摘され、貴族社会における出家観の変化を基調とした前稿を批判されている。しかし、老年出家が多いのは、ある意味で当たり前で、公卿層固有の特色ではないことは、氏の論文において武家等を事例に明らかにされており、『公卿補任』という、ある意味特殊な史料から得た傾向を一般化してよいのか疑問が残ろう。王朝貴族層のみに存在するかもしれない原因をすべて否定できたわけではないからである。ここでは、氏の示された表を少し改めた形で表15として提示し[34]、これを基にもう少し検討してみよう。

全体の傾向として、現任の公卿に比べ、散位の方が圧倒的に多く、特に五〇代から六〇代にかけて出家のピークがあることは海老名氏が指摘する通りである。ただし、前官と非参議では、そのピークに微妙な差が存在するようである。『公卿補任』において出家年齢が明記されない者は概数で計算しているので正確さに欠ける点があるものの、前官では五〇代にピークがあり、六〇歳以上はかなり少なくなるのに対し、非参議の場合、ピークは五〇代から六〇代にかけてなだらかに存在し、七〇代にまで至っている感がある。これは一つには、非参議のグループに出自が低いため高齢になって三位の地位を得て並ぶ者がいることによるものであるが、それだけではなく、前述したように参議への任官を待ち続け、出家に至れないまま年を重ねている人々の存在を考慮すべきと考える。

一方、前官の出家年齢のピークが相対的に若いのは、すでに「家」の官途に達したものが多く、後継者への手当てさえ済めば、出家にブレーキをかける要因がなくなるため

表15　建久8（1197）〜宝治元（1247）年間の公卿の出家

	20歳代	30歳代	40歳代	50歳代	60歳代	70歳代以上	不明
現任	2	2	2	1	0	0	0
前官	1	2	9	24	12	3	1
非参議	2	0	6	18	20	12	0
計	5	4	17	43	32	15	1

と推測される。このような事情を考慮した場合、海老名氏が、現任に比して散位の者に老年出家が多いのは、後者が官職を帯していないため勅許を得て致仕する必要がなく、より出家が容易であったとするのはいささか問題があろう。散位の者でも非参議の者は、官職を持っていなかったからこそ、出家が容易でなかったのである。

王朝日記は、本来公卿・官人が公事情報をストックし利用するための装置として生み出されたものであり、現任の官職に在任しその職務に従事することが前提となっていたはずである。十二世紀までは、臨終出家が多いことからも、出家イコール現任から離れることを意味し、日記も自動的に停止されることになった。しかしこれまで述べたような散位の人々が増加するとともに、これといった官職を持たなくなっても、公卿への期待を持ち続ける限り、日記を止められない空気が生じていったことは確かであろう。(35) それとともに同時期形成されつつあった「家」の意識がリンクすることによって、時代における王朝日記の意味が変質していくことになる。おそらく出家しても日記を止めなくなるのはその状況の延長上にあると考えられよう。

おわりに

以上、述べてきたことを整理すると、『中右記』の末尾に見えた出家をもって日記を止めるという意識は、前代以来の王朝日記に付随する意識であり、「揺らぎ」を伴いながら、十四世紀半ばまで継続する。その「揺らぎ」が生じる背景として、貴族社会に「家」が成立していくなかで「家」の日記化が進み、一方で散位（前官・非参議）の数が増加し、王朝日記が機能する環境に大きな変化を生じさせたのではないかということである。

王朝日記の記主は、出家が確認できない者も含め、本来現任の公卿もしくはそれに連なる者たちである。王朝日記は、上卿や奉行として必要な公事情報を自身もしくは子孫のために残す必要から作成されたものである。それは現任公卿として公事に参加し修練を積む中で質的に高められていったものであろう。ところが、十三世紀に入って、公卿のポスト数にそれほど変化はないのに、前官が増加することは、すでに触れたように現任公卿としての在任期間が少ない貴族が増加していることを意味している。形式的に就任しただけの貴族の日記に含まれる公事情報は、やはり前代のものに比して質的な低下が生じているのではないだろうか。

逆に日記自体は、「家」の日記化が進めば、惰性で作成され続けられ、増加傾向は維持されると考えられる。そこでは、王朝日記の本来の目的である公事の記録としての機能は衰え、「家」を基盤とする生活記録的要素が多くなっていくであろう。本来出家をもって擱筆すべき日記が、そうならないのは、この公卿層の水増し的な部分が拡大し、王朝日記が質的変化[36]をとげつつあることの反映ではないかと推測するのである。

終章　王朝日記の黄昏

はじめに

われわれは、日記という窓を通じて平安時代から中世にかけて多くの風景を垣間見ることができる。しかし、中の面白い光景に眼を奪われて見続けているうちに、ふとその窓の有様に注意してみると、その窓がいつのまにか小さく古びていることに気づく。

王朝貴族の子孫たち、ここでは中世公家と言い換えることにするが、彼らの日記に対する意欲はいまだ旺盛で、『看聞日記』や『実隆公記』、『言継卿記』に代表される山科家の代々の日記など、個性的で面白い日記がけっこう記され続けているが、これまで見てきた王朝日記という側面から見てみると、そこに盛られるべき本来の情報については、きわめて限られたものとなっていることがわかる。

その原因はいくつか考えられるが、煎じ詰めると、中世公家の政治的地位の低下、それに経済的疲弊により、その視野が狭まっていくこと、また王朝日記が主たる対象としてきた公事そのものが変質し、その国家的意義が低下していったことに起因すると考えられる。

この点について、林屋辰三郎氏によってすでに指摘されているように(1)、「社会的変革に即応する変化」によって日記内容に変化を生じているのであり、氏がその「第一の波」とされる治承・寿永の乱は、多少の影響はあったものの、いまだ王朝政権が維持され、貴族社会が強靭な復元力を持ちえていたと考えられ、氏の言うような影響は認めがたいが、(2)「第二の波」とされる南北朝内乱期は、衰弱しつつあった王朝政権に明らかにボディブローを打ち込み、そして氏は言及しなかったが、第三の波、いや最後の波とすべき応仁の乱によって、頼みの武家政権もろともカウンターパンチをくらい、リングの底に沈むことになったのである。これによって、林屋氏の言うように、公家日記の主流も「儀礼の記述」が失われ、「見聞記述」中心の日記に移行してしまう。本書の視点にそって言い換えると、王朝日記としての性格が失われ、「家」の日記の機能のみにかろうじて維持された状態になってしまうのがこの段階なのである。王朝日記の〝発生〟からたどってきた本書の最後に、その終焉のさまを描いて終わることにしよう。

一　公事情報の形骸化・劣化（有職故実化）

中世後期の日記である程度まとまって現存する日記の中に、どのような日記の記事があるかを整理し表にしたものが、表16であり、前著の表の続きとして作成したものである。(3)

前表に比べ、L1に提示した山科家の日記群を除いて、代々日記を記している「家」は確認されるものの、連続して残されている日記が少ないことがこの時期の一つの特色となっており、一つの「家」を長期的に検討することが難しくなっている。(4)後述するように、公事の衰退や家門の成立などにより、前代に比べ、日記がまとまった形で書写され、「家」の外に出ることが少なくなったことにより、火災・戦災等で一気に消滅してしまうことが多くなったことによると考えられる。

次にこの時代の日記に引勘される日記の記主について、前表では三三の日記に二二五名の記主が現われたが、今回は一四の日記から一六七名の記主がピックアップされた。登場する記主の数は明らかに増加しており、時代が下るとともに日記の数が増加していることを示している。前代までに多くの貴族の「家」が「日記の家」化し、中世後期に入っても個々の「家」で日記がさらに再生産されていることが背景にあるものと考えられる。

ただし、表には表現されないが、これらの日記がその種類は多くなったものの、儀式の記事の中で引勘される日記数が減少傾向にあることに気づく。特に前代において、「故殿御記」などとして父もしくは祖父の日記が、さまざまな儀式において先例や故実作法として頻繁に引勘されていたのに対し[5]、中世後期に入ると、例えば『建内記』でもほとんどの日記が数回以内の引用で、登場する日記数の多い三条西実隆の場合でも、先祖で鎌倉末期に活躍した公秀の日記（八条殿御記）が数回引勘されるものの、父公保の日記はほとんど見えないというように[6]、明らかに前代と異なった傾向を示すようになる。『台記』や『玉葉』などに代表される、一度の儀式においてきわめて詳細な記録が作成され、その中で次第や作法をめぐってさまざまな日記が幾度となく引勘されるという、あたかも研究論文のような儀式記録も少なくなるようである。

また、家記の特色の一つである、自身が参加していない儀式の記事について実際参加した子弟の日記の参照を指示するという箇所も引き続き見られるが[7]、数としては低下しており、総じて日記作成の意欲の低下と見ることもできよう。日記に関する記事が多く見えるのは前代と変わらないが、それらは儀式の場での公事情報としてのものではなく、後述するような、それぞれの日記の書写や保管、焼失・盗難など消息に関する記事がほとんどなのである。

応仁の乱以降、天皇家以下諸家は、戦火を避けて、また戦火が遠のいても自邸が焼けて保管が不可能になり、家記を郊外の寺院や南都などに疎開させるが、そのような状態がはからずも長期化し、たまに公事が挙行されることになっても、手元に必要な記録類が存在しない場合が生じていた[8]。長期にわたって保管を優先せざるをえないような状況

表16　現存日記に見える日記の引勘状況

	記主名	1 愚管記 E1	2 後愚昧記 F1	3 教言卿記 L1	4 薩戒記 E2	5 建内記 G1	6 看聞日記 A	7 康富記 J	8 親長卿記 G1	9 宣胤卿記 G1	10 後法興院記 E1	11 実隆公記 F1	12 言国卿記 L1	13 言継卿記 L1	14 言経卿記 L1	代表的な記名
A	宇多天皇						○									寛平御記
	醍醐天皇				×	×	○									延喜御記
	村上天皇				×	×										天暦御記
	一条天皇				×											
	後朱雀天皇						○									
	後三条天皇						○									延久御記
	後鳥羽天皇				×		○									林鳥
	後深草天皇						○	○	×							
	伏見天皇						○									
	後伏見天皇						○		×			△				心日御記
	崇光天皇						○									崇暦御記
	栄仁親王						○									大通院御記
	貞成親王						★									看聞日記
	後光厳天皇											△				
	後円融天皇					×										田記
	後小松天皇				×											
	後花園天皇								×							
B	源師房		△					×								土右記
	源俊房						○									堀河左府記
	源師時		×													長秋記
	源雅頼		×													
	源有仁		×													花園左府記
	中院通冬											×				中院一品記
	中院通氏											×				
C	藤原実頼				×											清慎公記
	藤原実資				×	○	○					×				小右記
	藤原季仲					△		△								玄記
D	藤原行成					○	○	×							○	権記

		1	2	3	4	5	6	7	8	9	10	11	12	13	14	
		E1	F1	L1	E2	G1	A	J	G1	G1	E1	F1	L1	L1	L1	
D	藤原師尹	○														
	藤原定能		×													
E1	藤原師実		×													御暦・京極殿御記
	藤原忠実										△					殿暦
	藤原頼長		○		△		○	○				○			○	台記・宇治左府記
	藤原兼実				×						×	○				玉葉・後法性寺殿御記
	藤原良経	×														後京極摂政記
	藤原道家								×							玉蘂
	藤原家実	○														
	一条家経											×				
	一条経通											×			○	玉英
	一条経嗣								×		△	○				
	一条兼良										×					
	九条政忠											×				
	二条持通											△				
	近衛兼経	○														
	近衛道嗣	★									○	△				愚管記・後深心院記
	近衛政家										★					後法興院記
	鷹司兼平							×								
	鷹司冬平		×													
E2	藤原宗忠		×		△	△	○	△				○				中右記
	藤原定家				×										○	明月記
	京極為兼											△				
E3	花山院師継				○							○				
	花山院家教			×												
	花山院長定				△											
	藤原忠親	○	△	○	○	△		△	○		△	○				山槐記
	藤原兼宗				○											
	藤原満親				◎											
	中山定親				★				×	△		○				薩戒記
	藤原忠教		×													

	記主名	1 愚管記 E1	2 後愚昧記 F1	3 教言卿記 L1	4 薩戒記 E2	5 建内記 G1	6 看聞日記 A	7 康富記 J	8 親長卿記 G1	9 宣胤卿記 G1	10 後法興院記 E1	11 実隆公記 F1	12 言国卿記 L1	13 言継卿記 L1	14 言経卿記 L1	代表的な記名
F1	藤原実行		×													崇仁記
	藤原公教		×				○							△		教業記
	藤原実宣		×													
	藤原公光		×									○				
	藤原公種		○								○					
	藤原実任		×			×		×				○				継塵記
	藤原実房		×									○				愚昧記
	藤原実親		○													
	三条公茂		◎													
	三条公忠		★									○				後愚昧記
	三条実冬		▲													
	三条実量											○				
	藤原実躬									×		○				
	三条公秀											○				八条内府記
	三条実継		×						×			○				
	三条実音		×													
	三条実雅					×										
	三条西公保											◎				
	三条西実隆											★		△		
	三条西公枝											▲				
F2	今出川公直		×													
	洞院公賢		×		×			×	○		△	○				園太暦
	洞院実熈							×	○			△				東山左府記
F3	藤原実定		△									○				
	藤原公継		○									○				宮槐記
	徳大寺実基		○													
	徳大寺実時											×				
G1	藤原泰憲				×											

		1 E1	2 F1	3 L1	4 E2	5 G1	6 A	7 J	8 G1	9 G1	10 E1	11 F1	12 L1	13 L1	14 L1	
G1	藤原隆方				×											但記
	藤原為房		×		×	○		△	○			△				大記
	藤原為隆				×	○										永昌記
	藤原経房		×		○	○	○		○	△		○				吉記
	藤原定長	○	×					△								山丞記
	藤原定経				×											西記
	藤原資経				×				○							自暦記
	藤原経俊				×	○			○							吉黄記
	藤原経長					○			○	△		×				吉続記
	藤原経業								○							
	藤原俊定				×											
	藤原定資				×											
	藤原経重				×											
	藤原憲方				×											
	勧修寺経豊				×							×				
	中御門宣明									○						
	中御門宣胤									★		△		△		
	中御門宣秀									▲						
	万里小路宣房		×			○				△						万一記
	万里小路季房					○										
	万里小路嗣房					◎										
	万里小路時房					★		×	○	△		○		△		建内記
	万里小路冬房					▲										
	甘露寺親長								★	×		×				
G2	藤原長方		×		×							△				
	藤原長兼		×		△											三長記
	藤原光親				×											
	藤原光房				×											
	藤原光頼					○										
	藤原定嗣					×										葉黄記
	藤原光雅					×										

	記主名	1 愚管記 E1	2 後愚昧記 F1	3 教言卿記 L1	4 薩戒記 E2	5 建内記 G1	6 看聞日記 A	7 康富記 J	8 親長卿記 G1	9 宣胤卿記 G1	10 後法興院記 E1	11 実隆公記 F1	12 言国卿記 L1	13 言継卿記 L1	14 言経卿記 L1	代表的な記名
G2	藤原顕俊					×										
	葉室長光					×										
G3	藤原朝隆		×													冷朝記
H	藤原資実					△										
	藤原経光					×		×		×		△				民経記
	広橋兼綱		×									△				建業記
	広橋仲光							×	△	△		×				
	広橋守光													○		
	広橋兼顕									×						
	日野忠光	▲	×					×				×				
	日野保光											△				
I	平時範				×											
	平信範		×		×							△				兵範記
	平経高	×					○		△			○				平戸記
L1	鷲尾隆康													○		二水記
	四条隆持			○												
	山科教言			★									○			
	山科言国												★			
	山科言継													★	◎	
	山科言経														★	
L2	大江匡房		○		○			△								江記
	菅原為長	×						×								
	菅原秀長							×				△				
	菅原為清					×										
K	清原頼業											△				
	清原良業	×														
	清原宗季							×								
	清原良賢					×		×								

		1 E1	2 F1	3 L1	4 E2	5 G1	6 A	7 J	8 G1	9 G1	10 E1	11 F1	12 L1	13 L1	14 L1
K	清原頼季							×				×			
	清原業忠					×									
	清原宗賢					△				×		△			
J	中原師平							△							
	中原師遠							×							
	中原師元		×												
	中原師重							△							
	中原師顕		×												
	中原師茂	▲										△			
	中原師光							△				×			
	中原師香		×												
	中原師胤					×									
	中原師弘							△							
	中原康綱							○							
	中原康隆							○							
	中原康顕							○							
	中原康富							★				○			
M	小槻千宣											×			
	小槻伊綱							△	×						
	小槻量実								×						
	小槻兼治					△									

凡例 1：○印は上段（横列）の日記の記主が，左列（縦列）に示される人名の日記を所持していると考えられるもの。△印はなんらかの形で所持の可能性が高いもの。×印は不所持と推測されるもの。▲印は記事の時点でまだ生存中の人物の日記。◎印は「故殿（先人）御記」として示されるもの。なお，表のスペースの関係でＡ～Ｍに属さない日記の記主は省略した。「6　看聞日記」については，紙背の「即成院預置文書目録」に見えるものも含めた。

2：氏・一門等の区別のために付けたアルファベットは，前著表 2 の分類に拠った。表の後半部がアルファベット順になっていないのは，堂上公家を先に地下を後に掲載したためである。

が継続し、公事情報は死蔵されていったのである。

このように情報装置としての王朝日記の機能は低下の一途をたどる。これは、応仁の乱以降、平安以来の年中行事の多くが退転してしまい、それらを生かす現場がほとんど失われたことにも起因し[9]、そのため表16-8の親長卿記あたりから以後、儀式の記事そのものがきわめて限られているのが現状である。

また、儀式に引勘される日記も、いまだ前代のものが多いように見受けられる。例えば、表17は、応仁以降の朝廷の公事の際に引勘された日記を編年順に並べたものであるが、すべてを網羅したものではないものの、後小松・後花園天皇期の四例以外は南北朝期以前の先例にほとんど占められてしまうのが現状で、当時において近代ともいうべき、十五世紀の日記はあまり引勘されていないようである。

そもそも王朝日記の〝発生〟そのものが朝廷の公事における先例重視の傾向によるものであったことは、本書第一章で述べたことである。しかし、それはたんに無批判にかつ消極的に過去の例をあてはめるのではなく、多くの例の中から、変わりつつある状況に適合するものを選び、そのためには、ときに新儀や近代例を採用することも厭わず、朝儀に対して積極的な姿勢のもとに先例にこだわっていくのであった。特に院政期の日記の記主においては、先人の作法、特に規範となるべき特定の父祖の作法を参照し、儀式を洗練化していこうという気迫が感じられたが、すでにこの時期の公家の日記にはそのような意識・意欲は感じ取ることができない。おそらく鎌倉後期あたりから進行しつつあった公事に対する意欲の低下がベースとなっているのではないだろうか、儀式そのものが変化しつつあった。印象的にしか表現できないが、かつては次第の上に現われるメンバー以外に、その下にも多くの関係者が参加していることが感じられたが、それらがいつのまにか姿を消し、儀式に参加するメンバーも本来の職の者ではなく代役ばかり[10]、それも一人二役という有様で進行していくようになり、本当に形だけのものと化す[11]。そのような状態なら記録する意欲が減退するのも当然ではないか。

表 17　戦国期の日記に見える先例引勘

公事名	引勘年次	日記名	天皇	
除目	保元元年正月	山槐記	後白河	『実隆公記』文明 7.1.26
立親王	応安	仲光記	後光厳？	『親長卿記』文明 12.12.13
諒闇時葵餝事	文永九年四月	吉続記	亀山	『親長卿記』長享 2.4.13
禁中菖蒲事	明徳	成恩寺関白記	後小松	『実隆公記』長享 2.5.4
諒闇中無禁色宣下之事	時忠卿例	中山内府記	安徳？	『実隆公記』長享 2.12.28
小朝拝	正和六年〔文保元〕	「先人御記」	花園	『実隆公記』延徳 1.12.30
踏歌節会	徳治三年正月七日	「先人御記」	後二条	『実隆公記』延徳 2.1.16
五日十座御講	応永十二年	成恩寺関白記	後小松	『親長卿記』延徳 2.4.26
叙位	文安	「先公御記」	後花園	『実隆公記』明応 3.1.6
立親王	延慶	実躬卿記	花園	『実隆公記』明応 7.6.5
践祚	文保二年二月廿六日 文保二年二月廿六日 徳治 寛元四年正月廿九日 観応 永観	継塵記 千宣記 八条殿御記 師光朝臣記 園太記 小野(宮)左(右ヵ)府記	後醍醐 後醍醐 花園 後深草 後光厳 花山	『実隆公記』明応 9.10.25 『実隆公記』明応 9.10.25 『実隆公記』明応 9.10.25 『実隆公記』明応 9.10.25 『実隆公記』明応 9.10.25 『実隆公記』明応 9.10.25
諒闇	嘉元元年十一月	「先人御記」	後二条	『実隆公記』文亀元 .9.22
即位	治承 貞和五年十二月廿六日	頼業記 後八条殿御記	安徳 崇光	『実隆公記』文亀 3.5.22 『実隆公記』文亀 3.5.22
改元定	貞和 元亨四年十二月九日 仁平元	園太暦 継塵記 宇槐記	光明 後醍醐 近衛	『実隆公記』文亀 4.2.30 『実隆公記』文亀 4.2.30 『実隆公記』文亀 4.2.30
御懺法講	応長元年八月	八条内相府殿御記	花園	『実隆公記』永正 3.9.23
任大臣	建久	愚昧記	後鳥羽	『実隆公記』永正 3.1.28
廃朝	嘉元二年二月六日	継塵記（実任）	後二条	『実隆公記』永正 5.2.30
即位	治承	玉葉	安徳	『実隆公記』永正 7.12.5
小御所護摩	応永	建内記	後小松？	『実隆公記』大永 6.4.2

ただし、それは平安以来、数百年繰り返されてきた晴れの場の儀式を見た場合なのであって、この時期の宮廷の儀式はもう少し視点を変える必要があるようである。奥野高広氏の研究[12]によれば、戦国時代の朝廷の年中行事は表御殿で行なわれるものと奥御殿のものとに分かれており、平安以来の公卿が上卿・内弁として指揮する公事は、表御殿のそれであった。一方、従来においても天皇や後宮の近辺でプライベートに行なわれていたが、ここでいう王朝日記の対象とならなかった奥御殿のそれが、表御殿の公事が行なわれなくなった分、この時期の日記の表面に上がってくることになった。公武統一政権の成立とともに、新たな国家の公事して、幕府のバックアップのもとに運営されていた表御殿のそれが、幕府からの費用献上がなされないために挙行が不可能になったのに対し、奥御殿のそれは、奥野氏が指摘されるように、年中行事として恒常的に行なわれ続けていた[13]。当時の公家の日記にもそれらは記されているが、そこではもはや過去の日記が先例として引勘されることはほとんどない。儀式作法がそれほど複雑なものではなかった上に、それらは王朝日記に保管されてきた公事情報とは異質な存在であったためであろう[14]。

二 「日記の家」の衰退

十二世紀以降、中世的な「家」の形成とともに、王朝日記は「家記」として貴族たちの「家」の一部として機能し始める。代々日記を記すことが「家」の継続と意識され、集積された「家記」を相伝することが「家」の継承と認識されるという「日記の家」化が、上は天皇家・摂関家から下は地下官人に至るまで貴族社会において広く進行していった。「日記の家」化が深化するとともに、「家記」の家産化も進行し、その分配をめぐって子弟間で争いが生じるようになり、家領などと同様に「家」の日記を対象とした譲状が作成されるようになる。いわゆる記録譲状の作成であり、武家などにおいても大量に作成された所領・所職などを主要な対象とする譲状に対し、中世の王朝貴族の「家」独特の特色となっている。

この記録譲状の作成は、十三〜十四世紀をピークに、ここで問題としている中世後期においては次第に減少傾向にあった。[15] その背景として、公家の「家」が「家門」と表わされ、「家記」も家職や家領・邸宅と一体化した存在となり、一括して家嫡に譲与されるようになって、前代までの分割相続によって生じる揉め事は減少しつつあったことを示している。[16] この点、「家記」としては安定期に入ったことを示しているが[17]、前代のように、何人かの子弟が、分割された家記を元手に官僚としての能力を競った時代に比すれば、その利用度において低下傾向は否めない。

前代においては、自分に譲られなかった分の日記についてはまるごと書写するなどして、「家記」の充実をはかったのであり、王朝日記の自己増殖機能というべきものが働いており、多くの写本が作られることによって、火災などの不慮に際しても復元能力が働いたのであったが、それらが総じて低下傾向にあったのである。そしてそれに前述したような公事の退転が重なり、儀式における出番の低下、先例の固定化は、平安以来の王朝日記に機能低下を生じさせていったと推測する。

また、周知のように南北朝期を通じて王朝勢力の衰退は進行し、遠隔地の荘園の退転などにより、一様に経済的窮迫に追い込まれ、さらに室町幕府とそれに支持された後光厳院流天皇家の成立という新体制への移行に乗り遅れ沈滞化したり、専制化する将軍家の意志に反したがために不慮に没落してしまう家も多く、結果、日記が、「家記」としてまとまった形で元の持ち主を離れ、そのまま他家の所有となったり、分解して散逸するケースが目につくようになるのもこの時期の特徴である。

例えば、閑院流西園寺家の庶流今出川（菊亭）家は、応永二八年に流行した疫病により、当主で前左大臣の公行、家嫡の公富以下、一家のほとんどが死に絶えるという悲劇に見舞われ、家門断絶という事態を迎えてしまう。まず家領の主要部分である左馬寮領が「飛行」し洞院・裏辻家に与えられ[18]、「家記」も本家筋の西園寺家に接収されそうになる[19]。幸い今出川家と関係深い伏見宮家や三条家などの働きかけによって、西園寺家から養子を迎え、わずかな所領とともに家門が維持されることになり、家記の接収も免れたが、すんでのところで今出川家の「家記」は他家に吸収されてしまうところであった。

勧修寺流葉室家の一流（長光の系統）も、参議であった長宗が嘉慶元（一三八七）年に出家した後「一流一向断絶」となり、その「文書・家記」は「公方」に収公され、家門は「闕所」となされた。その後、万里小路嗣房が「明徳年中」に「彼文書・家記等」を拝領することになった[20]。この場合の家門断絶の原因は不明であるが、同じく葉室家の長顕（長光弟）の系統も、その曾孫宗豊が、永享一一年に万里小路時房（嗣房子）に家記を「三合〈写本〉永昌御記・〈写本〉中右記、〈写本〉龍記」」譲り[21]、さらに文安四（一四四七）年、記録を一袋「沽却」するに至った際に、時房が「只餓死を恐れ父祖を思わざる者か」と批判しているところからすると[22]、経済的な困窮が原因であったと推測され[23]、前者の場合も同様であったかと考えられる。葉室家の「家記」は、勧修寺一門の範囲内であるが、分解し他家に吸収されてしまったのである。

もう一つ例をあげれば、南北朝期の有識として名高かった洞院公賢の日記『園太暦』も、公賢の五代後の子孫公数が出家後、「一流断絶」に陥り、他の「家記」とともに沽却されるに至った[25]。その『園太暦』を「千疋」で購入した中院家も文亀三（一五〇三）年には「家門窮困術計を失う」という状態となり、三条西実隆の斡旋によって天皇家に「八百疋」で購入してもらうことになった[26]。流出した「家記」がさらに諸家を転々としていくことが知られるが、特に応仁の乱以降、諸家の困窮がどん底の状態に至る中で、多くの「家記」が同様の運命をたどったであろう。「日記の家」において、まず大事にされるのは代々の当主による狭義の「家記」であることからすれば、元の「家」から離れて入ってきた広義の家記は保管が相対的に疎かとなることは当然であり、次節で述べる戦火や火災から逃れる可能性も低下する。やがてこの『園太暦』[27]のごとく、多くはこの時期、その姿を消していくことになるのである。

三　家記炎上

表18は、応仁の乱以降に確認される、諸家が所蔵する日記類の焼失を編年順に整理したものである。第二章で提示した、天皇・貴族の文庫を一覧した表6や第三章で提示した文車関係の史料を整理した表8とともに参照してほしい。応仁の乱は周知のように京都を焼け野原にしてしまった。一条兼良の息で興福寺大乗院主であった尋尊は、文明九（一四七七）年の段階で次のように記している。

抑今度大乱中焼払御所之事、陽明御所、鷹司御所、一条御所、二条御所〔以上殿下〕、西園寺、菊亭、洞院、徳大寺、三条両三所、花山院、大炊御門、久我〔以上青花等〕日野一門数輩広橋等、四条・鷲尾等一門、勧修寺・坊城等一門、山階・松木以下持明院等一門、平松・楊梅等、坊城・五条以下菅家一門、橘家一門、和気・丹家、賀茂・安部、西洞院以下平氏一門、江家、仙洞御所、伏見殿御所、常葉井殿御所、紀寺宮以下竹薗所々、……凡京中・嵯峨・梅津・桂等、西山・東山・北山為二一所一無二焼残所一者也、希有之天魔之所行也（『大乗院寺社雑事記』文明九・一二・二）

まさに全滅といっても過言ではなく、ここであげられた諸家のほとんどが「日記の家」であった以上、京中に「家記」は一切残らなかったはずである。しかし、表18で見る限り、公家たちが応仁の乱勃発時の戦火で「家記」を失ったという記事はそれほど多くない。すでに応仁二年の末の段階で、官務家の大宮長興は、摂関家の近衛政家（当時権大納言）に対して「諸家記録等今度大略紛失云々」と語っているが[28]、そのまま信じるわけにはいかないようである。

史料に現われない小規模の焼失も無数にあったに違いないが、表18に見えるように、乱勃発後も長期にわたって公家の日記・文書の焼失記事が散見し、かなりのものが依然残されていたことが知られるからである。すでに別稿(29)で指摘したように、乱勃発前後に近郊の寺院などにいち早く疎開させ、一旦は戦火を免れえたものの、やがて郊外に拡大してきた戦火によって一つ一つ焼失していくというパターンが多かったのではないだろうか。例えば、摂関一条家（表18-2）や局務舟橋家（表18-3）、甘露寺家（表18-4）などがあげられよう。さらに戦火ではないが、新たな保管場所が確保されず疎開先に置かれたまま、そこが火災などによって失われてしまう場合もこのパターンに含めてよいであろう。文明一〇（一四七八）年、大原日光坊が炎上した際に近衛家・綾小路家の文書が焼失した例（表18-10）、官務大宮家が平等院宝蔵で文書を紛失した例（表18-9）などがあげられる。

戦火が一段落しても、京都およびその近郊の治安の悪化は、放火等による火災を頻発させ、「家記」を次第に摩滅させていく。そして明応期に入って起きた二度の大火(30)（表18-12・14）は、その息の根を止めた感がある。

以後、十六世紀に入ると、「家記」焼失の記事はほとんど見えなくなる。日記の疎開や書写に関する記事は多く見られるので、これは偶然ではなく、すでに目ぼしいものは焼失してしまったためであろう。後朱雀・後三条院の日記など、室町期まではその存在が確認される平安以来の王朝日記も最終的にこの頃姿を消してしまったものが多い。この時期、「家記」を失ったり、甚大な被害を被った甘露寺親長や三条西実隆らによって日記の書写が精力的になされたことが、彼らの日記や現存する写本類の奥書などから知られるが、失われたものからすればほんのわずかなものにすぎない。

貧困の中で断絶する「家」が相次ぎ、かろうじて残された公家たちの多くが都にいることができず、地方下向を余儀なくされる(31)。例えば、『二水記』大永八年正月一日条によれば、四方拝の天皇の装束について「家業の人各在国」により代役が担当したが、「練磨」せざる有様での奉仕であった。朝儀は、平安後期以来、家業をもつさまざまな「家」

表 18　応仁の乱以後の日記の焼失

年月日	焼亡場所	焼失した内容	所持者	典拠
1 応仁元.9.18 (1467)	一条兼良邸他	「関白家数代記録等」	一条兼良	『大乗院日記目録』
2 応仁 2.8.14 (1468)	峯殿	「関白家記録三十余合」	一条兼良	『大乗院日記目録』
3 応仁 2.9.2 (1468)	「西峨之墳寺」(宝寿院)	「清外史之記録数十車」	舟橋(清原)業忠	『碧山日録』
4 文明 2.7.? (1470)	勧修寺	「文書重書記録等」	甘露寺親長	『親長卿記』(文明 2.9.2)
5 文明 2.8.1 (1470)	鞍馬寺	「吉御記，其外建治吉続御記」他	甘露寺親長	『親長卿記』(文明 2.9.2)
6 文明 7.2.20 (1477)	安楽光院	「左右抄物，系図・代々伝・都事抄」他	大宮(小槻)長興	『長興宿禰記』
7 文明 8.11.13 (1478)	室町殿	「禁裏御物・累代御器・御記・抄物以下」	天皇家	『長興宿禰記』他
8 文明 9.11? (1479)	?	「上卿文書三冊〔外記・内記・弁〕」	中御門宣胤	『宣胤卿記』(永正 4.11.9)
9 文明 9. 冬 (1479)	宇治平等院宝蔵	官務家記録・文書 ＊盗難による紛失	大宮(小槻)長興	『大乗院寺社雑事記』『長興宿禰記』(文明 11.10.24)
10 文明 10.12.20 (1480)	大原日光坊	「五節方文書・部類例等」「郢曲文書等」	綾小路有俊	『晴富宿禰記』
	大原日光坊	「近衛殿御文書」十七合	近衛家	『晴富宿禰記』
11 明応 3.8.4 (1494)	大炊御門経名宿所(大宮辺)	「文書等」	大炊御門経名？	『実隆公記』
12 明応 4.7.4 (1495)	徳大寺実篤邸	「文書七十合」	徳大寺実篤	『実隆公記』
	姉小路基綱邸	「文書以下」「新撰菟玖波集」「江次第本十巻」	姉小路基綱	『実隆公記』
	五条為学邸	書籍	五条(菅原)為学	『拾芥記』
13 明応 8.4.23 (1499)	甘露寺親長邸	「吉続記一合〔弘安・永仁等〕」＊強盗乱入	甘露寺親長	『実隆公記』
14 明応 9.7.28 (1500)	一条冬良邸	「御記卅四合」「累代之御笏，平緒，三代正記等」	一条冬良	『和長卿記』
	三条西実隆邸	「記録抄物不知数」	三条西実隆	『和長卿記』『実隆公記』(明応 9.10.25)
	下冷泉政為邸	「一流之抄物」	下冷泉政為	『和長卿記』
	中御門宣胤邸	記録類	中御門宣胤	『宣胤卿記』(奥書)

によって分掌されてきたが、経済的な困窮により、京都にいることができなかったり、「家」そのものが断絶してしまい、レベルが低下したり、略されてしまう儀礼・作法も多かったものと推測される。このような状況下、京都でふんばり、崩壊しつつあった王朝文化の最後の残照を支えた親長や実隆らの努力は、それをさらにその周囲で彼らを支えた宗祇[32]ら連歌師とともに、文化史上見逃すことができないものであるが、王朝日記の終焉を押し止めることはできなかったのも事実なのである。

おわりに

十六世紀末、中世が終わりを告げようとしている頃に不思議な日記が残されている。これは、斎木一馬氏[33]によって紹介されたもので、武将である田中吉政の女で大外記中原師廉の妻であった女性が、夫の死後、嫡子師生がまだ幼く日記を記すことができなかったため、代わりに筆をとった日記と推定されているもので、文禄四～五（一五九五～九六）年の間の三巻が流麗な草仮名で記されているという。

中原氏は、局務家として儀式・政務の際には常に先例の諮問に与ってきた一族であり、大学者大江匡房をして「能達者中古の博士に劣らざるか」と言わせた師遠（『江談』）など、人間コンピューターのような先祖を輩出し、中世には多くの「家」に分かれ競い合ったが、戦国期に入る頃から次第に衰退し、六角流や押小路流が絶えた後、わずかに残った末裔がこの師生であった。この日記については、本来「家」の当主が記してきた「家」の日記を、跡継ぎが幼くて書き継ぐことができないために母親が代筆し、本来男性のみ関わってきた「日記の家」の機能を女性もともに維持するようになった事例として以前言及したことがあるが[34]、母の手を借りてかろうじて日記を書き続ける有様は、平安期の祖先たちの活躍からすれば、本当に隔世の感がある。本来の目的である公事の運営などとは、まったく別な次元での日記の作成であり、ある意味で王朝日記の性格を取り去った、純粋に「家」の日記のみの姿がそこにあるともいえよう。

しかし、中世の後半期、すでに触れてきた『大乗院寺社雑事記』（興福寺大乗院主尋尊）など顕密寺院の記録に加え、『蔭涼軒日録』（代々の相国寺蔭涼軒主）などの禅宗寺院や『天文日記』（本願寺証如）など真宗寺院のものなど、寺院・僧侶の日記が広くかつ大量に残されるようになっており、地方に目を向ければ、『相良正任記』（大内政弘の家臣）や『上井覚兼日記』（島津義久の家臣）など地方武士が筆をとった日記も姿を現わしつつある[35]。また支配階層にそして京都周辺に限られていた日記の世界も、連歌師たちの紀行類や『松屋会記』などの茶会記など、日本列島全域にわたる、より広い社会階層に広がりつつあった。

燃え上がる古い日記の燎原に、すでに新しい日記の時代が芽生え始めていたのである。

注

プロローグ

(1)『顕広王記』『清獬眼抄』など。この部分は、『玉葉』安元三年四月二九日条以下に拠っている。
(2)文車（ふぐるま）は、書籍類を保管する車、移動書庫のようなもの。本書第三章参照。
(3)『尊卑分脈』高藤公孫、藤原経藤の頭注。この記事は第七章で詳述する。
(4)『山槐記』治承三・一一・二八。（本来は治承三年十一月二十八日と表記すべきだが、簡略化のためこのように統一した）
(5)『明月記』寛喜二・七・二六。
(6)『尊卑分脈』高藤公孫、藤原忠方の注。忠方は弘安五年死去。
(7)『中右記』天永二・一一・五。
(8)拙著『日記の家――中世国家の記録組織』（吉川弘文館、一九九七年）。以下、「前著」という場合、これを指す。

第一章

(1)拙稿「王朝勢力と〈情報〉――情報装置としての日記」（『歴史学研究』七二九、一九九九年）。本書第二章。
(2)例えば『九暦』天慶七・一〇・九に「……（忠平）仰云、……召春宮御服〈阿波国絹〉給集会侍従已上、是依元慶例也、其例見故八条式部卿〈本康〉私記、彼記云、……依此記文所准行也者」として藤原忠平によって引勘されている。
(3)『三代実録』元慶八・二・二八。
(4)『三代実録』元慶八・六・一〇。
(5)『三代実録』元慶八・四・七、同八・四・二三。
(6)木村茂光「光孝朝の成立と承和の変」（十世紀研究会編『中世成立期の政治文化』東京堂出版、一九九九年）。岡村孝子「平安時代

における皇統意識――天皇御物の伝領と関連して」（『史林』八四―四、二〇〇一年）も、光孝～醍醐天皇段階における「天皇御物」の成立を、新たな皇統の創出として評価している。

（7）前掲木村氏論文。この基経による年中行事御障子の献上は、『三代実録』には見えず、『帝王編年記』所引「小野宮記」に記されるが、このこと自体、後述する国史の公事情報の限界とも関連してこよう。

（8）拙著『日記の家』（吉川弘文館、一九九七年）第一〇章参照。

（9）木本好信『平安朝日記と逸文の研究』（桜楓社、一九八七年）。

（10）西本昌弘「「蔵人式」と「蔵人所例」の再検討――『新撰年中行事』所引の「蔵人式」新出逸文をめぐって」（『史林』八一―三、一九九八年）。

（11）この後、儀式における蔵人の「行事」としての活動は活発化していくが、この殿上日記と蔵人たちの私日記（親信記・蔵人信経私記他）が併存するようになり、殿上日記の制度的衰退をもたらすとともに、後述する上卿クラスの私日記とは別な私日記の母胎となった可能性を示している。

（12）西本昌弘『日本古代儀礼成立史の研究』（塙書房、一九九七年）。

（13）延長四（九二六）年～天暦年間（～九五七年）の逸文が残存。この日記について言及する研究は多いが、ひとまず斎木一馬「最も古い婦人の日記『太后御記』について」（『日本歴史』一六、一九四九年、のち『古記録の研究下　斎木一馬著作集2』吉川弘文館、一九八九年所収）、石原昭平「日記文学の発生と暦――太后御記を中心として」（『平安文学研究』三一、一九六三年）など。

（14）『九暦』天慶九・四・二八に「延長七年朝拝日当府記文」と見える。

（15）注9木本氏著書によれば、仁和二（八八六）年・延長六（九二八）年・承平元（九三一）年の逸文が紹介されており、『九暦』天慶九・一〇・二八には「承平二年内記所日記」が見えている。仁和二年の日記の存在を考えると、その活性化は光孝朝まで遡って考えておいた方がよいかもしれない。内記はもともと令制で「御所記録事」が規定されており、前代から記録を作成していたはずであるが、逸文などはほとんど確認されない。ただし、近年、天文記事を視点に国史編纂の問題に優れた切り込みを見せている細井浩志氏の「九世紀における朝廷の記録管理と国史原史料の集積――天文異変史料を中心に」（『古文書研究』五三、二〇〇一年）によれば、九世紀初頭に内記所の記録機能の強化が行なわれ、内記日記が『続日本紀』後半および『日本後紀』の基礎史料となったが、その後弱体化したことを述べられている。

（16）所功「三代御記の伝来過程」（『三代御記逸文集成』国書刊行会、一九八二年）および注8拙著第六章。

(17) 橋本義彦「貴族政権の政治構造」(『岩波講座日本歴史4 古代4』岩波書店、一九七六年、のち『平安貴族』平凡社、一九八六年)。

(18) 大隅和雄「古代末期における価値観の変動」(『北海道大学文学部紀要』一六―一、一九六八年)。

(19) 近年、国史の編纂事情やその材料についての優れた論稿が続々と発表され、坂本太郎氏以来の通説に対する再検討が急速に進展しつつある。注15の細井氏論文とともにその一つである遠藤慶太「国史編纂と素材史料――律令公文を中心として」(『ヒストリア』一七三、二〇〇一年)には、この点について本論と視点は異なるが次のような指摘をなされている。

「歴史書を政務の工具書として読み代えた『類聚国史』は、政務の必携書として利用されてゆく。……検索に便利な『類聚国史』が成立すれば、よほど個性の強い史書を除き、個々の国史が持っていた編纂意図・収録範囲の意味は消失し、「国史」として一つに溶かしこまれてしまう。ここに史書がもはや編まれなかった(編む意図があっても完成しなかった)原因があるのではないだろうか」。

(20) 坂本太郎『六国史』(吉川弘文館、一九七〇年)。

(21) この勘物の主要部分は源経頼によってなされたものとされる。竹内理三「口伝と教命」(『律令制と貴族政権』II、御茶の水書房、一九五八年、のち『竹内理三著作集』第五巻、角川書店、一九九九年)、清水潔『類聚符宣抄の研究』(国書刊行会、一九八二年)。

(22) 古瀬奈津子・山口英男「西宮記勘物等データベース/引用史料編年索引(稿)」(『西宮記研究』I、一九九一年)。

(23) 『小右記』長元二・八・二に見える「……頼任伝勅命云、出雲国言上雪事可令勘申者、仰官方可尋勘之由、又可勘国史・日記之事可仰大外記頼隆、即召遣了、頼隆参来、仰之了……」の記事など。

(24) 清水潔「「国史」について――『政事要略』所引「国史」を中心にして」(『皇學館論叢』七―一、一九七四年)。

(25) 小山田和夫「『日本三代実録』と「外記日記」」(『日本古代史学論聚』、一九七九年)。

(26) 注9木本氏著書。

(27) この『新国史』については注20坂本氏著書。なお『中右記』長治二・一〇・三〇に先例の典拠として引かれている。

(28) 橋本義彦「外記日記と殿上日記」(『平安貴族社会の研究』吉川弘文館、一九七六年)。

(29) 藤原実資のもとにはある程度所蔵されていたらしい。注8拙著二八一ページ。

(30) 杉本理「『中右記』の薨卒伝について」(『古代文化』四五―一、一九九三年)。

(31) 注1拙稿。

(32) 注21竹内氏論文。

（33）注17橋本氏論文。

（34）注20坂本氏著書。

（35）延光については、『西宮記』巻四に「故延光大納言私記」として天徳四年正月二四日の記事が引用され、『北山抄』『江家次第』にも「延光記」が見えており、『通憲蔵書目録』にも「枇杷大納言記〔一巻〕」とある。保光については、『台記』久安四・七・一一において、頼長が鳥羽院に請うた「入内日記」の一つに保光の記が見えている。また『権記』寛弘八・三・一六において、記主の行成が「故小一条左大将・桃園納言」の例として「故中納言聊有被注置之事、如今日儀也」と示している「故中納言」は源保光（桃園納言）と推測される。ちなみに保光は行成の外祖父にあたる。長経は、『扶桑略記』所引の治安三年の道長高野参詣記の記主として知られ、『江家次第』にも「長経記」が引用される。なお『中右記』長治元・一・一四に「長経蔵人記」と呼ばれる記録が引用されているが、長経に蔵人の経歴が確認されず疑問。『中右記』に二カ所ほど引用されている「蔵人信経私記」の誤写であろうか。経成については『中右記』永長元・八・二二に経成の子成宗が「故父日記、彼長暦之時只着替御冠許也、凡本躰ハ従御前午着錫紵令出御給天、於装束所可令脱給也、而近代多除御之日又令着給云々」と述べており、経成の日記が子の成宗に相伝されていることも明らかである。また『中右記』天永二・五・二九に見える左大弁源重資（経成子）が引勘した「故兵衛督次第」も権中納言・左兵衛督で薨じた経成のものではないかと推測される。重資の日記は、『玉葉』治承二・一〇・一九に見える「寛治二年春日使重資卿記」（重資の外孫で村上源氏顕親の子俊光が相伝）である。成宗の日記は『後二条師通記』永長元・八・二〇に「御錫紵日時無表紙縫立、勘文別紙注之覧之〔行事成宗少納言〕、去十七日参殿、著御錫紵時可参仕歟、先例不見、申剋罷出、任先例可被行由、仰付成宗了、日記説〃所見也、申合於殿、仰云、付近代例可候者也、治暦四年以後同前、時範并成宗日記云々」と見え、桓武平氏の時範記と並び摂関家の家司日記の機能を果たしている（注8拙著六三ページ参照）。

（36）『春記』長暦三・一〇・二八。この点については、本書第二章第一節参照。

（37）和田英松『皇室御撰之研究』（明治書院、一九三三年）。

（38）今正秀「王朝国家中央機構の構造と特質――太政官と蔵人所」（『ヒストリア』一四五、一九九四年）。

（39）末松剛「平安時代の節会における「内弁」について」（『九州史学』一一五、一九九六年）。

（40）佐々木宗雄「内裏・太政官一体型政務の成立――王朝国家と太政官政治」（『史学雑誌』一〇八－一〇、一九九九年）。

（41）中込律子「『北山抄』巻十吏途指南にみる地方支配」（『中世成立期の政治文化』東京堂出版、一九九九年）。

（42）この点は、受領の日記が残存しないこととも関わりがあり、地方支配のための技術・情報は王朝日記とは別な装置に蓄積されていたと推測される。この点については、佐々木恵介「受領と日記」（山中裕編『古記録と日記』下巻、思文閣出版、一九九三年）。
(43) 今正秀「平安中・後期から鎌倉期における官司運営の特質――内蔵寮を中心に」（『史学雑誌』九九―一、一九九〇年）。
(44) 十二世紀に至っても、現在のわれわれが儀式書に分類する『新儀式』を日記と呼ぶ（『中右記』嘉保二・一〇・一二）のもこの〝発生〟段階の意識を引きずっているためではないだろうか。
(45) 当時、禁忌や日々の吉凶が天皇・貴族たちの生活を縛っていくなかで、暦は彼らにとって必需品となっていた。基経の年中行事御障子の献上に象徴される公事の年中行事化は暦の重要性にますます拍車をかけたものであろう。彼らは、それをディスクとし、記録体というコードで情報を蓄積し始めたのである。また本論では生かせなかったが、九世紀に達成された変体漢文による記録技術の問題も視野に入れるべきであろう（渡辺滋「文書を書くこと・読むこと」『駿台史学』一二六、二〇〇五年）。

第二章

(1) 本章は、一九九九年度歴史学研究会中世史部会の大会報告（『歴史学研究』七二九、一九九九年）をその後の理解を含めて全面的に改稿したものである。この時の大会報告は、その前年度の西岡芳文氏の大会報告における提言を受け、氏が提示された「中世における〈情報〉の切り口」の中で、特に蓄積の側面を中心に検討した。
(2) 『村上天皇日記』康保二・三・一六。
(3) 『権記』長徳四・三・二八。
(4) 同前長徳四・七・一三など。
(5) 同前寛弘六・一〇・四。
(6) 所功『三代御記逸文集成』（国書刊行会、一九八二年）
(7) 拙著『日記の家――中世国家の記録組織』（吉川弘文館、一九九七年）。
(8) 同前第三章参照。
(9) 同前第九章参照。
(10) 平安京の内部や郊外に多数の貴族の文庫が設けられていたことは、図書館学の立場から研究された小野則秋氏によってすでに指摘されている（『日本文庫史研究』大雅堂、一九四四年）。これらは、従来、書籍一般を所蔵するたんなる書庫として扱われてきたが、王朝日記〝発生〟以後のそれらは、たんなる書庫ではなく、王朝日記、およびそれを主体とする公事情報のデータ類を指す「文書」を保管する施設としての機能していたことは明らかである。

(11) 注10小野則秋氏著書。

(12) 「10〜13世紀における火災と公家社会」(『日本史研究』四一二、一九九六年)。

(13) 『勘仲記』弘安一〇・八・六(第三章で史料⑥として提示)。

(14) 橋本義彦「官務家小槻氏の成立とその性格」(『平安貴族社会の研究』吉川弘文館、一九七六年)、曾我良成「官務家成立の歴史的背景」(『史学雑誌』九二―三、一九八三年)など。

(15) 『玉葉』安元三・五・一〇。

(16) 『明月記』嘉祿二・八・二七他。

(17) 注7拙著第一一章。

(18) 『玉葉』治承元・一一・一八。

(19) 『兵範記』久安五・一〇・二六など。

(20) 橋本義彦「里内裏沿革考」(『平安時代の歴史と文学　歴史編』吉川弘文館、一九八一年、のち『平安貴族』平凡社、一九八六年)。

(21) 飯淵康一「平安期里内裏の空間秩序について――陣口および門の用法からみた」(『平安時代貴族住宅の研究』中央公論美術出版、二〇〇四年、初出一九八四年)。

(22) 拙稿「「中世天皇制」と王権――安徳天皇を素材にして」(『年報中世史研究』二八、二〇〇三年)。

(23) 注7拙著第六章。

(24) 『中右記』元永二・七・二七。

(25) 『中右記』永久二・三・二九。

(26) 家記には、代々の父祖の日記(狭義)と他家から入手したり、貴族社会に広く流通している日記群や『西宮記』などの儀式書によって構成されるもの(広義)があることは、注7拙著第三章で述べた。

(27) 『中右記』元永元・三・八。

(28) 『台記』久安三・六・一八。

(29) 『兵範記』久安五・一一・二六。

(30)『玉蘂』安貞二・三・一三。

(31)『今鏡』巻第七。

(32)『吉記』承安四・八・一三。

(33)『猪隈関白記』承元三・六・一四。

(34)『下清瀧類聚』所収「堀河左大臣記」嘉元四（一三〇六）年奥書。

(35)『玉葉』治承元・一一・一八。

(36) 注7拙著第三章。

(37) このように院のもとに収集された日記は、おそらく「家」の日記を持たない平忠盛のような新興の近臣層に提供されたり、後白河院の皇子守覚法親王などを通じて、仏教界へも供給されていた（拙稿「武家平氏の公卿化について」『九州史学』一一八・一一九合併号、一九九七年、同「守覚法親王と日記」『守覚法親王と仁和寺御流の文献学的研究』勉誠社、一九九八年）。それによって、彼らに対する治天の指導性を示すとともに、新興貴族層の公卿化や仏教儀礼の整備を支える情報源ともなっていたのである。

(38)『玉蘂』建暦元・七・一三、七・一六。

(39)『吉記』承安四・八・一三。

(40)『玉葉』治承元・一一・一八。

(41) 注7拙著第六章。

(42) 橋本義彦「貴族政権の政治構造」（『岩波講座日本歴史4　古代4』岩波書店、一九七六年、のち『平安貴族』平凡社、一九八六年）。

(43) 井原今朝男「中世の天皇・摂関・院」（『史学雑誌』一〇〇‐八、一九九一年、のち『日本中世の国政と家政』校倉書房、一九九五年）。

(44) 坂本賞三『藤原頼通の時代』（平凡社、一九九一年）

(45) 後朱雀の父、一条天皇にも日記があったが、すでに一部摂関家に所有されてしまっていた（注7拙著第六章）。

(46)『中右記』嘉保二・一〇・一一に「近代禁中作法年中行事二巻」と見える。

(47)『中外抄』仁平元・七・六。『中外抄』は忠実自身の談話を家司でもあった大外記中原師元が書きとめたもの。

(48) 鳥羽践祚の際に外戚の藤原公実が摂政を望んだというエピソードも、事実ではあったにしても実現の可能性は小さかったと考えられよう。

(49)『中右記』嘉保二・一〇・一二。

(50) このような摂関家を王権との関係より「副王」と規定した（注22の拙稿）。また中世におけるこのような摂関家の中世天皇制に対する機能の一端については拙稿「鎌倉時代の摂関家について――公事師範化の分析」（『鎌倉遺文研究Ⅲ　鎌倉期社会と史料論』東京堂出版、二〇〇二年）参照。
(51) 例えば「秘記」「秘蔵」という言葉で表現される（『山槐記』永暦元・九・一〇、治承二・閏六・二二付『春玉秘抄』奥書など）。
(52) 注7拙著第五章。そこで掲載した記録譲状を編年順に整理した表によれば、初見は、『南部文書』長寛三・三・六付藤原宗能譲状案である。表作成以後に管見に入った記録譲状に『舟橋文書』貞和五・一一・二五付清原良兼譲状があり、付け加えておく。
(53) 拙稿「中世神社の記録について――「日記の家」の視点から」（『史淵』一二七、一九九〇年）、同「出雲国造家の記録譲状作成の歴史的背景」（九州大学国史学研究室編『古代中世史論集』吉川弘文館、一九九〇年）。
(54) これらの家記・文書類が、職の体系とは無関係な完結的な家産であり、当該期において貴族の家が分裂を繰り返し、これらをめぐって抗争を激化させていても、職の体系による裁許は効力を持ちえず、そこに治天が調停者として期待されるという指摘が、市沢哲氏によってなされている（「鎌倉後期公家社会の構造と『治天』の君」『日本史研究』三一四、一九八八年）。従うべきであろう。
(55) 宝治二・閏一二・二九付後嵯峨上皇院宣案。この間の事情については、岡野友彦『中世久我家と久我家領荘園』（続群書類従完成会、二〇〇二年）第二編第二章に詳しい。
(56) 『久我家文書』宝治二・閏一二・二九付後嵯峨上皇院宣案。
(57) 『勘仲記』弘安六・六・一九。この間の事情については、高橋秀樹「『勘仲記』と「家」」（『日記に中世を読む』吉川弘文館、一九九八年）参照。
(58) 『勘仲記』弘安一〇・八・六（第三章で史料⑥として提示）、八・七。
(59) 『愚管記（後深心院関白記）』延文五・四・八。
(60) 『建内記』永享元・三・二九。葉室長宗が出家したのは嘉慶元（一三八七）年のこと。
(61) 注54参照。
(62) 拙稿「武家平氏の公卿化について」（『九州史学』一一八・一一九合併号、一九九七年）。

(1) 西岡芳文「『情報史』の構図——日本中世を中心として」（『歴史学研究』六二五、一九九一年）、同「日本中世の〈情報〉と〈知識〉」（『歴史学研究』一九九八年度大会報告集）。

(2) 拙稿「王朝勢力と〈情報〉——情報装置としての日記」（『歴史学研究』一九九九年度大会報告集、本書第二章に改訂し所載）以下、前稿という場合この論文を指す。

(3) 中心は公事情報（儀式・政務関係、日記に関する情報も含む）であるが、それ以外のさまざまな記事も記主たちにとってなんらかの価値をもった情報として理解しておく必要がある。

(4) 平安中期から院政期に入ると、本来大内裏に集中していた国家機能が、次第に「家」という組織を背景に都市京都内に分散され、大内裏そのものは形骸化が進むようになる（本書第二章参照）。

(5) 小野則秋『日本文庫史研究』（大雅堂、一九四四年）など。

(6) 『古事類苑』文学部には、「文車」の項目が立てられ、比較的まとまった史料が提示されている。

(7) 注5小野氏著書など。

(8) 加藤友康「日本古代の牛車と荷車」（『東京大学公開講座68　車』東京大学出版会、一九九九年）は、文車についての言及はないが、ここで論ずる運搬車としての問題を考える際に参考になる。

(9) 大村拓生「10～13世紀における火災と公家社会」（『日本史研究』四一二、一九九六年）。

(10) この時代の文庫のタイプについて次のように類型化が可能であろう。

- 固定式文庫
  - a 邸宅付随型……頼長の大炊高倉文倉・大江匡房の千草文庫など
  - b 寺院付随型……蓮華王院宝蔵・平等院経蔵・浄蓮華院（吉田倉）など
- 移動式文庫（文車）

(11) 小泉和子氏は、『石山寺縁起絵』・『絵師草紙』に見える車について、ともに荷物の運搬車であり文車ではない、とされる（「中世のバン」『UP』三二五、一九九九年）が、前者はともかく後者についてまで否定されるのは疑問である。氏によれば「当時の板車というものは潤沢な物資を暗示していた」ので、『絵師草紙』のものも「祝宴のための食糧を調達にいかせるべく呼びつけられたものと解釈すべきだ」というが、『絵師草紙』の場合、「車は家に付属して、一種のステイタス・シンボルの役割を持っている」（五味文彦『中世のことばと絵』中公新書、一九九〇年）ものとして理解し、絵師が「家につたへ侍る」「古絵本・旧記など」を保管する文車と見る方が、質素だが鍵がかけられ頑丈そうな車の様子に合っていると思われる。

（12）文車の史料としてよく引用されるものに『本朝世紀』久安二（一一四六）・一〇・二八がある。次のようなものである。
今日法皇被供養新造御堂、被安置丈六尊勝曼荼羅〔号仏頂堂〕、以二品覚法親王為導師、讃衆廿口、件御堂右衛門督家成卿所造進也、臨供養期、調車数十輌、即載呉錦越布之類〔其車如世間文車躰、以板造之、不懸牛〕、人以為僧侶之施物、実進上皇之料也

鳥羽法皇の近臣藤原家成が造進した「新造御堂」の供養に際し、大量の「呉錦越布之類」の施物が車数十両に載せられ届けられた。その車の様子は「世間文車躰」のごとくであり、「板」をもって造られ、「牛」を懸けないものであったという。従来は、この史料について、施物を運搬した車が、世間の文車（ふぐるま）のように造られ、板製で牛を懸けないものであったと理解され、文車が「板製で牛を懸けない」構造であったとされてきた。しかし、この史料に見える「文車」を「もんのくるま」と読める可能性もなくはない。家成が献上した「僧侶之施物」は、実は「上皇之料」であったというのであり、運搬車もそれなりに装飾され豪華なものに仕立てられていたはずである。それが「ふぐるま」のようであったというのは、どうもすっきりしない。「もんのくるま」は、網代車の一種であり、その箱の表面を竹または檜の薄板で網代に組んで包んだものに家流の標識である文様を装飾したものであり、普通「板」では作らないが、「以」の前に「但」の字が略されているとも考えられ、そうなると外見だけ模して作ったものという可能性も生じてくる。貴族たち常用の華やかな「もんぐるま」を模して造った運搬車を連ねたと解釈した方が自然に感じられるが、「ふぐるま」としての可能性も捨てきれない。どちらとも決めかねるので、ここでは一応「ふぐるま」の史料としては外しておいた。

（13）拙著『日記の家――中世国家の記録組織』（吉川弘文館、一九九七年）および細谷勘資「松殿基房の著書と『前関白文書』」（『大阪青山短大国文』一五、一九九九年）参照。

（14）『東寺文書十万通の世界――時空を超えて』（東寺宝物館、一九九七年）。この点については上川通夫氏のご教示によった。

（15）この表現は、名古屋中世史研究会例会（一九九九年四月二二日）で本論の一部を発表した際、質疑応答で安原功氏が指摘されたものである。また寺院関係では、他に仁和寺の守覚法親王のものとして、真福寺所蔵聖教類（七十二合十一号）の中に、「文車第二目録一帖」と題するものがある。

（16）この部分を『冷泉家時雨亭叢書　明月記五』（朝日新聞社、二〇〇三年）で見てみると、筆致が「又破取　堂廊　文車　宿等之間」のように記されているので、可能性があると思う。

（17）『勧修寺家文書』天福元（一二三三）・五・二八付藤原資経処分状案によれば、資経が相伝していた記録・文書は、「納文庫并文倉堂廊等」とあるように「堂廊」にも保管されていた。

(18)『大日本古記録御堂関白記』(岩波書店、一九五四年)解題。『兵範記』久安五・一〇・二六、『玉蘂』寛喜元・五・九などによれば、それを持ち出すには大変面倒な手続きが必要であったようである。
(19) 内裏の移動状況については、詫間直樹『皇居行幸年表』(続群書類従完成会、一九九七年)に拠った。
(20) 多賀宗隼『玉葉索引』(吉川弘文館、一九七四年)解説によれば、兼実は文治二年三月摂政となった翌月の二八日、内裏(閑院)に遼遠な九条邸から「内裏近辺」である冷泉万里小路邸に移っている。
(21)『後二条師通記』応徳二・六・二〇。
(22) 注18の『兵範記』・『玉蘂』の記事。
(23)『後二条師通記』応徳二・四・二五。
(24)『愚管抄』、他に『玉葉』寿永二・一二・五。
(25) 当時の貴族たちは、婚姻を機会に、父親とは別に新しく邸宅を構え移り住むことが多かったし、母方の家で生まれ養育される場合もあった。また災害や権力者による接収などさまざまな事情によって転宅は頻繁であった。その際、移住先に常に文庫が備わっているわけではなく、大量に所持していた記録・文書類の管理は苦労の種であったろう。そのような際にも、文車のような移動式の書庫は都合よかったはずである。
(26) 平山育男「白河院御所について」(『建築史学』一六、一九九一年)など。
(27) 注13拙著第九章第二節。
(28) 高橋秀樹「広橋家旧蔵『兼仲卿暦記　文永一一年』について」(『国立歴史民俗博物館研究報告』第七〇集、一九九七年)による。
(29) 高橋秀樹「『勘仲記』と「家」」(『日記に中世を読む』吉川弘文館、一九九九年)によれば、この「勘解使小路蓬屋」は勘解由小路万里小路にあった。
(30)「曾祖父姉小路殿」は兼光、「祖父納言殿」は頼資で、これら父祖の日記を「家記」として尊び「二代御記」と呼んでいた。また兼光の日記は、頼資が書写したものであったことが知られる。兼光の日記の自筆原本は、高橋氏(注29)の推測通り頼資の兄資実の系統に伝来したと考えられる。
(31) 文車の一両には、「故内府日記」(師継の日記)が収められていた。この日記は、『妙槐記』として一部現存、『増補史料大成』所収。それによれば、師継は、直接の父祖の日記「自・要・続暦御記」(文応元・四・二七、文永一一・三・二六などによれば、要御記＝忠雅(曾祖父)、自御記＝兼雅(祖父)、続暦御記＝忠経(父)に比定される)に加え、一門の忠親の日記(『山槐記』)や勧修寺流の藤原定長の日記（文応元・四・七）その他を所持していた（注13拙著四二ページ表2参照）。

なお、花山院師継は、弘安四年四月九日薨、六〇歳。

（32）注9大村氏論文。

（33）勧修寺家では、代々の記録譲状において「大蔵卿殿并大納言殿御時文書記録等」「予之時文書」など代ごとに整理されていた（注26拙著二二七ページ）。

（34）表8の永和四年の項に見える藤原公忠の場合、他家の者から「儀式・新儀式・内裏儀式・清涼記・江次第・官班抄」といった基本的な儀式書は「御文車のうちにや候はん」と認識されていたらしい。文車に日常的に使用するマニュアル類が収められていたことの証左であろう。

（35）記録譲状については、注13拙著第五章参照。

（36）注13拙著第一一章参照。

（37）ないことはない。『晴富宿禰記』文明一一・七・二によると、皇居が炎上した際、「御文書文車二両」が「禅閤御所」（一条兼良邸）に預けられたという。『言国卿記』にも「御譜車・御双帋ヒツ、予ニ被仰、取出進上了、左少弁同之」（文亀元・閏六・二三）と見えており、この「御譜車」も天皇家の文車のことであろう。

（38）山科家については、拙稿「応仁・文明の乱と山科家――その家記の保管を中心に」（大隅和雄編『文化史の構想』吉川弘文館、二〇〇三年）に詳細な表を作成したので、ここでは略してある。合わせて参照していただきたい。

（39）永正期になると、禁裏が疎開場所としてあがってくるのは、この時代の朝廷の問題を考える際、大変興味深い材料となろう。この点については、清水克行「戦国期における禁裏空間と都市民衆」（『日本史研究』四二六、一九九八年）、注38拙稿参照。

（40）『大乗院寺社雑事記』応仁二・閏一〇・二五に、「一二条殿より車到来了、……二条殿御記ニ合被預下了、又御車方色々御注文在之」と見える。ここに見える車は、『師守記』貞治六・七・一八に「是日大判事明宗置家君文庫文書櫃・皮子、悉取之、以雑車運之、令虫払、重可進云々」と見える「雑車」の類であろう。

第四章

（1）桃裕行「「北山抄」と「清慎公記」」（桃裕行著作集『古記録の研究 上』思文閣出版、一九八八年、初出一九七四年）。

(2)河野房雄『右府藤原宗忠と日野法界寺』(別府大学史学研究叢書、一九七九年)。
(3)戸田芳実『中右記――躍動する院政時代の群像』(そしえて、一九七九年)にも「公家の日記と文書」という項が設けられているが、この事件についてのまとまった言及はない。
(4)関口力「『中右記』にみえる貴族と日記」(山中裕編『摂関時代と古記録』吉川弘文館、一九九一年)。
(5)拙著『日記の家――中世国家の記録組織』(吉川弘文館、一九九七年)第四章・第六章参照。
(6)この翌年の保安元(一一二〇)年には、関白忠実が院と衝突して関白職を罷免されるという院政成立史における重要な事件が勃発するが、確かに宗忠は忠実に近かったものの、彼自身は、保安三年に大納言に昇進しており、この事件による影響はそれほど感じられない。
(7)この事件以前に、日記を対象としたものではないが、「売書籍之輩」(『帥記』承暦四・七・一五)がいることがわかり、藤原兼実は、桓武平氏時棟流の「行親記十一巻」を「凡下之人手」より入手している(『玉葉』安元二・一一・二三)。時代は下るが室町期には、自家の「文書・記六等」を雑色を使って沽却する後家のことが見えている(『建内記』永享一一・六・九)。これについては拙稿「中世の女性と日記――「日記の家」の視点から」(『金沢文庫研究』二八五、一九九〇年)参照。
(8)『中右記』永久二・四・一四。貴族の日記に対して「秘記」という表現を使うのもこの頃からのもので、管見では『中右記』嘉承二・一・二三が初見。他にも保元~永万頃の『勧修寺家本永昌記』嘉承二年五月巻裏文書にも見えており、鎌倉期の事例は多い。
(9)『中右記』康和四・六・二三。
(10)注1桃氏論文参照。
(11)この点については、拙稿「藤原実資――小野宮右大臣」(元木泰雄編『古代の人物6　王朝の変容と武者』清文堂、二〇〇五年)参照。
(12)『春記』永承三・三・二八、『水左記』承暦三・二・一四など。実資関係の日記を所持しているのは、その養子になった系統ばかりではない。懐平の子で実資の養子となった形跡のない経通の孫通俊にも「故小野右府政次第小草子」が伝来している(『中右記』嘉保三・五・二七)。
(13)注5拙著第一章第二節。
(14)『中右記』大治四・一・二二。
(15)注5拙著第九章。
(16)和田英松『本朝書籍目録考証』(明治書院、一九三六年)。

(17)『台記』久寿二・四・五。天子がいた宮殿を示す「青陽」の方が儀式書の名としてふさわしいとすれば、『台記』に見える「春陽」は「青陽」の誤写か。
(18)『玉葉』安元二・一一・一四。『山槐記』長寛二・三・二七、『玉葉』仁安四・一・七他に見える「資仲卿抄」も同じものであろう。
(19)『台記』の記主頼長は、資信に対して死後伝来の文書を自分に譲るように迫っており(『台記』久安三・五・一二)、おそらく頼長の手に入った後、世に出たものと推測され、このことを間接的に裏付けている。
(20)注1桃氏論文。
(21)西本昌弘「『北山抄』巻十の錯簡とその復元——稿本と前田本の相違点を手がかりに」(『史学雑誌』一〇四―一、一九九五年)。
(22)彼らは、「小野宮一族」(『為房卿記』寛治六・一・七など)、「小野宮子孫」(『中右記』嘉承二・一・一九など)、「小野宮流」(『台記』久安元・閏一〇・九など)と呼ばれ、ときに「小野宮党」(『中右記』元永二・四・八)などと呼ばれることもあった。
(23)赤木志津子「摂関家と小野宮家」(『平安貴族の生活と文化』講談社、一九六四年)、同「小野宮家二代」(『摂関時代の諸相』近藤出版社、一九八八年)。
(24)玉井力「「院政」支配と貴族官人層」(『平安時代の貴族と天皇』岩波書店、二〇〇〇年、初出一九八七年)。
(25)公任は万寿元(一〇二四)年権大納言を辞している。
(26)注24玉井氏論文および同氏「道長時代の蔵人に関する覚書」(『平安時代の貴族と天皇』岩波書店、二〇〇〇年、初出一九七八年)。
(27)笹山晴生「平安前期の左右近衛府に関する考察」(『日本古代史論集』下、吉川弘文館、一九六二年)、同「左右近衛府上級官人の構成とその推移」(『奈良平安時代史論集』下、吉川弘文館、一九八四年)。
(28)橋本義彦「貴族政権の政治構造」(『平安貴族』平凡社、一九八六年、初出一九七六年)。
(29)弁官Bコースは、八省大少輔―勘解由次官―衛門権佐―弁官(この間に五位蔵人を帯びる)から蔵人頭に進むコースで、名家の典型的な公卿昇進コースとされる。
(30)井原今朝男『日本中世の国家と家政』(校倉書房、一九九五年)第一部。
(31)『尊卑文脈』によれば、保安元(一一二〇)年六二歳で出家、大治四(一一二九)年七一歳で亡くなっている。
(32)彼らの日記を開くと、例えば『中右記』に多く見えるような、院も対象にした種々の薨卒伝や『明月記』などに書き込まれているような、除目・叙位など人事の際の他人(特に自分を追い越して昇進した者)への批判・悪口などを極力抑え、儀式の装束や次第、事件の顚末などを即物的にかつ詳細に記録することに徹している感がある。現代の歴史や文学の研究者の関心からするとやや退屈してしまう記事が多い。

第五章

（1）本章は、「藤原定家と日記――王朝官人としての定家」（『愛知学院大学文学部紀要』二五、一九九六年）を改稿したものである。以下、改稿前の「はじめに」冒頭部分を転載しておく。

最初からお断りしておくならば、歌人・文人としての定家や彼の作品論を期待されて本稿を読まれるならば、大きく期待を裏切ることになろう。ここでは一切そういった彼の面を捨象した形で問題を追っていくからである。また日記をテーマに掲げているが、彼の著名な日記『明月記』の書誌学的な考察でも読解でもない。その点においても期待はずれになるかもしれない。

もちろん和歌の大家としての定家を否定するつもりはない。彼が生きていた時代から今日に至るまでずっと人々が彼に期待していたのは、その面であってそれ以上でもそれ以下でもなかろう。歌人としての彼の実像に少しでもせまるために、彼の足跡は細かく分析され、文学とは無関係な側面もカバーした大部の伝記が成されるに至っている（例えば石田吉貞『藤原定家の研究』文雅堂書店、一九五七）。歴史学の方面でも、彼の文化史的重要さは言うまでもなく、『明月記』が藤原兼実の『玉葉』などとともに鎌倉前期を理解するための基本史料であることも相俟って、いくつかの伝記やそれに類するものが出されている（村山修一『明月記―鎌倉時代の社会と世相―』高桐書院、一九四六、同『藤原定家』吉川弘文館、一九六二、五味文彦『藤原定家の時代―中世文化の空間―』岩波新書、一九九一など）。しかし、伝記的研究がいかに詳しくなってもやはりどこか歌人としての定家がつきまとっているように感じる。これは当たり前すぎて、疑問を抱くほうがおかしいのかもしれないが、ただその浩瀚な『明月記』を読んでいて感じる、このような日記を作ろう努力した定家の情熱といったものと、これまでの歌人としての伝記によって求め続けられたものとに、どうしてもかすかな違和感を生じるのである。

（2）『明月記』自体の書誌学的研究には、辻彦三郎氏の優れた研究があり（『藤原定家明月記の研究』吉川弘文館、一九七七年）、本論もそれに負うところが大きい。氏は、定家が『明月記』という浩瀚な日記を作成しえた理由について、「彼が歌聖としての名をほしいままにできたのは歌道に対して燃やした偉大な執念の賜物であり、終世日記を書続けたのも、これと軌を一にする執念のなせる業と申すよりほかない」（同書五ページ）。「このような面子にこだわる執念深い性格は、定家の人間形成の過程で培われたというべく、彼が生涯の四分の三に相当する六十箇年もの長年月に亙って明月記を書続けた執念とも相通ずる」（同書九ページ）とされている。あまり定家の個人的な性格に帰するのも問題はあるが、この段階における王朝日記の状況を考慮すると、定家の執念のすさまじさという点に関しては納得できよう。

(3) ただし『栄花物語』巻一四・『公卿補任』治安二年条によれば、長家は倫子の養子となっている。長家については井上宗雄『平安後期歌人伝の研究　増補版』(笠間書院、一九八八年)参照。

(4) 林陸朗「賜姓源氏の成立事情」(『上代政治社会の研究』吉川弘文館、一九六九年)。

(5) 坂本賞三「村上源氏の性格」(『後期摂関時代史の研究』吉川弘文館、一九九〇年)。

(6) 橋本義彦「貴族政権の政治構造」(『平安貴族』平凡社、一九八六年、初出一九七六年)、笹山晴生「左右近衛府上級官人の構成とその推移」(『奈良平安時代史論集』下、吉川弘文館、一九八四年)。

(7) 『公卿補任』によれば、宗忠は永保三年に右少将となり、その後左少将に転ずるが、寛治二年従四位になって、中将に昇らず辞している。そして寛治八年右中弁に任じ、以後承徳二年に左中弁、同年さらに右大弁・蔵人頭に昇進、康和元年三八歳で参議・右大弁として公卿に達している。弁官は、さまざまな儀式の運営と政務の処理を外記・史などとともに担当する、実質的な現場の責任者であり、実務能力を要請される重要なポジションである。この点、同じように儀式に参加するが、参加することが中心となる近衛の次将クラス(衣装や立ち居振る舞いにさまざまな知識は必要であるが)とは、かなりレベルが異なる。宗忠の場合も、この職における実績と蓄積は、後に納言・大臣として儀式の上卿を担当する際に大いに役立ったであろう。また弁官系の人々の日記(例えば『兵範記』など)は、本人の能力にもよるが、その職務上、全体に儀式の準備・進行について記事が詳細かつ的確であるという印象をもつ(担当しないものについても目配りがなされている)。これを相伝することは、子孫たちがその職に就く際に有用なものとなったであろう。

(8) 注1石田氏著書二一六ページ。村山氏著書(一九六二年)七四ページ。

(9) 俊忠は忠家の子で、権中納言・大宰帥を極官とし二条帥とも呼ばれた。俊忠については、橋本不美男『院政期の歌壇史研究』(武蔵野書院、一九六六年)に詳しい。

(10) 承元二・一・二。

(11) 定家は、円宗寺御八講へは格別の思いがあり、後三条天皇の国忌にもあたるこの行事に「時儀に背」き、つまり他の貴族が消極的になっているにもかかわらず、毎年参加していたようである。しかし格別の思いとは次のようなものである。

参円宗寺、……近代公卿一人不参、弁猶以不参云々、適所参、只初度日本寺上卿一人也、然而範時朝臣先日加催、此御寺事心

中有存旨、又御国忌日也、仍背時儀所参也、……毎見延久之善政、未曾不廃、書而歎、況四年十二月除目、於家一度面目也、
不似永保春之恨、聖代之政重功臣之余流歟、……（建暦二・五・七）

「延久之善政」つまり後三条天皇の立派な治世をなつかしむというものであるかと思えば、そうではない。彼にとっては延久四年一二月（二日）の除目で先祖の忠家（長家の子）が、源俊房を超えて権大納言に任ぜられたことが、後三条天皇の「善政」であり、白河天皇の代永保三年一月二六日大納言一席であった忠家（弟祐家とともに永保元年以来不出仕）を超えて源顕房が右大臣に任ぜられたことが「永保春之恨」なのであった。かなり屈折していると言わざるをえない。

(12) 定家が参議を勤めた建保二（一二一四）年から貞応元（一二二二）年までの間にも、承久二年正月二二日参議左大弁藤原定高が権中納言に昇進した後、翌年左大弁藤原家宣が参議に昇進してくるまで大弁の参議がいない時期を生じている。ただしこの間は定例の除目では御前儀で大臣が執筆を勤めていた。

(13) 平経高は『平戸記』の記主で、高棟流の公卿平氏の中で行親流に属する。定家は、経高と公事についての知識をしばしば交換し、「相互有芳心之人」（嘉禄二・二・四）であった。

(14) 定家の公事に関する知識は、主家である九条家によるところが大きい。除目に関しては、例えば九条家の良輔（兼実三男、二八歳）の叙位習礼に招かれた際、「雖有承除目秘事、不可書日記由有御誡」（建暦二・一・五、本章史料⑧）というようなこともあり、除目の秘事を実際に「洩れ窺」った時のことを記している。また次のような記事も興味深い。

……夕参左大臣殿〔四条大宮〕、仰云、今度除目兼恐思之上、事已遅々、臨暁参着、但着円座了之後、心神忽安堵、眼殊明見、頗似有冥助、又如存者無失錯、関白与奪之體太丁寧、承安兄弟御中殊以疎荒、不相似事玄隔、…退出之後、一寝夢云、此除目御堂書て給と見、最吉相、更不可云、可貴、予聞此事忽涙下、至于除目者、古今猶先霊冥衆必照見給歟、忝事也、此仰雖秘事注之……（建暦元・一一・二）

「左大臣殿」とは前述の良輔のことであり、この年の一〇月四日に左大臣に任じ、一〇月二九日に左大臣として初めて除目の執筆を勤めた。その感想を定家に語った際の記事である。良輔によれば、今度の除目は兼ねて「恐れ思」していた上、開始が遅れ明け方になってしまったのでどうなることかと思ったが、執筆の座に着いた途端、心神は「忽ち安堵」し、眼は「殊に明け見」え、これは何かの助けではないかと思った。そして失錯もなく、「関白」（家実）の「与奪之體」（除目における関白と執筆の大臣間のやりとり）もとても丁寧であり、承安の頃の「兄弟御中殊に以て疎荒」（摂政基房と右大臣兼実の間であった確執）とはまったく違っていたというのである。さらに良輔が、退出後「御堂」（藤原道長）を夢に見たというのを聞き、定家は感きわまって涙を流し

たのであった。その後に記す「古今なお先霊冥衆必ず照見し給ふか」という定家の感想は、公事において除目が特殊化しつつあったこと、公事を勤めることが先祖の霊（道長は良輔の先祖でもあるとともに、定家の先祖でもあった）と結び付く行為であったことを示していよう。

（15）『台記』久安六・五・一九。頼長が、夢中「丹楹」（赤い柱）が「大極殿・法勝寺等」に似ている「高大舎」で行なわれた斎会で会ったという土御門右大臣師房は、「束帯々劒、其面紅、其面皮緩、両鬢倶落、頭髪尽白、老人之貌也」という姿であった。後日、生前の師房の姿を知る「一条殿」（忠実の母全子、頼長の祖母）に尋ねてみたところ「大目長眸、広鼻厚唇、鬢眉斑、鬢尽白、面膚黧又赤、面皮垂掩頭低」という容貌であり、夢の中の人物と符合したのであった。

（16）細谷勘資「平安時代後期の儀式作法と村上源氏」（『中世成立期の歴史像』東京堂出版、一九九三年）。

（17）建久九・一・二五。ここに見える『春記』の「難」とは藤原頼通に対する批判を指すのであろう。周囲への不満たらたらの小野宮流資房が記す『春記』は、主家である九条家も含め、不満だらけの定家にとって共感する点が多かったのではないだろうか。

（18）官人としてスタートしたばかり当初は、定家の同腹の姉（高松院新大納言、六角尼上と呼ばれる）の夫藤原家通（頼宗子孫高倉流、系図3参照）に公事の手ほどきを受け（治承四・二・一一、同五・一・二〇）、彼の日記を見ていた（元久二・二・一八）。

（19）この背景として、祖父俊忠が早く亡くなり、父俊成が、その姻戚関係からか、勧修寺流藤原氏顕隆の子顕頼（弟顕長に俊成の姉妹が嫁している）の養子となり、顕広と名乗って、一〇代から三〇代前半にかけて美作守以下の諸国の守を歴任したことが影響を与えたと考えられる。近衛の次将や弁官・蔵人などの職につかなければ、公事情報の収集や集積は難しかったであろうし、おのずと公卿の地位から遠ざかってしまったのであろう。定家の公事に対する執念は、この父の経歴を省みてのものであったと推測する。

（20）この公事竪義も含め、後鳥羽院の公事への執心とその具体相は、籠谷真智子『中世の教訓』（角川書店、一九七九年）に詳しい。院がなぜこのように熱心であったかについて、籠谷氏は、治承・寿永の乱で神剣を失ったまま即位しなければならなかった院が、「新現神のシンボルである宝剣に代えて、大嘗会充実を企て、その徹底的な備えに全意をつくしたのではないか」と指摘されているが、当を得たものであろう。ここでは、そこに参加した定家の立場をもう少し別な視点から検討している。

（21）建暦元・九・二四、二五条。この時は二〇人を十番に分け、大嘗会について一人ずつ質問させ相手に答えさせるという形式をとった。定家も「論匠」を勤めるように命令があったが、病気のため「目眩転之間、不及見文書、卒爾事無計略乎」ということで辞退した。当日の番の編成は別表1のごとくである。

（22）現存の『明月記』を見る限り、「家記」の語は他者の発言の中で、もしくは他者の日記に関してのみ使われている。例えば、建保元・一・二（藤原良輔）、嘉禄元・一・七（源有教）、同二・一・二、一・一二（西園寺家）、寛喜元・六・二九（平氏）、寛喜三・八・二（藤原光俊）など。定家は、「家記」というものがいかなる存在であったかを知っていたことは確かであり、そう呼べるものが自らの「家」に存在しないことも認識していたのであろう。

(23) 長家の場合、『改元部類』（続群書類従巻第二八〇）に見える「戸部大納言記」が彼の日記とされている。長久五年・天喜六年・治暦五年・延久六年の改元の際の簡略な記事を載せるが、このうち延久六年は長家がこれ以前の康平七年に亡くなっているので、彼の日記ではない。他の記事も長家のものではないとする積極的な理由は見つからないが、このような部類記の場合、記主の比定が誤っている場合がままあり、長家の日記の存在を確定する材料としては弱いと思われる。

(24) 荻野三七彦「藤原俊成本春記に就いて」（『史学雑誌』五〇―二、一九四一年）で紹介された藤原能成（母常磐御前、義経母）によって書写され進められた俊成の手沢本。尊経閣蔵三条西家旧蔵本。

(25) 蔵人私記（承元二・一二・二五、建暦二・四

別表1　建暦元年の番論義

編成	論匠	出自	論義の質問内容
一番	長兼 通具	勧修寺流（葉室流，長方子） 村上源氏（堀川流，通親子）	辰日検校の「行酒」の事 廻立殿行幸の小安殿における路次
二番	顕家 資実	末茂流（六条流，重家子） 日野流（兼光子）	献物事 「不詳聞」
三番	高通 通方	白河流（清通子） 村上源氏（中院流，通親子）	「不詳聞」 御禊の時の御願時塔婆叡覧
四番	資家 忠明	道綱流（二条流，定能子） 中山流（忠親子）	御禊行幸時，刻限に及んでも，先に御膳幄に幸するかどうか 鴨川以外の御禊の行なわれる場所
五番	顕俊 親輔	勧修寺流（葉室流，光雅子・光親弟） 道隆流（坊門流，信隆子）	「不詳聞」 「不詳聞」
六番	宣房 家宣	勧修寺流（九条流，光長子） 日野流（兼光子）	「不詳聞」 「不詳聞」
七番	親長 範時	桓武平氏（範国流，親宗子・時信孫） 貞嗣流（高倉流，範季子）	節下大臣が建礼門前で外記を召す方法 御禊行幸時，皇太子参ずる例
八番	経高 兼隆	桓武平氏（行親流，行範子・範家孫） 勧修寺流（葉室流，長方子）	「不詳聞」 「不詳聞」
九番	宗房 頼資	勧修寺流（葉室流，宗隆子・長方孫） 日野流（兼光子）	廻立殿行幸の際，太刀契を置く場所 「不詳聞」
十番	棟基 成長	桓武平氏（行親流，棟範子・範家孫） 勧修寺流（吉田流，定長子）	廻立殿での御湯殿の御槽の置き方 寿詞奏の際に靴を着さない理由

・一八）・西宮記（承元二・一二・二五、建暦二・一一・九）・北山抄（承元二・一二・二五、建暦二・一一・五他）・江家次第（嘉禄二・一一・二〇）・羽林抄（建仁一・一二・一八）・内裏式（承元元・一・二）・新儀式（建暦元・一〇・二一、一一・八）。

(26) 建久九・二・二七。

(27) 嘉禄元・一一・五。このように定家によって書写され、後に冷泉家に伝えられた諸家の日記が、最近『冷泉家時雨亭叢書　61古記録集』（朝日新聞社、一九九九年）として影印刊行された。これには、『台記』（列見記）や『長秋記』（大治四年・天承元年）『兵範記』（平信範の日記）『仁安東宮御書始御記』（兼実の日記）などが収載されている。『明月記』には見えないが、定家が晩年「平兵部記」（兵範記）の書写を行なっていたことは、辻彦三郎氏によって早く紹介されている（注2辻氏著書第一編第五章）。

『長秋記』については、定家の自筆本から山科言経が書写したという『直物』（東山御文庫本）の奥書に「直物為八座第一之重役之由、粗聞古人之説、因茲多年之間毎属假日倩廻愚案、以仕年恩給旧次第為土代〔白紙〕、以源納言〔師時卿記〕為指南〔黄紙〕大略切継之、彼是相違・古賢漏脱等、漸々毎伺松容注付懐紙事、又自然相積、依切入之〔紅紙〕、於有職之家雖為遼東之豕、多年勤労之至、於不肖之涯分深可秘之、重代奉公之家飽雖受父祖之説、愚案之摧肝胆、懇志之至、被仰社稷之神明已矣々々／羽林老株判」と見え、直物の作法を「師時卿記」（長秋記）を指南として研鑽を積んでいたことが知られる。この点については、石田実洋「藤原定家の次第書書写」（『明月記研究』六、二〇〇一年）参照。

(28) 建暦二・一一・一。安貞元・九・二七など。

(29) 建久三・四・二六、嘉禄二・四・一四、寛喜三・二・一八など。

(30) 『玉蘂』安貞二・三・一三によれば、藤原忠親の日記（「山槐記」、「中山内府記」とも呼ばれる）は、忠親の死後まもなく後鳥羽院によりその子孫から召し出され、書写され蓮華王院宝蔵に納められていた。後に道家が借り出し家人らに手分けして書写したのであるが、その場に「（前）戸部」（前民部卿定家）も書写校合に参加している。後鳥羽院と日記との関係については、拙著『日記の家――中世国家の記録組織』（吉川弘文館、一九九七年）第六章参照。

(31) 建暦二・一一・一、天福一・一〇・一〇。

(32) 天福元・一〇・一一。

(33) 建保元・八・二六。

(34) 注30拙著第四章。

(35) 承元元・一一・一。

(36) 承元元・一一・二一。

(37) 嘉禄元・一・七。有教は「長秋記」の記主師時の子孫。定家は『古事談』の編者源顕兼も含め自分と同じ境遇と考えていたらしい。この点については本書第六章参照。

(38) 注30拙著第八章。

(39) 注30拙著第三章。

(40) 長元が師房の日記、治暦が経信の日記とすれば、「御暦」は嘉承の堀河天皇崩御の際の記録として下されたはずであるから、すでにこの時亡くなっている師実ではない。忠実の日記とも考えられるが、忠実の日記は「知足院殿御記」「殿暦」等で呼ばれるはずである。この「御暦」が師実の日記とすれば、これも治暦の後冷泉天皇崩御の際のものであろう。

(41) 寛喜二・七・一六。

(42) 『玉蘂』建暦二・一二・一五。

(43) 建保二年三月二六日に行なわれた。

(44) 『明月記』によれば、正治二年一二月二〇日に行なわれた。

(45) 源師季(嘉禄二・七・二八、寛喜二・四・一三)、菅原為長(嘉禎元・五・二七)、平経高(安貞元・一二・四)。

(46) ただし注意すべきは、道家の日記には、家司層の日記の利用は見られるが、公卿クラスのものは定家以外に見られない。史料⑧に見えるような日記の規制は、定家に将来叙位・除目の執筆役を勤める可能性があったからこそ掛けられたのであろうから、定家(当時従三位非参議)を家司層クラスとして扱っていたとは考えにくい。分裂後の摂関家に生じた「日記の家」としての構造の変化と見るべきではないかと考えている。

(47) 貞永元年一〇月二日、後堀河天皇の譲位について道家邸で話し合われた際、当時中納言に在任中であった定家は、議席に招かれており藤原頼資や同兼光、平経高・藤原資頼らとともに「当代有識之人歟」と見なされている(『岡屋関白記』貞永元・一〇・四)。

(48) 寛喜二・七・一六など。

(49) 藤本孝一「『明月記』巻子本の姿」(至文堂『日本の美術』第四五四号、二〇〇四年)。

(50) 注30拙著第四章。

(51) 『民経記』寛元四・一一・六には、為家に対し、「当世和歌棟梁」であり、「自長家卿以降、頗以累葉重代之祖業也」という評価が見え、『吉続記』建治二・八・一九では、記主藤原経長(勧修寺流吉田家)が亀山殿で行なわれた和歌御会で講師を務めた際、自分は「講師作法」を「藤大納言〔為氏〕説」を受け、和歌に熱心であった「亡父」為経は、「一向訪民部卿入道」つまり為家の指導を受けたと記している。公事での評価より和歌についての評価が圧倒的に高かったことがうかがえる。
(52) 文永一〇年七月二四日付融覚(為家)譲状(『冷泉家時雨亭叢書　51冷泉家古文書』朝日新聞社、一九九三年)。
(53) 注2辻氏著書五九ページ。
(54) 嘉祿二・六・二〇、天福元・一・一九など。
(55) 系図3を参照していただくとわかるように、為氏・為兼に日記があったことがわかる。為氏の日記については、小林強「『為氏卿記』覚書」(『ぐんしょ』九−九、一九九〇年)、『冷泉家時雨亭叢書　61古記録集』(朝日新聞社、一九九九年)。為兼の日記については土岐善麿「『為兼卿記』解題」(『新修京極為兼』角川書店、一九六八年)参照。
(56) 『前田家所蔵文書』応長二年三月一一日付藤原為相譲状(為成宛)。
(57) 定家の日記が、子孫以外の人々に読まれたことを示す初見は、『花園天皇日記』正中二・一二・三〇に見える「今年所学目録」で「定家卿記」などを「少々」披見されたとされる記事であろう。以後も和歌関係以外の公事の場で引勘の対象となることはほとんどなかったようであるが、『薩戒記』応永三一・一・七で下名の叙人装束について、正治二年正月七日条が引勘されているので、その存在が知られ、部分的には当時の公家社会に流れていたようである。「日記の家」化が進んだ鎌倉期以降の日記は、平安期のそれと異なり、自家の子孫以外の眼にはなかなか触れないようになることは確かであるが、著名な定家の日記が外に広まらなかったのは、それを受け継いだ「家」が「和歌の家」の立場で秘蔵し、かつ定家の日記に含まれた公事情報を発信することに消極的であったためではないかと考えられる。

第六章

(1) なお、ここでは多様なタイプをもつという説話集のうち、貴族の日記と関係深い「故事の記録や説話の類纂を編集目的とした一群の説話集」(岩波書店『日本古典文学大辞典』の「説話集」の項)を中心に考察を進めていきたい。
(2) 徳田和夫「公家日記と説話」(『国文学　解釈と鑑賞』四九−一一、一九八四年)。
(3) 特に本論と関係深い視点として、近年、『江談抄』『中外抄』『富家語』のような主家の言談を筆録するタイプの説話集の構造や表現の問題から、それらを享受しながらも変質・異化させていく『古事談』の説話の手法の問題が漢文日記や口伝の問題と絡み合わせて論じられており興味深い（神田龍身「漢文日記／口伝書／説話集」『偽装の言説――平安朝のエクリチュール』森話社、一九九九年、初出一九九七年）。

（4）注2に同じ。

（5）この両方の視角から、説話と貴族日記との関係を論じたものに、花田雄吉「説話と貴族日記」（『二松学舎大学東洋研究所集刊』九、一九七九年）などがある。

（6）例えば田村憲治『言談と説話の研究』（清文堂、一九九五年）、伊東玉美『院政期説話集の研究』（武蔵野書院、一九九六年）など。

（7）テキストとしては、『三宝絵詞』（江口孝夫校注）『古事談』（小林保治校注）は古典文庫本（現代思潮社）を、『江談抄』（後藤昭雄校注）および『中外抄』『富家語』（池上洵一・山根對助校注）については新日本古典文学大系（岩波書店、一九九七年）所収のものを、『古今著聞集』（永積安明・島田勇雄校注）は旧岩波古典文学大系所収のものを、『続古事談』については神戸説話研究会『続古事談注解』（和泉書院、一九九四年）を、『文机談』は岩佐美代子『校注文机談』（笠間書院）を使用した。前稿「『日記の家』と説話作家」（山中裕編『古記録と日記』下、思文閣出版、一九九三年）以後、刊行されたものについては、それらの成果を生かして表を作り直してある。

（8）説話集は成立の順に列挙し、その他の項には、参考のために歴史書や儀式書などの引用を示した。

（9）最近、石田実洋氏によって、従来典拠不明であった『古事談』第一（四三）の説話が、新たに確認された『小右記』の写本に見える寛弘六・一一・二九と同一二・一をつなぎ合わせ、実資の感想・評語を削除したものであることが明らかにされている（「東山御文庫本『御産記寛弘六年十一月』（小右記）の紹介」『禁裏・公家文庫研究　第一輯』思文閣出版、二〇〇三年）。

（10）この場合、「承和七年四月八日に……殿上日記に見えたり」とあるように説話の典拠として引用されている。

（11）本書第一章参照。

（12）拙著『日記の家――中世国家の記録組織』（吉川弘文館、一九九七年）第一〇章参照。

（13）吏部王記の場合、例えば「承平四年三月廿六日、天子、常寧殿にて、皇太后の五十算の賀せさせ給けり、廿七日後宴に、式部卿親王以下まいり給、舞曲を御覧ぜられけるに、左大臣・右大臣・右大将保忠卿・大納言恒佐卿、庭におりて崑崙をまひたまひけり、これ故実たる由、吏部王記し給て侍るとかや、其後猶管絃の興ありけり」（祝言第二十、四四九）とあるように、二次的な利用であったことをうかがわせる部分もある。この日記については、注12拙著第三章に掲載した表2を参照していただくとわかるように、十二世紀末、『山槐記』や『玉葉』あたりまでは、儀式などの引勘に用いられるものの、十三世紀以降はほとんど引勘されなくなる。これは日記自体の散逸が進んだ可能性が強く、すでにまとまった形での入手が困難になっていた可能性を示している。寺院社会でも同様の傾向を看取できる。十二世紀末に成立した『醍醐寺雑事記』など同時期に成立した聖教類に多く引勘されており（拙稿「守覚法親王と日記――中世前期の寺家の日記の理解のために」『守覚法親王と仁和寺御流の文献学的研究』勉誠社、一九九八年）、鎌倉期に入ると見えなくなる。

(14) 別表2は、『古今著聞集』で引用が明らかな、もしくは推測が可能な『台記』の記事について編年順に並べたものである。現存の『台記』は保延二年（頼長一七歳）から久寿二年（三六歳）までが残されており、原本の記録期間もこれに近いと考えられるが、成季が使用したものもほぼそれに近い本であったことが知られよう。五味文彦氏は、橘成季の主家にあたる西園寺家の記録を利用したと推定されている（「古今著聞集と橘成季」平凡社選書『平家物語――史と説話』所収、一九八七年）。また成季が、仁和寺関係の説話について寺家の記録を利用しえる立場にあったことは、土谷恵「中世初期の仁和寺御室――『古今著聞集』を中心に」（『中世寺院の社会と芸能』吉川弘文館、二〇〇一年、初出一九八五年）で指摘されている。

(15) 『明月記』寛喜三・八・一五。

(16) おそらく隆円の場合、彼の琵琶の師で身を寄せていた

別表2　『古今著聞集』所引の「宇治左府記」

年月日	収録巻数・説話	史料大成本『台記』の有無
保延 3年 6月23日	管弦歌舞第七（274）	△　『御遊抄』所引「台記」
保延 3年 9月23日	飲食第廿八（625）	×
保延 5年 6月19日	管弦歌舞第七（255 裏書）	△　別記の逸文か？
保延 5年11月 9日	神祇第一（18）	×
保延 5年12月27日	孝行恩愛第十（306）	×
保延 6年10月12日	飲食第廿八（626）	×
康治 元年 3月 4日	管弦歌舞第七（280）	○
康治 2年12月 7日	文学第五（124）	○
久安 元年（2月11日）	博奕第十八（422）	○
久安 3年 9月12日	管弦歌舞第七（282）	○
久安 3年 9月13日	管弦歌舞第七（282）	○　『台記』では14日条
久安 3年11月20日	公事第四（95）	○
久安 3年11月30日	管弦歌舞第七（283）	○
久安 6年10月（9日）	管弦歌舞第七（284）	○
仁平 元年 1月 1日	公事第四（96）	○
仁平 元年 9月 7日	闘諍第廿四（503）	×
仁平 元年 9月24日	文学第五（125）	○　『宇槐記抄』
仁平 2年 3月25日	興言利口第廿五（511）	×
仁平 2年 5月17日	公事第四（97）	×
仁平 2年 5月21日	公事第四（97）	×
仁平 2年 7月 2日	釈教第二（55）	○
仁平 3年 5月21日	文学第五（126）	○　『宇槐記抄』
？	孝行恩愛第十（308）	×

藤原孝時あたりからの伝聞であろう。

(17) 注12拙著第三章。

(18) 同前。

(19) これらの有識の言談を筆録した説話集の場合、「家記」として判断される日記、例えば『江談抄』の場合、「維時中納言日記」(維時は匡房の直系の先祖にあたる人物で、その日記はこの『江談抄』の記事以外では確認できない)、『中外抄』『富家語』の場合の「京極大殿御記」(忠実の祖父師実の日記)などは、あくまでも言談の主の側の「家」に関わるものであり、筆録者側の「家記」はそこに見いだすことができない。また筆録者側の関心の違いからくるのかもしれないが、『江談抄』の場合、日記への言及は、「江左大丞」(大江斉光)の説などとしてなされることが多く、特に『中外抄』と比較するとかなり限られているといえよう。ちなみに斉光は、維時の子息で、彼の日記を匡房が所持していたことは『為房卿記』康和五年八月二七日条より知られる。「維時中納言日記」の引用も、この斉光の日記を通じてのことかもしれない。

(20) 『中外抄』は、一一三七(保延三)年から一一五四(仁平四)年までの間の記録であり、『富家語』は一一五一(久安七)年から忠実が亡くなる前年の一一六一(応保元)年までの記録である。『富家語』筆録の途中で一一五六(保元元)年にいわゆる保元の乱が起こり、忠実は知足院に完全に籠居したのである。前者では、公事に強烈な関心をもち、日記に詳しい子の頼長がしばしば言談に参加していることも考慮すべきであろう。

(21) 藤原定家は、『明月記』を見ると、『古事談』の作者源顕兼と付き合いがあったことが知られるが、たんにそれだけではなく、前章で論じたように「家記」をもたないという面から見れば、彼らと同様の立場にあったものと推測され、当時の貴族社会の中には「日記の家」化の流れから取り残されつつあった人々が多数いたようである。

(22) 『明月記』の中には、源有教という人物との公事を通じての交流が散見するが、嘉祿元・一・七に、定家に「此人雖有識之余流、不持家記」と記されたこの人物は、顕兼と同様、村上源氏の庶流(俊房流師時子孫)の生まれであり、顕兼・定家らと同様の立場にあった人物のように見受けられる。定家は、例えば建暦元・七・一〇に「於今は無借日記人、……或成嫉妬取隠文書、孤独之身無尋見方」と記し、自身「家記」を持たないことを嘆いており、彼の日記にさまざまな日記に対する執着が見られるのも、彼自身の「日記の家」化への努力に由来するものと考えられる(本書第五章参照)。

(23) 『明月記』承元元・一一・二一。

(24) 同前承元元・九・一〇。この日の記事は、次のようなものである。

刑部乗月謁談、昨日平座、源納言具昇陣座之間、不突膝只昇〔如職事昇奥座〕、是准宜陽殿也云々、予竊案之、宜陽殿不突膝由更不得心、彼卿未知宜陽殿之儀、只以推称歟、此人本自僻案万事称家之秘事、不便事也

この記事について、注4の田村氏は、昨日の平座で作法の誤りを犯して、定家から非難された「彼卿」を、この日、定家の邸宅を訪れて話し込んだ「刑部」、つまり当時刑部卿だった源顕兼のこととして理解され、注3の神田氏の論考（第七節）でも同様の解釈をされているが、顕兼はまだこの段階では刑部卿ではあっても、三位に至っていないため（『公卿補任』によれば承元二年正月二〇日に従三位に叙される）、「彼卿」と呼ばれるはずはない。おそらくここでは注23の記事などに同様の非難の記事が散見する「源納言具」つまり源通具が非難の対象であり、顕兼はたんに定家に昨日のエピソードを伝えたにすぎないのである。

（25）『古今著聞集』序文。

（26）『古今著聞集』管弦歌舞第七（二五三）。

（27）『古今著聞集』宿執第二三（四八一）。

（28）『古今著聞集』管弦歌舞第七（二六一）。

（29）『文机談』巻第一。

（30）新日本古典文学大系（吉川泰雄氏蔵本、小泉弘校注、岩波書店、一九九七年）所収による。『宝物集』にはかなり異なった形態の異本が多いので注意を要するが、試みに別本のこの部分を引用するならば、『続群書類従』所収の宮内庁書陵部本では「日記之家之人ニモ侍ナレ」、『古證本宝物集』所収の最明寺本では「日記家人〃もの給なれ」、同じく久遠寺本では「日記ノ家ノ人〃モノ言ヒケレ」とあり、どのテキストもおなじような意味となっている。

（31）『徒然草』の作者吉田兼好の立場は微妙である。『徒然草』には、九条殿遺誡・禁秘抄（第二段）・李部王記（第一三二段）・格式（一四七段）・北山抄（第一九六段）・延喜式（第一九七段）・政事要略（第一九八段）・大槐秘抄（第二三八段）などが引用され、「有識の人」の発言が多く紹介されるとともに、兼好自身、公事や上卿の故実に詳しかったことを披瀝していることからすれば、源顕兼らに近いとも考えられるが、唯一引用される王朝日記が李部王記であり、前述の李部王記の伝来状況を考え合わせると、もう少し周辺部に位置すると見なしたほうがよいかもしれない。

（32）『宝物集』巻第五、二一五ページ。

第七章

（1）この部分の読みについては二通りの読み方がなされている。岩橋小彌太氏は「世事今より心長く断じ」と読まれ（「記録概説」『上代史籍の研究』第二集、吉川弘文館、一九五八年）、戸田芳実氏は「世事今心より長く断ち」と読まれている（『中右記――躍動する院政時代の群像』そしえて、一九七九年）が、「心長」の部分を「こころながし」と形容詞にとれば、前者の方が妥当であろう。ちなみに『日本国語大辞典』（小学館）によれば、「こころながし」は、第二義として「同じ気持ちを持続できる状態が保証されているさま。諸事に煩わされない」とある。

（2）拙著『日記の家――中世国家の記録組織』（吉川弘文館、一九九七年）第四章参照。

（3）河野房雄氏は、宗忠が、七七歳という年齢で出家したのは、白河院が亡くなった年齢を意識したのではないかとされている（『右府藤原宗忠と日野法界寺』別府大学史学研究叢書第一集、一九七九年、一一三ページ）。

（4）出家と日記の関係については、岩橋小彌太「記録概説」（『上代史籍の研究』II、吉川弘文館、一九五八年）に、冒頭の『中右記』の記事と、史料⑤として提示した『園太暦』の記事に触れ、日記がもともと公事を主として書くという考え方があったため、記主が出家して公事に関係しなくなると日記を書かなくなると説明されている。また和田英松「日記に就いて」（『史学雑誌』二四―一〇、一九一三年）の日記の記載状況の項に、簡単な言及がある。

（5）なお前稿「日記の終りと出家についての一考察」（川添昭二先生還暦記念会編『日本中世史論攷』文献出版、一九八七年、以下前稿とはこの論文を指す）では、この史料①から抽出される、出家によって日記をやめるという意識が、中世に入ると変化することに注目し、その歴史的背景を貴族社会における出家に対する意識の変化に重心を置いて分析した。つまり中世に入って、出家しても日記を止めなくなることが一般化するのは、平安時代に多かった臨終出家が鎌倉時代以降、相対的に減少すること、言い換えれば出家後もある程度長期間の人生を送るようになり、ともすれば出家以前と以後とで生活状況に変化がない場合が多く、出家が貴族たちにとって日常的なものとなって「世事」（世俗生活）を断念させる力が衰えたために、日記もやめなくなったと理解したのである。しかしこの理解は以下の点で不十分なものと考える。第一に、出家を遂げるということは、個々人によって事情がさまざまであり、時代の変化とともに出家に対する意識が変化したと明確には言い切れないこと。第二に、平安時代の臨終出家は、見方を変えれば、理由はともかく死ぬ間際まで出家しなかったわけであり、これは出家を遂げることに対する世俗の拘束（経済的な問題などを含む）が強かったことは確かであるが、そういった臨終出家が中世において減少するのは、世俗の拘束が弱くなったことはいえても、出家自体が世俗の生活を断念させる力が弱まったとはいえない。たとえ生活面で変化が見られずとも精神的な面までそうだとは言えるはずもない。やはり、問題は世俗の拘束に絞るべきであった。ここではそういった視角に基づいて論を再構成している。

(6)『中右記』寛治五年記奥書に「此巻年少之間依注付、旧暦中甚以狼藉也、仍令少将清書、但寛治三年自清書也、本暦記破却了、皆見合也」とあり、少将(宗忠の子宗能)に命じて写本を作らせ、原本は廃棄されたことが知られる。なお日記の起筆については、大島幸雄「私日記の起筆に関する覚書」(『奈良平安時代史の諸相』高科書店、一九九七年)がある。参照されたい。

(7)最近、尾上陽介氏によって、近衛家の当主の日記で、日記として使用されていない部分の具注暦が、子孫によって他書の書写の料紙として再利用されるという興味深い事例が紹介されている(「再利用された日記原本――『猪隈関白記』『後深心院関白記』を中心に」『年報三田中世史研究』一二、二〇〇五年)。

(8)道長の日記(『御堂関白記』)が出家後も残されている点について、前稿で詳述したので、ここではそこで触れられなかった点だけ述べておこう。平安中期の日記は、今日ほとんどすべて写本のみで伝わるが、その中で道長の日記は原本が大量に伝わる稀有な事例である。これはひとえに道長の日記が早くから摂関家の曩祖の家記として位置付けられ、その中の公事情報ばかりでなく、自筆の日記そのものが大事に保管されてきたため残ったのである。道長の出家は臨終出家に近いものであったと考えられるが、幸運にも生き延びたため、王朝日記とは異なった日記を続けることになった。道長以外にも出家後の具注暦に日記的なものを残していた貴族はいたかもしれないが、道長のように公事情報以外の記事(自身の信仰に関わるもの)は写される段階で淘汰され、日記そのものも子孫が「家」として残らなかったりして消滅してしまったはずである。そのようななかで、道長の日記は唯一そのままの形で残りえたものなのであろう。

(9)『公卿補任』等に出家のことが記されなくとも突然亡くなる場合以外は間際に出家している場合が多いはずであり、臨終出家の事例はもう少し増えるであろう。ここでの臨終出家の定義は、一応出家して一年以内に亡くなっている者を指している。

(10)木本好信『江記逸文集成』(国書刊行会、一九八五年)。

(11)『中右記』嘉承二(一一〇七)・三・三〇に「或人談云、江帥〈匡房〉此両三年行歩不相叶、仍不出仕、只毎人来逢、記録世間雑事之間、或多僻事、或多人上、偏任筆端記世事、尤不便歟、不見不知暗以記之、狼藉無極云々、大儒所為世以不甘心歟」と見え、彼が焼いた「老後之間日記」は、このようにして記録されたもので、普通の日次記と性格を異にするものであった。

(12)経藤の母は『尊卑分脈』によれば「中納言定高女」とあり、これは同じ勧修寺流の女性である。一方経任の母は、「大宮院半物〈号柳」」とあるように、かなり身分の低い女性であったらしく、経藤は自分こそが「家」の嫡子であるという自負が強かったものと思われる。

(13) 貴族社会における官位・官職における「超越」の問題については、百瀬今朝雄『弘安書札礼の研究』(東京大学出版会、二〇〇〇年、初出一九九六年)参照。

(14) 「廷尉佐」(衛府の尉もしくは佐で検非違使を兼ねた者)に蔵人・弁官を兼任するという「三事兼帯」の一角をなす。「三事兼帯」については、宮崎康充「三事兼帯と名家の輩」(『日本歴史』六二六、二〇〇〇年)参照。

(15) 注2拙著第九章。

(16) 『中右記』天永二・六・二四。

(17) 和田英松『皇室御撰の研究』(明治書院、一九三三年)。

(18) 『園太暦』文和四・八・一、八・三、八・四、八・九など。この時は後光厳天皇の慰留などによって出家を思いとどまった。

(19) 厄年という考え方は、中国の古代思想、陰陽五行に拠るものといわれ、かなり古い時代から日本へも伝わっていたが、その数え方については、後代に至っても諸説あったようである。その一つ太一定分厄年は中世社会において広く行なわれていたようで、『玉葉』嘉応二・一〇・二七、同治承元・二・六などや『吾妻鏡』建暦元・一二・二八や同寛元二・五・三〇などにも散見し、六九歳を厄年として数える方法は、賀茂在盛(一四二九～七九年)によって編纂された『吉日考秘伝』(中村璋八『日本陰陽道書の研究』汲古書院、一九八五年)にも記されている。ちなみに、この書の太一定分厄年条には「三、九、十五、廿一、廿七、四十五、五十一、五十七、六十三、六十九、七十五、八十一、八十七、九十三、九十九、此年有病死之厄」とある。

(20) 『園太暦』延文四・四・八。またこの年の二月二日は、厄年の中でさらに太一定分厄日にあたり、特に「巳・亥時」を慎まなければならないということで、公賢は「所寿命厄歟、決定往生之望得時、仍亥刻疑(凝ヵ)信心入道場、誦彌陀経、又礼讃念仏送一時了」と往生の時を待ったのであった。この点について、林屋辰三郎氏は「公賢の先例引勘の質がこの出家を決定的なものとしたのである」と指摘している(『内乱の中の貴族――南北朝期『園太暦』の世界』角川書店、一九七五年)。

(21) 暦応元・二、康永元、貞和元、観応元、文和元年などの日記が断片的に残されている。

(22) 『園太暦』康永三・三・二三、貞和五・一二・一七、延文三・八・一四など。閑院流内部における公事情報の交換の問題については、拙稿「中世公家と系図――『尊卑文脈』成立前後」(歴史学研究会編『系図が語る世界史』青木書店、二〇〇二年)でも論じている。

(23) 同前貞和五・一二・二六など。

(24) 同前貞和元・一一・一九、同二・一・七など。
(25) このことだけが原因ではないと思うが、公賢は実夏を家嫡として認めない方向に傾いていたようであり、それをめぐってか「日来彼父子之間衆口嗷々」（『愚管記』延文五・四・八）という状態であり、延文四年には、南朝方に祗候していた実守（弟であるが公賢の養子となっていた）を呼び返し、家門の継承者に据えようとしたらしい。そのため公賢の死後、実夏・実守間に相論が生じ、一旦は実守が家嫡として認められたものの（『愚管記』延文五・五・一七）、実夏は幕府に訴えて運動し（同前九・一三）、功を奏して実夏が家門の継承者として返り咲いた（同前九・二九）。この辺の事情については、『愚管記』応安元・三・六にも詳しく記されている。
(26) 『園太暦』長享二・九・五付甘露寺親長奥書。
(27) 細谷勘資「洞院公賢編『魚魯愚抄』の成立年代」（『国書・逸文の研究』所功先生還暦記念会、二〇〇一年）。
(28) 堅田修氏は、「王朝貴族の出家入道」（北西弘先生還暦記念会編『中世仏教と真宗』吉川弘文館、一九八五年）において平安期の出家関係記事を網羅的に検討され、臨終出家が多いことが指摘されている。
(29) 前注堅田氏論文、目崎徳衛『出家——超俗と俗の相克』（中公新書、一九七六年）など。
(30) 槇道雄「公卿家領の成立とその領有構造」（『院政時代史論集』続群書類従完成会、一九九三年、初出一九八六年）。
(31) 第五章のグラフ1で提示したように、十二世紀末を転換点として、散位（前官および非参議）の数が現任の公卿数を越え、十四世紀初頭のピークまで増加し続けるのはそのためであろうと推測される。
(32) そのため、嫡子と見なされた者でも、摂関家のような最上級の「家」以外は油断できなかった。できるだけ早く、とにかく形だけでもその官職に達し（短期間で辞任することを条件にその地位につく方法も常態化する）、さらに次世代の昇進がスムーズにいくように、自身の官職を辞めることを条件に子弟の任官・昇進を図ることが常態化しつつあった。
(33) 海老名尚「日本中世社会における入道について——出家の社会的機能をめぐって」（『大阪外語大学　アジア学論叢』五、一九九五年）。
(34) 海老名氏作成の表では、『公卿補任』において出家年齢が記載されない者は省かれているが、ここではサンプル数を増やすため、公卿の子弟で叙爵年次がわかるものは、その時点を一五歳で計算し、大体の出家年時を割り出した。また、散位は前官と非参議に分けて提示した。
(35) 第五章でも検討した藤原定家（表14-23、一一六二～一二四一年）の場合、従三位となり非参議に列したのは、建暦元（一二一一）

年五〇歳の時。参議となったのはその三年後の建保二年、以後貞応元（一二二二）年まで在任するが、中納言には昇れず前官となる。以後一〇年間前官のままであり、やっと貞永元（一二三二）年七一歳で権中納言となったが、一年足らずで辞し、翌天福元年に出家した。定家の場合、従三位となって以降も、明らかに散位であった期間の方が長いのである。彼の場合、公卿といっても参議の期間がほとんどなので、上卿としての活動は限られたものであったが、前章で見たように公事への執着が『明月記』のような大部な日記を残すことになったのである。定家は出家に対する願望をしばしば日記の中で漏らしているが、それを実現できたのは、最晩年の天福元（一二三三）年、定家七二歳の時であった。やはり自身の出家についてさまざまな日記を先例として引勘しながら詳しい記録を作成している。しかし、そこでは日記を止めるかどうかについての逡巡など微塵も感じさせない。年齢的なものもあろうが、公賢と比較するとかなり雰囲気が異なり、むしろあっけらかんとした印象である。この定家の出家について、石田吉貞氏（『藤原定家の研究』文雅堂書店、一九五七年）は、「世間の習慣に従ったまでで、直接に定家自身の厭離意識に動かされたものと見ることはできない」と評価されているが、まさにその通りであろうし、前章で見たように、公事に熱心とはいえない嫡子の為家に対して、定家としては「家」の日記としてどう定着させるかに関心があったのであるから、出家は日記擱筆のきっかけとはならなかったのであろう。この点は前述の公賢の場合と近いものをすでに感じ取ることができる。

（36）このような王朝日記の変質をうかがわせるものとして、肉親、特に父親の死の記事がもつ問題を挙げてもよいかもしれない。定家は、『明月記』元久元（一二〇四）年一一月三〇日条のように、父俊成の最後をきわめて克明に記録しており、以後も日記の中断はない。定家の復任は翌年の三月二五日（翌日が『新古今集』竟宴）であるが、公事への出仕はないものの和歌所への出仕の記事は開始している。しかし、例えば、『中右記』の宗忠の場合、父宗俊の死に遭った承徳元（一〇九七）年五月五日の記事を見ると、「在大納言殿（事）、今日以後五六両月不記置、大納言令薨御了、仍不能他事也」とあるように、宗忠は、父宗俊の死によって服喪の期間に入り、その間日記は停止している。宗忠は六月二五日に復任しており、日記が七月九日から再開しているが、これは父の死による悲嘆の結果というよりは、服解《ぶくげ》によって公事から離れることとイコール王朝日記の停止と認識されていた可能性があろう。服喪期間中も公事情報の収集は必要であるから、公事への参加は控えるものの、伝聞等で日記を作成し続けてもよいように思われるが、日記を付けることも公務とする認識を徹底するならば、宗忠のように服喪により日記を停止することも、ある意味で当然であろう。現存の日記の中で、記主が父の死に遭遇した記事を見つけるのは意外に困難で、他の史料でこの宗忠のような意識を裏付けることはなかなかできないが、同時代の藤原忠実、鎌倉時代の藤原経光、室町時代の藤原定親などにはその可能性があるように思われる。一方、定家のように父の死に際して日記を止めない者も、例えば中原師守や『看聞日記』の記主貞成親王（当時はただの王）など、傾向として十三世紀以降に現われてくる現象である。表14に見えるように、定家も貞成も出家以後も日記を記し続けており、表裏一体のものと見なしうる可能性はあろう。

終章

（1）林屋辰三郎『内乱の中の貴族——南北朝期『園太暦』の世界』（角川書店、一九七五年）。
（2）多少の変化は生じているが、これは戦乱によるものではなく、この時期に進行した「家」の日記化にともなう王朝日記の変質によるものと見るべきであろう。
（3）前表では鎌倉末期から南北朝期前半にかけて記された洞院公賢の『園太暦』（記録期間一三一一～一三六〇年）までを対象としたので、今回は近衛道嗣の『愚管記』（記録期間一三五六～一三八三年）以後、山科言経の『言経卿記』（記録期間一五七六～一六〇八年）までを対象としている。
（4）四条（善勝寺）流一門の支流である山科家には、南北朝期の教言に至るまで「日記の家」化が確認されない（拙稿「応仁・文明の乱と山科家——その家記の保管を中心に」大隅和雄編『文化史の構想』吉川弘文館、二〇〇三年）。南北朝期の終わりから室町初期に活躍した教言以降、ほぼ代々日記を記し、また幸い彼らの日記は戦国時代を生き延びて現存しており、その内容が詳しく知られるが、当初より一つ書きで記され、儀式の記事もあまり詳しくなく、父祖の日記を引勘することも多くない、つまり王朝日記のもつ伝統的なスタイルを踏襲せず、スタートから「家」の日記のみの機能であったといえるかも知れない。
（5）例えば『中右記』では、記主藤原宗忠は、祖父俊家の日記（大宮殿御記）を少なくとも一〇カ条ほど引勘しており、『玉葉』の記主藤原兼実は、父忠通の日記を故殿御記として四〇カ条近く引勘している。
（6）ただし、「日記の家」化が進行すると、父祖の日記名をいちいち記すことなく、例えば、「天仁御記」「嘉承三年家記」というような、年号や年紀のみで表現して引勘に用いる例もあり、注意する必要があろう。
（7）拙著『日記の家——中世国家の記録組織』（吉川弘文館、一九九七年）第三章参照。
（8）『実隆公記』文亀四年二月・三月紙背文書に「（九条尚経書状）……旧記又ハ抄物何ニても不所持候、暗然此事候……、将又改元之次第所望候、片時之間申請度候、毎事忘脚までにて候、尚々次第恩借所仰候……」と見える。
（9）酒井信彦「応仁の乱と朝儀の再興——正月三節会を中心に」（『東京大学史料編纂所研究紀要』五、一九九五年）。『大乗院寺社雑事記』の文明一二年正月四日条には前月七日に後土御門天皇が内裏（土御門殿）に還幸したことを記し、「応仁元年より行宮、至去年経十三个年而還幸、仍至今年節会等一切公事不行之、末代至極事也、尊氏将軍以来、公家御儀毎事武家より申沙汰、九牛之一毛也、当代又一切断絶、武家御冥加事尽畢」と記している。

（10）行事官である外記が同じ官の史を兼ねることは、応仁の乱以前にはほとんど見られないが、以後は常態となる（井上幸治編『外記補任』続群書類従完成会、二〇〇四年）。

（11）ただし周囲にいた関係者は消えたものの、現在のわれわれが祭り見物をするような意味での見物客は増加しているようである。例えば、永正一六年一〇月一〇日延びに延びていた後柏原天皇の即位の日時定が行なわれることになり、それに先立って左大臣三条実香が奏慶したが、「見物衆」が「男女群参」という有様であった（『二水記』）。

（12）奥野高広『戦国時代の宮廷生活』（続群書類従完成会、二〇〇四年）。

（13）『御湯殿上日記』や『言継卿記』『二水記』などを参照。

（14）公武統一政権下の特徴として前代に比べ、武家、特に将軍の動向に関する記録がしばしばやりとりされるようになった。公家の日記は朝廷の公事情報だけではなく、武家のそれも含めた形で記録装置として機能するようになっている。この点については別に考えてみたい。

（15）注7拙著第五章参照。

（16）公家の家門については、水野智之「室町将軍による公家衆の家門安堵――南北朝～室町期を中心に」（『室町時代公武関係の研究』吉川弘文館、二〇〇五年。初出一九九七年）参照。

（17）甘露寺家の場合のように家門相続をめぐって相論が生じ、結果、一方の当事者から「家記」が流出してしまうこともあった（『建内記』永享一一・六・九）。

（18）『看聞日記』応永二八・八・二四。

（19）『看聞日記』応永二九・二・二二。

（20）『建内記』永享元・三・二九（第七章に史料⑥として提示）。

（21）『建内記』永享一一・六・一八。

（22）『建内記』文安四・七・二八。

（23）『尊卑文脈』ではこの一流は宗豊で断絶している。

(24)勧修寺流の「一門記」のシステムについては、注7拙著第九章参照。

(25)『園太暦』長享二年九月五日付甘露寺親長奥書。

(26)『実隆公記』文亀三・四・二九。

(27)現存のものは甘露寺親長の抄本であり、原本は失われてしまった。

(28)『後法興院記』応仁二・一二・一三。

(29)注4拙稿参照。

(30)明応四年七月四日に起きた火災は、『実隆公記』に「超過之火事」と評され、「常磐井宮・徳大寺前左府・勧修寺前亜相・三条亜相・菅中納言〔為学同宿〕・姉小路宰相・四条侍従隆秀・万里小路・江辺三位雅国卿・師富朝臣・頼量・典薬頭親康・懐兼朝臣・陽明諸大夫家僕等宅、聖寿寺以下」が回祿した。明応九年七月二八日のそれは『宣胤卿記』奥書に「京都大焼亡」と記されるもので、『和長卿記』によれば、「自柳原至土御門、悉皆東西南北百余町焼失」し、「近衛殿・一条殿〔冬良〕・同鷹司関白〔御記卅四合焼畢、其外累代之御笏、平緒、三代正記等〕・三条西〔記録抄物不知数〕・下冷泉〔一流之抄物同焼失〕・中御門〔装束已下内記等、尽数而焼失〕・日野・同柳原・同武者小路・広橋・中山・高倉〔中納言入道者焦身畢〕・滋野井・甘露寺・五辻、地下輩、俊通朝臣・明重朝臣・在誠朝臣等」の家が焼失し、「諸家之記録大略又焼失」という有様であった。

(31)地方に流寓した公家の総体的な調査については、菅原正子「公家衆の「在国」」(『中世公家の経済と文化』吉川弘文館、一九九八年、初出一九九一年)参照。

(32)例えば、宗祇は、「後伏見院御記〔宸筆也〕」を三条西実隆に贈っているが(『実隆公記』長享元・七・二三)、これは、乱勃発後、後花園院や後土御門天皇らが室町殿に疎開中に紛失し、市中に流出していたものの一部らしい(『晴富宿禰記』文明一一・三・一六)。

(33)斎木一馬「中原師廉および中原師廉室の日記に就いて」(『斎木一馬著作集2 古記録の研究下』吉川弘文館、一九八九年、初出一九三八年)。

(34)拙稿「中世の女性と日記――「日記の家」の視点から」(『金沢文庫研究』二八五、一九九〇年)。

(35)古記録学の理解からみると、国家組織がその運営のために作成する公日記は、律令国家体制の衰退とともに衰え、十七世紀幕藩体制の成立とともに、再び幕府や藩などで作成され始めるようになる。中世においては、「公」と「私」が未分離な「家」の日記に代替されていたわけであるが、中世後期に活発化する寺院の記録や、戦国大名の家臣層の日記は、近世における公日記復活の前提としてみることが可能であるように思われる。

初出一覧

プロローグ　新稿
第一章　「王朝日記〝発生〟についての一試論」（『日本歴史』六四三、二〇〇一年）
第二章　「王朝勢力と情報――情報装置としての日記」（『歴史学研究』七二九、一九九九年）をもとに全面的に改稿。
第三章　「文車考」（『院政期文化論集』第五巻、森話社、二〇〇五年）
第四章　「元永二年小野宮家記事件について――院政期の小野宮流」（『古代文化』四四―一二、一九九二年）
第五章　「藤原定家と日記――王朝官人としての定家」（『愛知学院大学文学部紀要』二五、一九九六年）
第六章　「『日記の家』と説話作家」（山中裕編『古記録と日記』下、思文閣出版、一九九三年）
第七章　「日記の終りと出家についての一考察」（川添昭二先生還暦記念会編『日本中世史論攷』文献出版、一九八七年）をもとに全面的に改稿。
終　章　新稿

あとがき

「一場の夢は一巻の書物なのだ。そして書物の多くは夢にほかならない」
"Un sogno è una scrittura, e molte scritture non sono altro che sogni."
（ウンベルト・エーコ／河島英昭訳『薔薇の名前』東京創元社、より）

私の拙い仕事を本の形にまとめてみないかというお話を法政大学出版局からいただいたのは、一九九四年のことであった。佐藤進一先生のご紹介で、編集部の平川俊彦氏が、名古屋の私の研究室にお見えになったのは、手元にある記録によると、その年の一一月一八日である。駆け出しの研究者としては大変幸運な機会を与えられ、その時は二つ返事でお受けしたが、その後がよくない。さまざまな出来事に追われながら、なんと一二年が経ち、世紀も変わり、やっと今、陽の目を見ることになったのである。正直、常に心の片隅にこの件があったのは確かで（平川氏の名刺が机の上にずっと鎮座していた）、今やっと肩の荷が下りたという思いと、一書をなすことの難しさをつくづく実感しているところである。

本書は、当初、前著『日記の家』に掲載できなかった数編の論文を核として、その姉妹編のつもりで企画した。前著を理論編とし、その応用編とでもいうべきものを考えていたのだが、すぐにその目論見の安易さに気がついた。やはり一書にまとめるためには、寄せ集めではだめで、内的な一貫性というべきものが明確になっていなければならないからである。いろいろ試行錯誤を繰り返しながら、なんとか筋道を立てられる可能性を感じたのは、一九九九年度の歴史学研究会大会で報告の機会を与えられて以降、二、三年を経てからである。それまでの「日記の家」という視点とは少し異なる視点から、古代中世の日記を見つめる余裕を得、それとともに、対象の始まりから一つの終わりまでの通史を書いてみたい、概説的な形ではなくそれを実現できないかという欲が生じ、その方向で練り直していった。

本書では、古代中世の貴族たちの日記について、発生段階のそれがそのままストレートに「家の日記」化するのではなく、それらを別な概念（王朝日記と家記）として一旦切り離し、中世において重層化して存在するものとして描いている。また日記に記された貴族・官人たちの職務に関わる記事（公事情報）ばかりでなく、そうでない生活レベルのものも含めて、一旦、彼らの情報として、現代人のわれわれの価値観から切り離し、その時間的空間的流れを読み取りながら、日記が種々のレベルで情報をスイッチする装置として機能していることを復元しようと試みた。

本書の各章のテーマは一見ばらばらのように見えるが、第一章から読み進めていくなかで、寄り道しながらもこの二つの日記が入れ替わりながら変化していき、やがて中世の終わりに訪れる一つの終焉までたどり着くように構成したつもりである。そのため、本書に掲載した論文も、一部を除き、発表時のものにかなり手を入れており、素材は同じでもまったく別な論文と言っていいようなものに姿を変えている。全体として書き下ろしに近いものとなっているといっても過言ではない。

それにしても、貴族たちの日記は面白い。それらを読むことの楽しさに魅かれて、その魅力のいくぶんかでも紹介できればと、このような書物をまとめる気になったといっても嘘ではない。慣れないと確かにとっつきにくいが、最初はあまり細かい字句の意味や読み方にこだわらずに読み飛ばしていっても結構だし、面白そうなところだけ拾い読んでいってもいいと思う。ただ一度だけではなく、二度三度、頭から読み返してみることは必要である。読み返すたびにわかる部分が増えていくし、ある程度読めるようになっても、読み返すたびに新しい発見が得られるからである。史料の宝庫であることは間違いないが、その豊かな森に分け入りながら、木を見て森を見ずということにならないようにしたい。例えば日記文学と同様に一個の作品として読んでいくならば、作者は字面に見えない秘密をあなたに教えてくれるであろう。

エーコの作品にいささかこだわったのは、中世の書物や書庫の問題が本書のテーマと重なっていることが第一だが、それだけではない。私自身、一つの事に興味を持つと深みにはまるタイプのようで、エーコの作品がきっかけで、彼が勤めているボローニャ大学の構内を歩き回り、さまざまな町でローマ時代の遺跡や中世の教会、街並を散策するうちに、イタリアの歴史や文化に魅かれるようになり、やがて須賀敦子の作品に出会って読みふけるうちに、はまっていってしまったのである。自己分析してみると、おそらく私自身、学生時代から歴史と音楽（合唱やオーケストラ）の両方に携わり、今日まで両者のバランスを取りながらなんとかやってきたが、ときに分裂しかかるそれらの間をうまく埋めてしまったものが、このイタリアへの関心であったらしい。旅が嫌いな歴史研究者というのは稀であろうが、向こうでの一人旅は、行くたびに歴史や音楽への意欲を活性化させるとともに、大学で日本文化史を教える立場においても得るところが多い。文化は自分の眼や耳、舌で比較してみないとわからないというのが本音で、日本文化の魅力も観念的ではなく感じることができる。もうしばらくは貴族たちの日記とともに付き合っていきそうである。

前著の出版の時、最も喜んでくれた父は三年前に倒れ、今は病床にある。その病院を一日おきに見舞う母を、ずっと両親に頼りっぱなしだった私が、ひと月に一度帰省して支え、その私を妻が支えている。家族だけではない。職場の先生方や研究会・音楽仲間たちにも支えられて今の自分がある。皆様に感謝。

二〇〇六年二月二八日

松　薗　斉

人名索引

・氏・家名は訓読みで50音順に並べたが，名前については音読みで50音順とした。
・引用史料中に見える人名は省略した。
・表・系図中に見える人名で重要でないものは適宜省略した。

あ　行

赤木志津子　87, 184
安倍淳房　36, 57
安倍晴明　29
安倍泰忠　36, 57, 62
安徳天皇　40
飯淵康一　176
池田源太　7
石田吉貞　185, 201
石田実洋　190, 193
石原昭平　172
石上宅嗣　32
市沢哲　50, 178
一条天皇　27, 88, 154, 177
伊東玉美　193
井上幸治　203
井上宗雄　186
井原今朝男　44, 90, 177, 184
岩佐美代子　193
岩橋小彌太　7, 197
宇多天皇　6, 7, 9-11, 13, 16-18, 20, 22, 27, 135, 154
馬杉太郎　7
ウンベルト・エーコ　3, 207, 209
海老名尚　146-148, 200
遠藤慶太　173
大内政弘　169
大江維時　27, 194
大江斉光　27, 194
大江匡房　3, 36, 41, 42, 45, 120, 123, 124, 127, 135, 139, 158, 168, 179, 194
大島幸雄　198
大隅和雄　11, 173
大村拓生　33, 55, 68, 179
岡野友彦　178
岡村孝子　171
荻野三七彦　189
奥野高広　162, 203
小槻（大宮）伊綱　159
小槻（壬生）兼治　159
小槻広房　37
小槻（壬生）晴富　137
小槻（壬生）千宣　159
小槻（大宮）長興　36, 137, 165, 167
小槻有家　48
小槻祐俊　36, 37
小槻隆職　2, 36
小槻（壬生）量実　159
小野則秋　32, 33, 175, 176, 179
小野文義　14
尾上陽介　198
小山田和夫　15, 173

か　行

快修　99
覚成　82, 83
籠谷真智子　188
堅田修　200
加藤友康　179
上川通夫　180

亀山天皇（院）　34, 49
賀茂在盛　36, 199
鴨長明　2
神田龍身　193, 196
菊池大樹　137
木村茂光　10, 171
木本好信　15, 172, 198
清原（舟橋）業忠　36, 57, 71, 73, 159, 167
清原宗季　158
清原宗賢　159
清原頼季　159
清原頼業　158
清原頼隆　16, 27
清原良兼　178
清原良賢　159
清原良業　158
九条尼　98
黒板勝美　5, 6, 7
小泉和子　179
光孝天皇　9, 20, 22, 27, 172
光厳天皇（院）　34, 57, 61
河野房雄　78, 183, 197
小島小五郎　6, 7, 8
後一条天皇　15, 88, 111
後宇多天皇（院）　49
後円融天皇　154
後柏原天皇　57, 203
後光厳天皇　154, 199
後小松天皇　154
後嵯峨天皇（院）　34, 49, 178
後三条天皇（院）　43-46, 89, 154, 186, 187
後白河天皇（院）　34, 41, 42, 47, 99, 177
後朱雀天皇　27, 43, 88, 154, 177
後土御門天皇　34, 57, 204
後鳥羽天皇（院）　41, 42, 47, 105, 106, 114, 136, 154, 188, 190
後花園天皇（院）　154, 204
後深草天皇（院）　136, 141-144, 154
後伏見天皇（院）　136, 142, 154
後堀河天皇　191
後冷泉天皇　27, 89, 111, 191
近衛天皇　111
小林強　192
五味文彦　179, 185, 194
惟永親王　142
惟宗允亮　12, 29
惟宗公方　12,
今正秀　20, 22, 174, 175

さ　行

斎木一馬　6, 7, 168, 204
酒井信彦　202
坂本賞三　95, 177, 186
坂本太郎　11, 173
佐々木恵介　175
佐々木宗雄　20, 174
笹山晴生　89, 184, 186
貞成親王　137, 154, 202
貞保親王　18
四条天皇　101
重明親王　18, 19, 27, 29, 124
実全　99, 100
島津義久　169
清水克行　182
清水潔　13, 173
守覚法親王　177, 180
順徳天皇　99, 114
上東門院　14,
証如　169
白河天皇（院）　34, 40, 41, 43-47, 63, 65, 66, 77, 79-83, 86, 139, 187, 197
尋尊　165
崇光天皇　154
末松剛　20, 174
菅原（五条）為学　167
菅原為清　158
菅原為長　102, 158, 191

菅原（東坊城）益長　36
菅原秀長　158
菅原正子　204
菅原道真　11, 16, 32
杉本理　17
輔仁親王　45, 65
朱雀天皇　11,
清和天皇　10, 16, 18
関口力　78, 183
選子内親王　14
宣陽門院　61
曾我良成　176
宗祇　169, 204

た　行

醍醐天皇　10-12, 17-19, 27, 29, 126, 154, 172
平基親　2
平業光　36, 57
平経高　101, 106, 187, 189, 191
平行親　27, 111, 112
平行範　189
平時信　189
平時範　2, 111, 126
平重衡　41
平重盛　2
平信範　111, 134, 135, 190
平親信　27
平親宗　189
平親長　189
平親範　2
平清盛　3, 60
平忠盛　177
平定家　2
平範家　189
平範国　27, 111
平範輔　101, 136
多賀宗隼　181
高倉天皇　1
高階経敏　78, 79, 81-83
高階仲行　123
高橋秀樹　178, 181
高松院新大納言　188
詫間直樹　181
竹内理三　173
橘成季　122, 125, 128, 130, 194
田中吉政　168
玉井幸助　7
玉井力　89, 184
田村憲治　193, 196
田山信郎　7
土田直鎮　7
土谷恵　194
辻彦三郎　185, 190
土岐善麿　192
常盤御前　189
徳田和夫　192
戸田芳実　183, 197
所功　29, 172, 175
鳥羽天皇（院）　34, 41-43, 47, 89, 174, 177, 180

な　行

中込律子　22, 174
中原康顕　159
中原康綱　159
中原康富　36, 73, 159
中原康隆　159
中原師胤　159
中原師右　36
中原師遠　159, 168
中原師顕　159
中原師元　123, 127, 159, 177
中原師光　159
中原師弘　159
中原師香　159
中原師郷　137
中原師守　201

中原師重　159
中原師生　168
中原師任　27
中原師平　159
中原師茂　159
中原師廉　168
中村璋八　199
西岡芳文　175, 179
西本昌弘　10, 87, 172, 184
仁寛　65
仁明天皇　9, 18, 27

は　行

橋本不美男　186
橋本義彦　11, 17, 44, 89, 173, 176, 177, 184, 186
花園天皇（院）　34, 136
林屋辰三郎　151, 152, 199, 202
林陸朗　186
久明親王　142
平山育男　181
伏見天皇（院）　136, 144, 154
藤本孝一　191
藤原伊尹　19, 88
藤原伊周　19
藤原為家　101, 102, 115-117, 191, 201
藤原為教　116
藤原為経　140, 191
藤原（京極）為兼　117, 155, 192
藤原為光　27
藤原為氏　116, 117, 192
藤原為相　116, 117, 192
藤原為輔　27
藤原為房　126, 135, 157
藤原為隆　126, 135, 157
藤原惟方　41
藤原（万里小路）惟房　35
藤原穏子　10
藤原（花山院）家教　155
藤原（一条）家経　155
藤原家実　136, 155, 187
藤原家通　188
藤原家成　180
藤原家宣　187, 189
藤原家忠　45, 95
藤原家保　81, 83
藤原懐平　88, 89, 183
藤原季仲　45, 89, 154
藤原（万里小路）季房　157
藤原基経　9, 10, 11, 16, 172, 174
藤原（姉小路）基綱　167
藤原基忠　98
藤原（松殿）基房　1, 3, 34, 47, 49, 57, 60, 61, 187
藤原基房　19, 29, 30
藤原義孝　19
藤原（山科）教言　36, 137, 158, 202
藤原（九条）教実　101, 102
藤原教通　27, 45, 94, 95, 124
藤原経業　157
藤原経光　136, 158, 201
藤原（一条）経嗣　34, 155
藤原経実　45
藤原経重　157
藤原経俊　140, 157
藤原経長　136, 157, 191
藤原経通（小野宮流）　183
藤原（一条）経通　155
藤原経藤　3, 140, 141, 198, 199
藤原経任（小野宮流）　27, 88
藤原経任（勧修寺流）　140, 198
藤原経房　35, 48, 135, 157
藤原（勧修寺）経豊　157
藤原（大炊御門）経明　167
藤原兼家　88
藤原（花山院）兼雅　180
藤原（近衛）兼経　34, 136, 155
藤原（広橋）兼顕　158
藤原兼光　180, 189, 191

藤原（広橋）兼綱　158
藤原兼子　98
藤原兼実　1, 33, 34, 47, 55, 57, 112-114, 135, 155, 181, 183, 185, 187, 190, 202
藤原（広橋）兼宣　137
藤原兼宗　155
藤原兼仲　35, 49, 57, 67, 68
藤原兼通　19, 88
藤原（鷹司）兼平　34, 155
藤原兼頼　49
藤原兼隆　189
藤原（一条）兼良　155, 165, 167
藤原憲方　157
藤原顕家　189
藤原顕実　84, 85, 89, 90
藤原顕俊　158, 189
藤原顕仲　41, 77-87, 90, 91
藤原顕長　188
藤原顕頼　98, 188
藤原顕隆　82, 188
藤原（甘露寺）元長　73
藤原（山科）言経　158, 190, 202
藤原（山科）言継　158
藤原（山科）言国　158
藤原公教　156
藤原（西園寺）公経　114
藤原公継　156
藤原（洞院）公賢　35, 50, 137, 143-145, 156, 164, 199, 200-202
藤原公光　156
藤原（今出川）公行　162
藤原（西園寺）公衡　35, 57, 68, 69, 134, 136
藤原（三条西）公枝　156
藤原公実　177
藤原公種　156
藤原公秀　153, 156
藤原公清　144
藤原公宗　143
藤原公忠　35, 57, 156, 182
藤原（今出川）公直　156
藤原公定　89
藤原（洞院）公定　137
藤原公任　12, 20, 29, 78, 87-89, 184
藤原公能　99
藤原（今出川）公富　162
藤原（三条西）公保　153, 156
藤原（西園寺）公名　35, 137
藤原公茂　156
藤原行成　27, 41, 154, 174
藤原光雅　158, 189
藤原光俊　189
藤原光親　106, 157, 189
藤原光長　189
藤原光房　157
藤原光頼　157
藤原孝時　129, 195
藤原高通　110, 189
藤原（広橋）綱光　36
藤原佐理　88
藤原斉敏　84, 88
藤原済時　19, 27
藤原資家　189
藤原資経　157
藤原資実　106, 158, 180, 189
藤原資信　86, 89, 90, 184
藤原資仲　27, 28, 84-87, 90
藤原資忠　89
藤原資長　2
藤原資平　27, 84, 85, 88, 90
藤原資房　27-29, 84, 85, 104, 126, 188
藤原資頼　191
藤原師尹　12, 19, 27, 155
藤原（花山院）師継　35, 49, 57, 67, 68, 155, 180, 182
藤原師実　34, 44, 45, 47, 95, 112, 155, 191, 194
藤原師信　49, 68
藤原師長　57
藤原師通　34, 44, 46, 112, 133, 135

藤原師藤　49, 67, 68
藤原師輔　11, 12, 18-20, 27, 29, 84, 88, 104, 126, 135
藤原（万里小路）嗣房　157, 164
藤原（二条）持通　155
藤原（万里小路）時房　157, 164
藤原実音　156
藤原（洞院）実夏　50, 143, 144, 199, 200
藤原（洞院）実守　199
藤原実雅　156
藤原（徳大寺）実基　3, 70, 156
藤原（洞院）実煕　156
藤原実躬　136, 156
藤原実継　144, 156
藤原実兼　123
藤原（西園寺）実兼　35, 69
藤原実行　156
藤原（三条）実香　203
藤原実材　144
藤原実氏　106
藤原実資　12, 19, 27, 29, 84-89, 103, 104, 120, 124, 135, 154
藤原（徳大寺）実時　156
藤原（洞院）実守　50, 200
藤原実親　156
藤原実政　35
藤原実宣　156
藤原実定　2, 156
藤原実冬　156
藤原（徳大寺）実篤　167
藤原実任　156
藤原実房　135, 156
藤原実頼　18, 27, 78, 84-89, 154
藤原（三条西）実隆　35, 73, 137, 153, 156, 164, 166-168, 204
藤原実量　156
藤原（広橋）守光　158
藤原重家　189
藤原俊家　95, 202
藤原俊経　2
藤原俊成　98-100, 107, 127, 188, 189, 201
藤原俊忠　98, 100, 186, 188
藤原俊定　140, 157
藤原順子　16
藤原（近衛）尚通　73, 137
藤原信西（通憲）　16, 78
藤原信長　45, 95
藤原信隆　189
藤原（甘露寺）親長　73, 137, 144, 157, 166-168, 204
藤原親輔　189
藤原成長　189
藤原（冷泉）政為　167
藤原（近衛）政家　34, 73, 137, 155, 165
藤原（近衛）政忠　155
藤原（花山院）政長　73
藤原清通　189
藤原（中御門）宣胤　73, 137, 157, 167
藤原宣孝　27
藤原（中御門）宣秀　157
藤原宣房　189
藤原（万里小路）宣房　157
藤原（中御門）宣明　157
藤原全子　188
藤原宗家　112, 114
藤原宗行　106
藤原宗俊　95, 201
藤原宗成　81
藤原宗忠　35, 43, 57, 77-83, 86, 87, 97, 100, 109, 112, 114, 115, 124, 131-135, 138, 141, 143, 145, 155, 183, 186, 197, 198, 201, 202
藤原宗通　35, 77, 80
藤原宗能　95, 97, 145, 178, 198
藤原（葉室）宗豊　164
藤原宗房　189
藤原宗隆　35, 189

藤原相尹　27
藤原泰憲　156
藤原（広橋）仲光　158
藤原忠家　95, 186, 187
藤原（花山院）忠雅　95, 180
藤原忠教　155
藤原（花山院）忠経　180
藤原（広橋）忠光　158
藤原忠実　33, 34, 44, 46, 47, 55, 57, 63-65, 77, 81, 112, 120, 123, 127, 135, 155, 177, 183, 188, 191, 194, 201
藤原忠親　2, 41, 95, 109, 135, 155, 180, 189, 190
藤原忠宗　95
藤原忠通　34, 47, 111, 112, 135, 202
藤原忠平　11, 18, 20, 21, 27, 84
藤原忠方　3
藤原忠明　189
藤原長家　27, 94, 95, 98, 107, 186-189
藤原長兼　106, 136, 157, 189
藤原（葉室）長顕　164
藤原（葉室）長光　158, 164
藤原（葉室）長宗　164, 178
藤原（花山院）長定　155
藤原長方　157, 189
藤原朝経　19, 29
藤原朝光　19, 29
藤原朝隆　158
藤原通俊　89, 183
藤原定家　93-95, 98-106, 109-117, 119, 127, 128, 130, 136, 146, 155, 185-192, 195, 200-202
藤原定経　157
藤原定高　106, 187
藤原定資　157
藤原（葉室）定嗣　35, 57, 70, 136, 157
藤原（中山）定親　137, 155, 201
藤原定長　157, 181, 189
藤原定能　155, 189
藤原定頼　88
藤原冬嗣　16
藤原（鷹司）冬平　155
藤原（万里小路）冬房　157
藤原（一条）冬良　167
藤原（甘露寺）藤長　144
藤原道家　34, 112, 114, 136, 155, 191
藤原（近衛）道嗣　155, 202
藤原道長　15, 27, 34, 45, 88, 94, 103, 104, 134, 135, 187, 188, 198
藤原道隆　19, 88
藤原敦光　16
藤原能信　94
藤原能成　189
藤原範季　189
藤原範時　189
藤原邦綱　1
藤原保光　27
藤原（広橋）保光　158
藤原保忠　27
藤原（近衛）房嗣　137
藤原満親　155
藤原有国　27
藤原祐家　95, 187
藤原頼兼　49, 67
藤原頼憲　41
藤原頼資　35, 106, 180, 189, 191
藤原頼宗　27, 94, 95, 97, 188
藤原頼忠　84, 88
藤原頼長　34, 42, 103, 109, 124, 155, 174, 179, 184, 188, 194
藤原頼通　28, 29, 34, 88, 94, 95, 188
藤原隆季　2
藤原（鷲尾）隆康　158
藤原（四条）隆持　158
藤原隆方　157
藤原良経　112, 114, 155
藤原良平　112, 114
藤原良輔　103, 112, 113, 187, 189
古瀬奈津子　173
細井浩志　172

細谷勘資　180, 188, 200
堀河天皇　34, 43-47, 89, 111, 191

ま　行

槇道雄　200
三浦周行　7, 8, 17
水野智之　203
源為憲　121, 123
源為善　27
源延光　18, 27, 174
源雅兼　127
源雅綱　127
源雅俊　82
源雅頼　2, 33, 35, 55, 57, 70, 112, 114, 154
源義経　189
源具実　110
源経成　19, 174
源経信　41, 42, 112, 124, 139, 191
源経頼　12, 16, 27-30, 47, 173
源憲俊　82
源顕兼　123, 127, 128, 130, 191, 195, 196
源顕房　187
源高明　12, 18, 19, 29, 94
源国盛　27
源（白川）資忠　137
源師季　191
源師時　35, 41, 42, 109, 124, 133, 135, 154, 190, 195
源師房　27, 42, 103, 109, 112, 126, 135, 154, 188, 191
源重光　19, 20
源重資　19, 174
源俊房　42, 45, 135, 154, 187
源俊明　19
源成経　19
源成宗　174
源宗雅　127
源致方　27
源（白川）仲資　136
源長経　19, 27, 174
源通具　110, 127, 189, 196
源（久我）通行　35
源（久我）通光　49, 106
源（中院）通氏　154
源通親　189
源（中院）通冬　144, 154
源通方　106, 189
源定省　23
源定通　106
源道成　27
源道方　27
源能有　18
源能俊　19
源保光　19, 174
源明子　94
源有教　110, 188, 190, 195
源（綾小路）有俊　73, 167
源有仁　154
源隆国　28, 29
源隆俊　19
源倫子　94, 186
宮崎康充　199
三善康信　36
村上天皇　12, 17, 27-29, 126, 154
村山修一　185
目崎徳衛　200
本康親王　9, 17, 18, 27
百瀬今朝雄　199
桃裕行　78, 87, 182
文徳天皇　10, 18

や　行

安原功　180
山口英男　173
山中裕　5, 7
融覚　115

陽成天皇　9, 10
吉岡真之　7
吉田兼好　196
栄仁親王　154
代明親王　19

ら　行

隆円　122, 125, 129, 130, 194

わ　行

和田英松　6, 7, 19, 86, 174, 183, 197, 199
渡辺滋　175

書名・日記名索引

・書名・日記名は史料の典拠として引用したものは省略した。
・引用された史料中に見えるものも概ね省略した。

あ　行

吾妻鏡　16
石山寺縁起絵　179
一条摂政記　123
蔭涼軒日録　169
宇治殿御記　122
宇多天皇日記（寛平御記）　154
羽林抄　107
上井覚兼日記　169
永昌記　157
絵師草紙　58, 179
延喜式　196
園太暦　144, 156, 161, 164, 203
皇帝記　123
大宮殿御記　35, 202
小野宮水心抄　122
小野宮年中行事　12
御湯殿上日記　203

か　行

楽書要録　122
和長卿記　30
桂大納言の記　122
看聞日記　151, 154, 201
儀式　21
吉記（経房卿記）　122, 157
吉黄記　157
吉日考秘伝　199
吉続記　157, 161
禁秘抄　196
宮槐記　156
教業記　156
京極殿御記（御暦）　34, 65, 123, 155, 191
玉英　155
玉蘂　155
玉葉　2, 107, 127, 153, 154, 161, 193
九条殿遺誡　20, 196
九条殿御記（九暦）　11, 65, 85, 123
九条年中行事　12
公卿補任　146, 147, 198, 200
愚管記（後深心院記）　154, 155, 200, 202
愚昧記　156, 161
蔵人式　10, 123
蔵人私記　107
蔵人信経私記　172, 174
継塵記　156, 161
外記日記　8, 10, 12, 14-17, 23, 121, 123
建業記　158
建内記　153, 154, 157, 161
玄記　154
古今著聞集　122, 124, 127, 193-195
古事談　123, 127, 128, 191-194
故帥年中行事　81, 85, 86
江家次第（江師次第，江次第）　69, 107, 123
江記　122, 124, 125, 158
江談抄　121, 123, 126, 128, 192-195
後京極摂政記　155

後愚昧記　154, 156
後三条院御記（延久御記）　43-47, 123, 154, 166
後朱雀院御記　44, 45, 166
後二条殿御記　35, 65
後二代御記　34, 38, 43
後八条殿御記　161
後伏見院御記　204
後法興院記　154, 155
近衛府陣日記　10
維時中納言日記　123
権記（行成卿記）　27, 34, 65, 109, 121, 122, 154
今昔物語集　13

さ　行

西記　157
西宮記　12, 18, 19, 21, 29, 69, 78, 84, 107, 122, 123, 176
相良正任記　169
先二条殿記　65
左経記　16, 27, 123
薩戒記　154, 155
実隆公記　151, 154, 204
三五要録　122
三長記　127, 157
三宝絵詞　121, 123, 193
山槐記（中山内府記）　41, 42, 107, 109, 122, 155, 161, 181, 190, 193
山丞記　157
自暦記　157
実躬卿記　161
重隆記　123, 127
春記（資房卿記）　28, 104, 107, 188
小右記（小野宮右府記）　14, 27, 29, 104, 109, 120-122, 124, 154, 193
成音寺関白記　161
装束使記文　123
続日本紀　121, 123
心日御記　154
新儀式　12, 107, 175
新国史　16, 173
新撰要録　122
親王儀式　18
水左記　122
資仲卿抄（春陽抄）　86, 123
崇仁記　156
崇暦御記　154
世俗浅深秘抄　105
政事要略　12, 13, 29, 196
清慎公記　78, 154
清涼記　12, 29
占事略決　29
続古事談　122, 127, 193
帥記（経信卿記）　122-124

た　行

大槐秘抄　145, 196
大后御記　10, 27
大乗院寺社雑事記　169, 202
大通院御記　154
太政官式　123
内裏式　107
台記（宇治左府記）　103, 109, 122-124, 153, 154, 161, 190, 194, 195
醍醐寺雑事記　194
醍醐天皇日記（延喜御記）　11, 28, 29, 34, 38, 47, 122-124, 154
為隆記　123
為範記　122
為房卿記（大記）　109, 157, 195
但記　157
千宣記　161
親長卿記　154
親信記　172
中右記　45, 65, 77-79, 109, 115, 122, 141, 145, 148, 155, 184, 196-199, 201, 202

中外抄　121, 123, 126, 127, 128, 177, 192-195
柱下類林　123
長秋記（師時卿記）　122-124, 154, 191
徒然草　58, 196
帝王編年記　16
貞信公記　84, 123
天文日記　169
田記　154
殿上日記　10, 121, 123, 172
殿暦　65, 155, 191
言国卿記　154
言経卿記　154, 202
言継卿記　151, 154, 203
時範記　174
土右記（土御門御記）　109, 123, 154
知信記　123, 127
朝隆記　123, 127
敦光記　123

な　行

中院一品記　154
仲光記　161
奈与竹物語　58
二水記　158, 203
二東記（二条殿御記）　122-124
日本紀　121, 123
日本紀略　16
日本三代実録　6, 11, 15, 16, 18, 123
日本文徳天皇実録　123
年中行事御障子　10, 11
宣胤卿記　154, 204
教言卿記　154

は　行

八条殿御記　153, 156, 161
花園左府記　154
薔薇の名前　3
東山左府記　156
百錬抄　16
兵範記　158, 186, 190
文殿御記　123
扶桑略記　16
富家語　123, 126-128, 192-195
文机談　58, 122, 125, 127, 129, 193
平家物語　2
平戸記　158, 187
保元物語　58
方丈記　2, 3
宝物集　129, 196
北山抄　12, 21, 29, 69, 78, 84, 107, 122, 123, 196
堀河左大臣記　42, 154
本朝月令　12
本朝世紀　16
本朝帝紀　16

ま　行

松屋会記　169
万一記　157
御堂御記（御堂関白記）　34, 45, 63, 65, 198
妙槐記　180
民経記　158
村上天皇日記（天暦御記）　28, 38, 122, 154
明月記　93, 94, 105, 107, 114, 116, 117, 127, 128, 146, 155, 184, 185, 188, 194, 195, 201
師光朝臣記　161

や　行

康富記　154
泰憲卿記　123
葉黄記　157
頼業記　161

ら　行

吏部王記（李部王記）　18, 29, 122-124, 193, 196
林鳥　154
類聚国史　11, 13, 16, 123, 173
冷朝記　158

松 薗　斉（まつぞの・ひとし）
1958 年東京生まれ。1981 年九州大学文学部国史学科卒業，1988 年九州大学大学院文学研究科博士後期課程単位取得退学，同年文学部助手，1991 年愛知学院大学文学部歴史学科専任講師。現在，同教授。博士（文学）。
著書に『日記の家――中世国家の記録組織』（吉川弘文館，1997 年），主要論文に「武家平氏の公卿化について」（『九州史学』118.119，1997 年），「中世の女房と日記」（『明月記研究』9，2004 年）などがある。

＊叢書・歴史学研究＊
王朝日記論

2006 年 5 月 25 日　初版第 1 刷発行

著 者　松　薗　　斉

発行所　財団法人　**法政大学出版局**
〒 102-0073 東京都千代田区九段北 3-2-7
電話 (03)5214-5540 ／振替 00160-6-95814
整版／緑営舎　印刷／三和印刷
製本／鈴木製本所

ISBN4-588-25052-3

（価格は消費税抜きで表示してあります）

浅香年木著
日本古代手工業史の研究
古代から中世への移行期における生産様式の変貌を手工業生産の発展と社会的分業の展開過程に視点をおいて究明する一方、官営工房中心の分析がもつ限界を衝き、在地手工業の技術と組織とを精細に発掘・評価して古代手工業の全体像を提示する。
オンデマンド版　7200円

山本弘文著
維新期の街道と輸送（増補版）
明治初年における宿駅制度改廃の歴史的意義と、これを断行した維新政府の政策の問題性とを実証的に跡づける。わが国における馬車輸送登場後の資本主義的交通・輸送・道路体系の成立過程を対象に、初めて学問的な鍬入れを行なった経済史的研究
3800円

佐々木銀弥著
中世商品流通史の研究
荘園領主経済と代銭納制、国衙・国衙領と地方商業の展開過程及び座商業を実証的に追求し、商品流通の中世的構造の特質を解明することにより、中世の新たな歴史像に迫る。従来の通説を方法論的に検討し、中世商業史研究に画期をもたらした労作
オンデマンド版　7000円

旗田　巍著
朝鮮中世社会史の研究
高麗時代を中心に、新羅・李朝にわたって、郡県制度、土地制度、家族・身分・村落制度を精細に考察し、朝鮮中世社会の独自な構造と特に土地私有の発展過程を解明する。土地国有論の克服等によって、戦後わが国朝鮮史研究の水準を一挙に高めた。
オンデマンド版　7200円

宮原武夫著
日本古代の国家と農民
人民闘争史観の鮮烈な問題意識に立って、古代国家と農民との矛盾を租税・土地制度・生産諸条件等において綿密に考究し、その上に律令体制下の農民闘争と奴婢の身分解放闘争を展望し位置づける。古代史研究に大きく寄与する新鋭の野心的労作。
オンデマンド版　6000円

家永三郎著
田辺元の思想史的研究
——戦争と哲学者——
西田哲学と並び立つ壮大な思想体系を構築し、「種の論理」に立つ十五年戦争下の協力と抵抗、戦後の宗教的自省とにおいて独自の思索を続けた田辺元。その哲学の生成と展開、思想史的意義と限界を追求し、昭和思想史の一大焦点を鮮やかに照射する
〔品切〕

誉田慶恩著
東国在家の研究
中世的収取体制の下で幾多の夫役を担いつつ、多彩な農業生産活動を展開した東国辺境地帯の在家農民の実像を古典的在家から田在家への推移のうちに捉える。実証的で周到な論証に加え、研究史を深く検討し、宗教史との関連をも鋭く示唆する好著。
オンデマンド版 6000円

鬼頭清明著
日本古代都市論序説
正倉院文書に記された高屋連赤万呂ら三人の下級官人の生活と行動を追求し、その舞台である平城京の「都市」としての歴史的性格を生々と考察する。優婆塞貢進、民間写経、出挙銭等に関する論稿も収め、さらに文化財保存問題の現状と課題に及ぶ。
4800円

浅香年木著
古代地域史の研究
——北陸の古代と中世 1
古代のコシ＝北陸地域群の独自な発展過程を、対岸の東アジア及び畿内・イヅモ地域群等との交通、在地首長層と人民諸階層の動向・扇状地・低湿地の開発等の分析によって追求。日本海文化圏を想定して近年の〈地域史〉の模索に貴重な寄与をなす。
7800円

浅香年木著
治承・寿永の内乱論序説
——北陸の古代と中世 2
有数の平氏知行国地帯である北陸道において、在地領主層と衆徒・堂衆・神人集団の「兵僧連合」が義仲軍団の構成勢力として反権門闘争を展開した過程を分析。従来の東国中心の内乱論を問い直す一方、転換期北陸道のダイナミズムを見事に活写。
オンデマンド版 7000円

浅香年木著
中世北陸の社会と信仰
——北陸の古代と中世 3
南北朝動乱と一向一揆の時代の北陸——その庄園領有関係、領主層の動向、商品流通の実態を踏まえつつ、社会生活と信仰、特に泰澄伝承と寺社縁起、在地寺院・村堂をめぐる結衆＝共同体的結合の様相と地域の特殊性を追求する。畢生の三部作完結
7500円

杉山　宏著
日本古代海運史の研究
明治以降の研究史の検討を踏まえて、朝鮮半島との交流、海人の性格、船舶管理、官物輸送、津と船瀬の造営管理、運送賃、海賊取締等にわたり、律令制成立前—確立期—崩壊期の時期区分に従って古代海運の実態を究明。斯学における初の本格的研究
4700円

柚木　學著
近世海運史の研究

上方―江戸間、瀬戸内、そして日本海と、近世の主要航路に展開された海上輸送の実態を追求、とくに菱垣廻船、樽廻船、北前船の問屋組織、輸送状況、経営実態を、船と航海術の技術史的背景も視野に入れて分析、近世海運の特質を総体的に捉える。

オンデマンド版　7000円

小早川欣吾著
日本担保法史序説

資本主義以前のわが国において、法制度と経済生活の接点をなした「質」概念の発達、即ち人的担保と物的担保の成立と発展の動向、その諸形態、保証の種類と性格、時代的特質を、研究史上初めて通史的に体系づけた記念碑的労作。待望の改訂新版

5800円

平山敏治郎著
日本中世家族の研究

公家衆や武士団の中世家族のうち、主に前者に焦点をあて、家の成立と相続、旧家・新家の動向、同族的結合、家礼・門流の問題を考察する。伝承文化の基軸としての家族的結合を、民俗学と歴史学の接点から初めて本格的に追求した注目の書下し。

オンデマンド版　7000円

小野晃嗣著
日本産業発達史の研究

中世における製紙・酒造・木綿機業の三つの産業の成立・展開を追い、その製造技術と組織、流通過程及び用途、幕府の酒屋統制等をも実証的に究明。堅実な方法と物の生産の場への斬新な視角とは産業史研究の範とされ、多大の影響を与えた。新版

5800円

秋山國三著
近世京都町組発達史
――新版・公同沿革史

戦国末期より明治三〇年の公同組合設立に至る京都町組三百年の沿革を通観し、町組＝都市の自治を、制度・組織・理念にわたり巨細に追究した古典的労作。著者急逝の直前まで製作に没頭して完成された町組色分け図を付し、増補改訂を得た新版。

9500円

村瀬正章著
近世伊勢湾海運史の研究

伊勢湾・三河湾の近世海運の実態を、廻船業の経営を中心に、浦廻船と商品流通、河川水運、沿海農村の構造的変容、海難及び海上犯罪、造船と海運業の近代化の諸問題にわたって追求する。地方史と海運史の結合がもたらした貴重な研究成果である。

5800円

周藤吉之著
高麗朝官僚制の研究

高麗朝は宋の官僚制を導入した官僚国家である。その両府・三司・翰林院・宝文閣・三館等々の中枢的機関と地方制度、科挙制、さらに内侍・茶房、兵制に及ぶ官僚制の全体を、宋のそれと綿密に比較し考証する。朝鮮中世の制度史的基底を照射する

7800円

新村　拓著
古代医療官人制の研究
——典薬寮の構造

令制医療体制の成立から崩壊に至る過程を、国家医療の軸となった内薬司・典薬寮の機構、医療技術官の養成、薬事・医事行政の成立と展開等にわたって追求、中世医療体制の成立までを展望する。通史としての日本医療史を構築する注目の第一作。

オンデマンド版
8700円

丹治健蔵著
関東河川水運史の研究

利根川を中心とする近世河川水運は江戸市場の形成に大きな役割を果した。河川問屋・船積問屋の盛衰、領主による河川支配と川船統制の構造、川船の種類や技術を究明、併せて信濃川水運との比較、明治以降の動向をも検討。関係史料67点を付す。

オンデマンド版
7200円

仲村　研著
中世惣村史の研究
——近江国得珍保今堀郷

今堀日吉神社文書の編纂研究を基礎として、惣村農業の形態、村落生活の様相、座商業の特質と展開、守護六角氏と家臣団の郷村支配の実態、郷民の祭祀・芸能等、多角的に追求。今堀郷の徹底的かつ実証的な解明により中世惣村の構造を見事に描く。

9500円

江村栄一著
自由民権革命の研究

自由民権運動を広範な民衆運動の中に位置づけ、国会設立建白書・請願書の網羅的分析、主権論争及び秩父・群馬等の激化事件の考察、新潟県の運動の事例研究等により、ブルジョア民主主義革命としての全体像を描く。〈自由民権百周年〉記念出版。

オンデマンド版
8000円

新村　拓著
日本医療社会史の研究
——古代中世の民衆生活と医療

悲田院・施薬院の機能と歴史を皮切りに、古代中世の疾病と治療。祈療儀礼や養生観、僧医・民間医の動向、医薬書の流布、薬種の流通等々を多面的に検討し、病気と病人を取りまく問題を社会史的に浮彫りにする。医史学の技術偏重を超える労作。

7500円

岡藤良敬著
日本古代造営史料の復原研究
――造石山寺所関係文書

正倉院文書中の造石山寺所関係文書は、古代の建築・彫刻・絵画・工芸等の造営・製作事業の実態を伝える世界史的にも稀な史料である。先行業績を踏まえ、文書断簡の接続・表裏関係、編成順序、記載内容を精細に検討し古代の原型を見事に復原。

6800円

船越昭生著
鎖国日本にきた
「康熙図」の地理学史的研究

清代の康熙帝が在華イエズス会士に実測・作成させた「皇輿全覧図」とそれを採り入れた西欧製地図の伝来は、日本人の世界像の形成、近代的地図作成技術と地理学の発達を促した。百点近い地図図版を収め、その受容・考証・利用の過程を克明に追求

10000円

浜中　昇著
朝鮮古代の経済と社会
――村落・土地制度史研究

正倉院所蔵新羅村落文書の精緻な分析により、統一新羅における家族と村落の歴史的性格を考察し、また高麗期の土地制度を田柴科、小作制、公田と私田、民田の租率、賜給田、量田制、田品制等にわたって検討、朝鮮古代史の基礎構造を究明する。

8000円

田端泰子著
中世村落の構造と領主制

山城国上久世荘、備中国新見荘、近江国奥島荘、津田荘その他における村落結合の実態を具さに検討する一方、小早川家・山科家等の領主制の構造、さらに農民闘争の展開を分析する。戦後の研究史を継承して、中世後期社会像の一層の具体化に寄与

オンデマンド版
6700円

今谷　明著
守護領国支配機構の研究

南北朝・室町期の畿内近国における管国組織の復原を主眼とし、守護所、郡代役所等、地方官衙の成立・所在地・立地条件、守護・守護代・郡代等の人名・在職期間等を精細に考証して、守護領国概念の有効性と復権を説き、その具体像を提示する労著

8900円

前川明久著
日本古代氏族と王権の研究

古代氏族の成立と発展の過程、とくに記紀神話伝承および伊勢神宮・熱田社の成立に果たした役割をはじめその実態を、考古学・歴史地理学・神話学等の広い知見を採り入れて考察、政治史の枠をこえて大和政権＝古代国家の本質と構造を解明する。

オンデマンド版
8500円

山口隆治著
加賀藩林制史の研究

加賀藩の山廻役、御林山、七木の制、植林政策、請山と山割、焼畑、さらに大聖寺藩の林制等を考察して研究史の欠落を埋める労作。宮永十左衛門「山廻役御用勤方覚帳」をはじめ、「御領国七木之定」、「郷中山割定書并山割帳」等の参考史料を付す。

4500円

牧野隆信著
北前船の研究

その起源と発達の過程、経営と雇用の形態、労使関係、航海と海難、文化交流の実態等々を実証的に追究、北前船の「航跡」を照らし出す。研究史を踏まえ、民俗学の成果を取り入れ、北前船とは何かに答えた、第一人者の三十余年に及ぶ研究の集成。

オンデマンド版 8700円

小野晃嗣著
日本中世商業史の研究

「油商人としての大山崎神人」をはじめ、北野麴座、興福寺塩座・越後青苧座・奈良門前市場・淀魚市等の具体的考証で、今日の中世商工業史及び非農業民研究の先駆となり、今なお大きな影響を与えている著者の単行本未収録全論考（網野善彦解説）

6800円

小野晃嗣著
近世城下町の研究〔増補版〕

江戸や大坂はロンドンやパリをも凌駕せんとする巨大都市であった。世界史的視座から城下町の成立と発展・没落の過程、組織構造、封建社会におけるその経済的意義を究明した古典的名著。「近世都市の発達」他三編の都市論を増補。（松本四郎解説）

7800円

米沢　康著
北陸古代の政治と社会

国造制・国郡制の実態から古代氏族の存在形態と伝承の究明を始め、神済とその史的環境、北陸道の伝馬制、さらに越中からみた『万葉集』の独自な考察に及び、辺境後進地域と見なされてきた北陸＝越中の実像を描き上げる。日生財団刊行助成図書

6800円

前川明久著
日本古代政治の展開

律令国家の展開、特に七・八世紀政治の特質を究明すべく、聖徳太子妃入内、蘇我氏の東国経営、飛鳥仏教と政治、大化改新と律令制、壬申の乱と湯沐邑、陸奥産金と遣唐使、近江・平城・平安各遷都、等を論ずる。日置氏、名張厨司に関する論考を付す。

4800円

土井正興著
スパルタクスとイタリア奴隷戦争
前著『反乱論序説』以来二四年、〈反乱〉から〈蜂起〉へ、さらに〈戦争〉へとその見方を深めた著者は、スパルタクス軍の構成と再南下問題等の細部を検討する一方、古代トラキアや地中海世界の動向の中に位置付けて〈戦争〉の意味を解明する。

11600円

網野善彦著
悪党と海賊　日本中世の社会と政治
鎌倉後期から南北朝動乱期にかけて活動した悪党・海賊を取り上げ、彼らの位置づけをめぐる従来の通説を検討する一方、その存在形態を明らかにして、中世社会に定位する。精力的な実証研究を通じて日本史像の転換を促し続ける網野史学の原点。

6700円

川添昭二著
中世九州地域史料の研究
覆勘状、来島文書、肥前大島氏関係史料、豊前香春・香春岳城史料、宗像大社八巻文書、太宰府天満宮文書等々を分析・考証して、九州の中世史料総体を論ずる一方、地域規模の史料研究の意義と方法を問う。調査・整理・刊行の技術にも論究する。

7300円

宇佐美ミサ子著
近世助郷制の研究　西相模地域を中心に
近世の宿駅制を維持すべく設けられた補助的な人馬提供制度であり、同時に地域に役負担を課す幕府の経済支配政策の一環でもあった助郷制。小田原宿・大磯宿を中心に、その成立と実態、地域間の係争や貨幣代納への転換、解体への過程を究明する。

9000円

山内　譲著
中世瀬戸内海地域史の研究
弓削島荘・菊万荘・得宗領伊予国久米郡等の沿岸部・島嶼部荘園の存在構造、産物と輸送などの特質の分析はじめ、塩入荒野の開発、村上氏＝海賊衆の水運・流通・軍事の各方面の活動と海城の実態、伊予河野氏の成立と消長の過程等々を追究する。

7100円

笠谷和比古著
近世武家文書の研究
「文書学」と「文書館学」の統一的研究の必要を唱える独自の視点から、全国に伝存する近世武家文書の内容構成を網羅的に概観し、幕藩関係及び各大名家（藩）間の、またその内部で作成・授受される、諸文書の類型・機能・伝存等々を考察する。

5300円

賀川隆行著
江戸幕府御用金の研究
宝暦・天明期の大坂御用金の指定・上納・返済・年賦証文等を分析、賦課と反発、その経済効果や混乱の実態を解明する。また、文久以降の三井組・大坂銅座・長崎会所・箱館産物会所等の業務・財政構造から近世後期の金融・経済政策を展望する。

7700円

村瀬正章著
伊勢湾海運・流通史の研究
江戸期から近代初頭に至る、米・酒や味醂・木綿・木材・干鰯・大豆・塩などの物産と流通、伊勢・尾張・三河の諸港と廻船経営、海難と漂流、沿海農村の問題を実証的に検討する。豊かで多様な経済活動の実態を掘り起こす、伊勢湾の経済史的研究。

6800円

山口隆治著
加賀藩林野制度の研究
「近世の林野は誰のものか」という問題意識から出発し、林制と改作法の関係、藩有林や留木制度の設定、民有林の成立、植林政策の推進と山林役職の整備、白山麓の焼畑用地、そして出作りの実態に及ぶ。史料「山廻役御用勤方覚帳」他三編を収録。

8800円

松薗 斉著
王朝日記論
平安貴族らが「公事情報」を蓄積するために記した日記は、「家の日記」、「日記の家」を生み、国家レベルの「情報装置」となり、「家記のネットワーク」を形成した。「情報史」の視点から、王朝日記の発生・展開・終焉の過程を辿り、機能と意義を追究する。